A SOCIEDADE SANTA ZITA

RUTH RENDELL

A SOCIEDADE SANTA ZITA

Tradução
MARCELO HAUCK

1ª edição

Rio de Janeiro | 2016

Copyright © *Kingsmarkham Enterprises Ltd 2012*
Copyright da tradução © Bertrand Brasil, 2016

Título original: *The Saint Zita Society*

Capa: Oporto design

Imagens de capa: Casa © Classix/ iStockphoto; Silhuetas © Jamie Farrant/
iStockphoto; Mão com bandeja © peshkov/ iStockphoto; Portões © jcgwakefield/
iStockphoto

Texto revisado segundo o novo
Acordo Ortográfico da Língua Portuguesa

2016
Impresso no Brasil
Printed in Brazil

CIP-BRASIL. CATALOGAÇÃO NA PUBLICAÇÃO
SINDICATO NACIONAL DOS EDITORES DE LIVROS, RJ

R328s	Rendell, Ruth, 1930-2015 A Sociedade Santa Zita / Ruth Rendell; tradução Marcelo Hauck. – 1ª ed. – Rio de Janeiro: Bertrand Brasil, 2016.
	Tradução de: The Saint Zita society ISBN 978-85-286-1874-7
	1. Ficção inglesa. I. Hauck, Marcelo. II. Título.
16-29856	CDD: 823 CDU: 821.111-3

Todos os direitos reservados pela:
EDITORA BERTRAND BRASIL LTDA.
Rua Argentina, 171 – 2º andar – São Cristóvão
20921-380 – Rio de Janeiro – RJ
Tel.: (0xx21) 2585-2076 – Fax: (0xx21) 2585-2084

Não é permitida a reprodução total ou parcial desta obra, por
quaisquer meios, sem a prévia autorização por escrito da Editora.

Atendimento e venda direta ao leitor:
mdireto@record.com.br ou (0xx21) 2585-2002

Para a minha prima Sonia com amor.

CAPÍTULO UM

Alguém dissera a Dex que a rainha morava em Victoria. Ora, ele também, mas ela tinha um palácio, e ele, um cômodo em uma rua perto da Warwick Way. Ainda assim, Dex apreciava a ideia de a rainha ser sua vizinha. Apreciava diversos aspectos da vida que estava levando nos últimos meses. Tinha um emprego com o Dr. Jefferson, o que significava que poderia trabalhar em um jardim três manhãs por semana, e o médico ainda comentara que falaria com a vizinha ao lado para que Dex trabalhasse uma manhã para ela também. Apesar de lhe terem dito que, enquanto estivesse recebendo a aposentadoria por invalidez, não poderia receber salário algum, o Dr. Jefferson nunca perguntara nada a respeito e, talvez, a senhora Neville-Smith tampouco o faria.

Jimmy, que todos os dias levava de carro o Dr. Jefferson para trabalhar no hospital, chamara Dex para ir ao pub naquela noite. O estabelecimento ficava na esquina de Hexam Place com a Sloane Gardens e se chamava Dugongo, um nome engraçado de que Dex nunca tinha ouvido falar. Haveria uma reunião lá com todas as pessoas que trabalhavam em Hexam Place. Dex nunca tinha participado de nenhum tipo de reunião e não sabia se gostaria, mas Jimmy prometera pagar-lhe uma Guinness, sua bebida favorita. Ele beberia uma Guinness toda noite com seu chá se tivesse dinheiro para isso. Estava na metade do caminho na Pimlico Road quando pegou o celular e olhou para ver se havia uma mensagem de voz ou de texto de Peach. Às vezes havia, o que sempre o fazia se sentir feliz. Geralmente a mensagem lhe chamava pelo nome e dizia que ele tinha sido tão bom que Peach lhe daria dez ligações gratuitas ou algo do tipo. Não havia nada dessa vez, mas ele sabia que haveria novamente ou que era possível até mesmo que Peach falasse com ele. Peach era o seu deus. Ele sabia disso porque quando a senhora do andar de cima o viu sorrindo para o celular e fazendo uma mensagem voltar várias e várias vezes, ela disse, Peach é o seu deus, Dex.

Ele precisava de um deus para protegê-lo dos espíritos malignos. Já fazia um bom tempo que não via nenhum deles e sabia que era porque Peach o estava protegendo, assim como sabia que, se houvesse algum por perto com que devesse se preocupar, Peach o advertiria. Confiava em Peach como jamais tinha confiado em um ser humano.

Ele parou do lado de fora do Dugongo, que conhecia bem, pois era ao lado da casa do Dr. Jefferson. Não colado a ela, mas ao lado, uma vez que a casa do Dr. Jefferson era grande, isolada e possuía um amplo jardim do qual Dex cuidava. A placa do pub era um tipo de peixe com metade de seu corpo projetando-se para fora de um trecho de água ondulada. Ele sabia que era um peixe porque estava num mar. Abriu a porta com um empurrão e lá estava Jimmy, acenando para ele de maneira amigável. Todas as outras pessoas ao redor da grande mesa olharam para Dex, que imediatamente soube que nenhuma delas era um espírito maligno.

— Eu não sou uma criada. — Thea se serviu de um punhado de castanhas. — Você pode ser, mas eu, não.

— Então você é o quê? — perguntou Beacon.

— Não sei. Só faço uns servicinhos pro Damian e pro Roland. Você não pode esquecer que eu fiz faculdade.

— Bem-aventurada aquela que não se assenta na roda dos escarnecedores. — Beacon tirou a tigela de castanhas do alcance de Thea e continuou: — Se vai comer as castanhas dos comuns, não deve enfiar a mão depois que a colocou na sua boca.

— Parem de brigar, crianças — disse June. — Vamos ser legais. Se você não é uma criada, Thea, não cumpre os critérios para fazer parte da Sociedade Santa Zita.

Era agosto, e o dia tinha sido ensolarado e muito quente. A totalidade daqueles que comporiam a sociedade não pôde estar ali. Rabia, sendo muçulmana e babá, nunca saía à noite, muito menos para um pub; Zinnia, faxineira da Princesa, dos Still e do Dr. Jefferson, não dormia no lugar onde trabalhava; e Richard estava preparando o jantar para os convidados de lady Studley, enquanto Sondra, sua esposa, aguardava à mesa. Montserrat, *au pair* dos Still, disse que talvez fosse ao pub, mas que tinha uma tarefa misteriosa para executar mais tarde, e o recém-chegado Dex, jardineiro do Dr. Jefferson, nunca abria a boca, a não ser para dizer "saúde". Henry ainda era esperado, porém, e no momento em que June reclamava que as castanhas do Dugongo não tinham sal, e portanto gosto, ele entrou.

Com a sua excessiva altura e notável semelhança com o Davi de Michelangelo, teria sido um excelente lacaio em épocas passadas. Aliás, em 1882 seu tatara-tatara-tataravô fora lacaio de um duque. Henry era o mais jovem do grupo depois de Montserrat e, apesar de parecer um astro de Hollywood dos anos 1930, era na verdade motorista, às vezes jardineiro e faz-tudo de lorde Studley, sendo responsável pelas tarefas que Richard não podia ou queria fazer. Com uma jovial gargalhada, o patrão se referia a ele como seu "factótum geral". Ele nunca era chamado de Harry ou Hal.

Beacon disse que a rodada era por conta de Jimmy e perguntou o que Henry iria querer.

— O branco da casa, por favor.

— Isso não é coisa de homem. Isso é bebida de mulherzinha.

— Não sou um homem; sou um menino. E não vou beber cerveja nem destilado até semana que vem, quando tiver 25 anos. Vocês viram que outro garoto foi esfaqueado? Lá na Embankment. Com esse, são três esta semana.

— A gente não precisa falar disso, Henry — disse June.

Alguém que claramente não queria falar sobre aquilo era Dex, que deu o último gole de sua Guinness, levantou-se e saiu, sem falar nada. June o observou ir embora e disse:

— Sem educação, mas o que se pode esperar? Agora a gente tem que conversar sobre a sociedade. Como é que se cria uma sociedade, afinal de contas?

Jimmy respondeu com um tom pesado e ponderoso:

— A gente escolhe um *chairman*, só que não vamos poder chamá-lo assim, porque o *man* indica que tem que ser um homem e é igualmente capaz que tenhamos uma mulher no cargo. A gente chama a pessoa de *chair*.

— Mas *chair* significa cadeira. Não vou chamar nenhum chegado meu pelo nome de um móvel — disse Thea, estendendo a mão para pegar a tigela de castanhas. — Por que a gente não pode eleger o Jimmy *chairperson*, "pessoa" mesmo, e aí June fica sendo a secretária e o restante de nós, só membros? Aí fica tudo resolvido. Esta pode ser a reunião inaugural da Sociedade Santa Zita.

Henry estava mandando uma mensagem no seu iPhone.

— Quem é Santa Zita?

Fora June quem achara o nome para a sociedade.

— Ela foi a santa padroeira dos empregados domésticos. E dava a própria comida e roupa para os pobres. Se você der uma olhada numa foto dela, vai vê-la segurando um saco e um molho de chaves.

— Esse garoto que foi esfaqueado... — comentou Henry. — A mãe dele estava na TV e falou que ele ia se formar no colégio com notas ótimas e que ele faria qualquer coisa pra qualquer pessoa. Todo mundo o adorava.

Jimmy abanou a cabeça e disse:

— Engraçado, né? Todos esses meninos são assassinados e tal, e a gente nunca ouve alguém dizer que não valiam nada e que eram uma ameaça para a vizinhança.

— Bom, eles não podem ser quando estão mortos, podem?

O iPhone de Henry apitou para avisar que uma mensagem havia chegado. Era a que queria; ele abriu um pequeno sorriso devido ao que Huguette escrevera.

— Mas pra que essa sociedade serve?

— Solidariedade — respondeu Jimmy. — Para darmos apoio uns aos outros. E a gente pode fazer umas excursões pra ir a uns espetáculos.

— A gente pode fazer isso de qualquer jeito. Não precisamos ter uma sociedade de criados para ir ver *Les Mis*.

— Eu não sou criada — insistiu Thea.

— Então você pode ser um membro honorário — disse June. — Bom, essa é a minha deixa. Já está bem escuro e a Princesa vai começar a ficar preocupada.

Montserrat acabou não aparecendo, e ninguém sabia do que se tratava a tal "tarefa misteriosa". Jimmy e Thea conversaram sobre a sociedade por mais ou menos uma hora, sobre *para que* ela servia e se ela poderia impedir que os patrões mantivessem seus motoristas acordados até altas horas da madrugada, obrigados a beber Coca-Cola enquanto esperavam pelo chamado deles. Não que incluíssem aí o Dr. Jefferson, que era um exemplo para todo o restante. Henry queria saber quem era aquele cara com cabelo volumoso, Dex ou algo assim; ele nunca o vira antes.

— Ele cuida do nosso jardim. — Jimmy tinha adquirido o hábito de se referir à propriedade de Simon Jefferson como se pertencesse tanto a ele quanto ao pediatra. — O Dr. Jefferson o contratou de pura bondade.

Jimmy terminou sua cerveja e acrescentou dramaticamente:

— Ele vê espíritos malignos.

— Ele o quê? — indagou Henry, boquiaberto, da maneira que Jimmy planejara.

— Bem, ele costumava ver. Tentou matar a mãe e eles o trancafiaram, bem, num lugar para os criminalmente insanos. Um psiquiatra que cuidava dele era amigo do Dr. Jefferson e, quando foi curado, o libertaram porque disseram que ele nunca mais faria aquilo de novo. Foi aí que o Dr. Jefferson deu a ele o emprego com a gente.

Thea pareceu inquieta.

— Cês acham que foi por isso que ele foi embora naquela hora sem dar tchau? Falar sobre esfaqueamento era familiar demais? Cês acham que foi isso?

— O Dr. Jefferson falou que ele está curado — comentou Jimmy. — Ele nunca mais vai fazer aquilo de novo. O amigo dele jurou de pés juntos que não faria.

Henry foi o último a ir embora, pois decidiu se dar ao luxo de pedir outra bebida de mulherzinha. Todos os outros saíram na mesma direção. As casas de seus patrões eram todas em Hexam Place, uma rua de casas de estuque branco ou tijolo dourado, chamadas pelos corretores imobiliários de georgianas, apesar de nenhuma ter sido construída antes de 1860. O número 6, no lado oposto ao Dugongo, era propriedade de Sua Alteza Sereníssima, a princesa Susan Hapsburg, um título incorreto em todos os aspectos, com exceção de seu nome de batismo. A Princesa, como era conhecida pelos membros da Sociedade Santa Zita e por outros, tinha 82 anos de idade e morava naquela casa havia quase sessenta anos, e June, quatro anos mais nova, estava lá com ela há tanto tempo quanto.

Uma escada levava até a área de serviço e à porta de June, mas, quando ela chegava em casa depois de ter saído à noite, entrava pela porta principal, mesmo que isso significasse subir oito degraus em vez de descer doze. Havia noites em que sua polimialgia reumática tornava aquela subida uma provação, mas ela fazia isso para que pedestres e outros residentes de Hexam Place pudessem saber que ela era mais uma amiga da Princesa do que uma trabalhadora assalariada. Zinnia dera banho em Gussie naquele dia e trouxera um novo tipo de aromatizador de ambiente para que o cheiro de cachorro molhado ficasse menos evidente. Fazia muito calor. Cruel na maioria dos aspectos, a Princesa esbanjava o aquecimento central; mantinha o aquecedor ligado durante todo o verão e abria as janelas quando ficava quente demais.

Dava para June ouvir que a Princesa assistia à *Holby City*, mas entrou mesmo assim.

— O que posso trazer para a madame agora? Uma bela vodca com tônica ou um suco de laranja recém-espremido?

— Não quero nada, querida. Já tomei minha vodca — disse ela sem se virar. — Você está bêbada?

Era uma pergunta que sempre fazia quando sabia que June estivera no pub.

— É claro que não, madame.

Era a resposta que June sempre dava.

— Bom, não fale mais nada, querida. Quero saber se esse camarada tem psoríase ou um melanoma maligno. É melhor você ir dormir.

Era uma ordem e, sendo amiga ou não, mesmo depois de sessenta anos, June sabia que o mais sábio a fazer era obedecer. Os jovens da Santa Zita podiam ser colegas de seus patrões, Montserrat inclusive chamando a Sra. Still de Lucy, mas, quando se tinha 82 e 78 anos, as coisas eram diferentes. As regras não tinham relaxado muito desde os dias em que Susan Borrington estivera fugindo com aquele terrível garoto italiano e ela a acompanhara até a casa dele em Florença. June foi dormir e estava caindo no sono quando o telefone interno tocou.

— Colocou o Gussie na cama, querida?

— Esqueci — murmurou June, quase inconsciente.

— Bom, faça isso agora, está bem?

As áreas de serviço dessas casas eram todas diferentes. Algumas tinham armários debaixo da escada, outras, armários na parede que as separavam da casa vizinha, a maioria com plantas em vasos, fetos arbóreos, choisyas, abacateiros que cresciam de pedras, até mesmo uma mimosa, esporadicamente uma peça de estatuária. Todas tinham algum tipo de luminária, geralmente de parede, globular ou cuboide. A número 7, lar dos Still e vizinha a três casas de distância do Dugongo, era uma das que possuía um armário na parede e nenhum vaso de planta. A lâmpada pendurada na porta do porão não estava acesa, mas a luz pálida que vinha de um poste na rua era suficiente para mostrar a Henry uma silhueta de pé dentro do armário da parede. Ele parou e espreitou por cima da balaustrada. A silhueta de um homem refugiava-se o máximo que conseguia dentro do pouco espaço de seu esconderijo improvisado.

Possivelmente um ladrão. Vinham ocorrendo muitos crimes por ali recentemente. Na semana anterior mesmo, Montserrat lhe tinha dito, alguém entrara pela janela do número 5, a casa dos Neville-Smith, e levara um televisor, uma mala cheia de dinheiro e as chaves de um BMW para, em seguida, sair pela porta da frente e fugir no carro. O que esperar de um local sem trancas nas janelas, uma das quais ficara aberta cinco centímetros no andar de baixo? Era óbvio que aquele homem estava com más intenções, uma frase que Henry escutara seu patrão dizer e da qual gostava. Lorde Studley diria para telefonar para a polícia de seu celular, mas não era sempre que Henry fazia o que lorde Studley recomendava e, na verdade, estava prestes a fazer uma coisa que ele sem dúvida desaprovaria.

Ele estava se virando quando a porta do porão abriu e Montserrat apareceu. Ela acenou para Henry, disse "oi" e gesticulou a fim de que o homem saísse do armário. Devia ser o namorado dela. Ele achou que se beijariam, mas isso não aconteceu. O homem entrou e a porta se fechou. Quinze minutos depois, tendo se esquecido do ladrão ou namorado, ele estava em Chelsea, no apartamento da honorável Huguette Studley. Atualmente, as visitas de Henry seguiam um mesmo padrão: primeiro cama, depois discussão. Henry preferiria privar-se da discussão e passar o dobro do tempo na cama, mas isso era raramente permitido.

Huguette (nome que herdara de sua avó francesa) era uma garota de 19 anos muito bonita, com uma volumosa boca vermelha, grandes olhos azuis e um cabelo cuja avó diria ser crespo, mas outros reconheciam como o volumoso cacheado tornado famoso por Julia Roberts em *Jogos do poder*. Era sempre Huguette que começava a discussão.

— Você não vê, Henry, que se morasse aqui comigo a gente iria poder ficar na cama o tempo todo? Não teria discussão nenhuma, porque a gente não teria por que discutir.

— E você não vê que o seu pai ia me demitir? Por duas razões — disse Henry, que tinha pegado um pouco da linguagem parlamentar de seu patrão — para ser absolutamente claro; por não morar no número 11 e por trepar com a filha dele.

— Você pode arranjar outro emprego.

— Como? Levei um ano pra conseguir este. Ah, seu pai ia me dar uma carta de recomendação, não é? Mas que ótimo, que ideia maravilhosa.

— A gente podia casar.

Se Henry fosse alguma vez pensar em casamento, seria quando estivesse com seus 50 anos, ao lado de uma mulher com dinheiro e uma casa grande num condomínio no subúrbio.

— Ninguém mais casa hoje em dia — argumentou ele —, e, enfim, estou saindo fora. Lembra que tenho que estar em frente ao número 11 às 7h dentro do BMW esperando pelo seu pai quando decidir sair, o que pode não acontecer antes das nove, não é?

— Me manda uma mensagem — disse Huguette.

Henry voltou caminhando. Uma raposa urbana emergiu da área do número 5, mandou-lhe um olhar desagradável e atravessou a rua para saquear a lata de lixo da Srta. Grieves.

No andar de cima do número 11, uma luz ainda estava acesa no quarto de lorde e lady Studley. Henry ficou quieto por um tempo, olhando para cima, com esperança de que as cortinas se partissem e lady Studley olhasse para baixo, preferencialmente em sua camisola rendada preta, lhe entregasse um afetuoso sorriso e franzisse os lábios em um beijo. Mas nada aconteceu. A luz se apagou e Henry entrou pela porta da área de serviço.

Em vez de abrir a porta de seu quartinho com banheiro (chamado de quitinete pelos patrões), Montserrat subiu com o visitante pelas escadas do porão até o andar térreo e em seguida por mais um lance que fazia um semicírculo até o corredor. A casa estava silenciosa, com exceção do suave barulho dos chinelos de Rabia no chão do berçário, no andar de cima. Montserrat deu uma batidinha leve na terceira porta à direita, depois a abriu e disse:

— O Rad está aqui, Lucy.

E os deixou a sós, como comentou com Rabia cinco minutos mais tarde.

— Se estão todos dormindo, por que você não desce um pouquinho? Tenho meia garrafa de vodca.

— Você sabe que eu não bebo, Montsy.

— Você pode beber suco de laranja; eu vou de vodca.

— Não vou escutar o Thomas se ele chorar. Os dentes dele estão nascendo.

— Os dentes dele estão nascendo há semanas, se não há meses — disse Montserrat. — Se fosse meu, eu afogaria.

Rabia disse que ela não deveria falar daquele jeito, era perverso. Então Montserrat começou a contar à babá sobre Lucy e Rad Sothern. Rabia enfiou os dedos nos ouvidos. Ela voltou para junto das crianças; Hero e Matilda estavam completamente adormecidos no quarto que dividiam, e, no berçário, o bebê Thomas se mostrava indócil em seu berço, embora não fizesse barulho.

Montserrat se despediu e foi embora. O tempo passava muito lentamente. Estava ficando tarde, e Rabia pensou seriamente em ir se deitar em seu quarto nos fundos. Mas e se o Sr. Still subisse até o berçário quando chegasse em casa? Ele às vezes fazia isso. Thomas começou a chorar, então a gritar. Rabia o pegou e começou a andar com ele para cima e para baixo, o remédio soberano. Do alto, o cômodo dava vista para a rua, e, da janela, ela viu Montserrat deixando o homem chamado Rad sair pela escada da área de serviço. Rabia balançou a cabeça; não se sentia nem um pouco entusiasmada e tampouco achava graça naquilo, como esperava Montserrat. Só ficava profundamente chocada.

Thomas havia parado com a barulheira novamente, mas voltou a resmungar assim que foi posto de volta em seu berço. Rabia tinha grande paciência e o amava afetuosamente. Era viúva, e ambos os seus filhos haviam morrido muito jovens. Isso, de acordo com um dos médicos, acontecera devido a ela ter se casado com um primo de primeiro grau. Mas o próprio Nazir também não vivera muito, e ela agora estava sozinha. Sentou-se na cadeira ao lado do berço, falando suavemente com Thomas. Quando ele voltou a chorar, ela o pegou e o carregou até a mesa em que estava a chaleira e em seguida à pequena geladeira no canto e começou a preparar leite morno. Ela estava muito longe da janela para ver ou ouvir o carro, e o primeiro indício da chegada de Preston Still de que tomou conhecimento foi o som de seus pesadíssimos pés na escada. Em vez de pararem no andar de baixo onde sua mulher dormia, os passos continuaram a subir. Do jeito que ela imaginara. Como Jemima Puddle-Duck — um livro que às vezes Rabia lia para as crianças, o qual, diziam elas, soava engraçado no sotaque dela —, Preston era um pai ansioso. Bem o oposto de sua mulher, como Rabia quase sempre pensava. Ele entrou com uma aparência cansada, fustigada. Estivera em uma reunião em Brighton — ela sabia, pois Lucy lhe contara.

— Ele está bem?

Preston pegou Thomas e o apertou forte demais para que fosse agradável para a criança. Brincar e até mesmo conversar com o bebê eram ocorrências raras. Seu cuidado estava concentrado na preocupação com a saúde dele.

— Não há nada de errado, há? — prosseguiu. — Se houver uma coisinha qualquer, devemos ligar para o Dr. Jefferson. Ele é um bom amigo e sei que chegaria num segundo.

— Ele está muitíssimo bem, Sr. Still. — O uso de primeiros nomes para Rabia não se estendia ao dono da casa. — Ele não quer dormir, só isso.

— Que peculiar — disse Preston com tristeza. A ideia de alguém não querer dormir, especialmente alguém com seu próprio sangue, era estranha para ele. — E as meninas? Achei que a Matilda estava tossindo um pouco quando a vi ontem.

Rabia disse que Matilda e Hero estavam dormindo no quarto adjacente. Não havia nada de errado com nenhuma das crianças, e, se o Sr. Preston simplesmente deitasse Thomas gentilmente, ele certamente se acalmaria. Sabendo o que o agradaria, o que faria com que ela se livrasse dele e pudesse ir dormir, acrescentou:

— Ele só estava sentindo falta do papai e, agora que está aqui, ele vai ficar bem.

Nada de pediatra, portanto, nada de perturbação. Ela poderia ir para a cama. Poderia dormir por, quem sabe, umas cinco horas. O que ela dissera ao Sr. Still sobre o filho estar sentindo falta do pai não era verdade. Era uma mentira dita para agradá-lo. Secretamente, Rabia acreditava que nenhuma das crianças sentiria falta de nenhum dos pais por um momento sequer. Eles raramente os viam. Ela pôs os lábios na bochecha de Thomas e sussurrou:

— Meu querido.

CAPÍTULO DOIS

Na bandeja havia um pequeno pote de iogurte do tipo que supostamente regula a flora intestinal, um figo, uma fatia de torrada com manteiga, marmelada e um bule de café. A Princesa estava na metade de sua fase de iogurte. June sabia que estava na metade porque as fases dela duravam uns quatro meses, e dois já tinham decorrido. Ela levantou aquela bandeja com pernas — nenhuma delas sabia o nome daquilo — e a apoiou sobre o edredom. Sempre colocava bobes no cabelo na hora de dormir e naquele momento os retirava, deixando cair caspa em cima da torrada.

— Dormiu bem, querida?

— Nada mal, madame. E a senhora?

— Tive um sonho dos mais peculiares.

A Princesa quase sempre tinha sonhos peculiares e começou a relatar aquele.

June não escutou; abriu as cortinas e ficou à janela, observando o Hexam Place abaixo. O BMW preto de lorde Studley estava em frente ao número 11 do lado oposto da rua, o pobre Henry ao volante. June tinha certeza de que estava ali havia duas horas. Ele parecia ter caído no sono, o que não era de se estranhar. Era realmente uma pena a Sociedade

Santa Zita não ser um sindicato, mas ela porventura poderia assumir algumas das prerrogativas de um sindicato e dar um basta nesse cruel tratamento dado aos empregados. Perguntou-se se os direitos humanos de Henry estavam sendo infringidos.

O elegante ônibus escolar, prateado com uma faixa azul ao longo da lateral, virou a esquina vindo da Lower Sloane Street. Hero e Matilda Still já estavam esperando do lado de fora do número 7, cada uma segurando uma das mãos de Rabia. A moça observou as meninas subirem no ônibus, que as levaria para a sua caríssima escola em Westminster. Mas por que a mãe delas não podia ter feito aquilo? Ainda na cama, pensou June. Isso sim era honrar o sobrenome, já que Still significa "parado". Que mundo! Damian e Roland emergiram do número 9, cuja porta principal June não conseguia ver. Esses dois sempre iam a todos os lugares juntos. Se fossem de sexos opostos, teriam dado as mãos, e June, como progressista fervorosa, achava uma vergonha que aquilo ainda fosse um ponto não atingido na luta contra o preconceito e a intolerância. O Sr. Still acabava de sair do número 7 quando a Princesa chegou ao desfecho da história de seu sonho. June possuía um instinto, nascido de anos de experiência, em relação a quando esse ponto era atingido.

— ...e não era a minha mãe de jeito nenhum, mas aquela garota ruiva que faz faxina para aquelas bichas, aí eu acordei.

— Fascinante, madame, mas não se fala mais "bicha", não é? Fala-se "casal gay".

— Ah, tudo bem. Se você insiste. Tenho certeza de que a lady Studley não permite que a Sondra fale com ela desse jeito.

— Provavelmente, não, madame — disse June. — Há algo mais que a senhora gostaria que eu trouxesse?

Não havia. A Princesa ficaria emburrada por um tempo e então se levantaria. June escutou Zinnia chegar. Desceu a escada feliz por ter vencido aquele round e se preparou, depois de persuadir a faxineira a limpar as paredes da sala de jantar, para dar prosseguimento à agenda da próxima reunião da Santa Zita.

June Caldwell tinha 15 anos quando sua mãe, viúva e empregada doméstica de Caspar Borrington, conseguira o trabalho de criada de dama (de criada de tudo, na verdade) de Susan Borrington, a filha dele. Dois meses após seu aniversário de 18 anos, Susan ficou noiva do príncipe Luciano Hapsburg, descendente de uma duvidosa família aristocrática italiana que ela conhecera quando esquiava na Suíça. Talvez não fosse exatamente o herdeiro, já que tinha dois irmãos e era um instrutor de esqui. Não havia dinheiro na família, e o título fazia os italianos rirem, porque o pai de Luciano trocara o nome de Angelotti para Hapsburg alguns anos antes. Ele tinha algumas lojas de lingerie em Milão. Isso, por mais esquisito que parecesse, dava a eles algo em comum. Caspar Borrington, que tinha muito dinheiro e era proprietário de três casas e um apartamento em Mayfair, conseguira tudo isso com algo não tão dissimilar, ainda que um pouco menos nobre: suas fábricas produziam absorventes. O advento do Tampax arruinou o negócio, mas, quando Susan conheceu Luciano, a família era enormemente rica e Susan era filha única.

Casaram-se, e June foi morar com eles no apartamento em Florença pelo qual o pai de Susan pagava. A cidade a maravilhou: as pessoas e seu modo de falar engraçado, o clima, sempre magnífico (Susan se casou em maio), os edifícios, o Arno, as pontes, as igrejas. Estava começando a se acostumar, aprendendo a falar *Buongiorno* e *Ciao*, quando Susan e Luciano tiveram uma briga mais espetacular que as de costume, chegando às vias de fato, e a moça recém-casada disse a June para fazer as malas, pois iriam para casa.

Eles nunca se divorciaram, pois Susan tinha a ideia de que o divórcio era impossível na Itália. Caspar Borrington deu a Luciano uma soma considerável de dinheiro para calá-lo, e ela nunca mais o viu. Alguns anos depois, seu pai conseguiu que o casamento fosse anulado. Ele não era uma Alteza Sereníssima — havia dúvida se realmente era mesmo um príncipe —, mas Susan passou a se autointitular Sua Alteza Sereníssima, a princesa Susan Hapsburg; tinha esse nome impresso em seus cartões e o inseriu no registro de eleitores da Cidade de Westminster. O pai lhe comprou o número 6 em Hexam Place, um endereço não tão elegante quanto se tornaria mais tarde, e ela morava ali desde então, tendo encontrado para si um grupo de amigas entre as viúvas de generais, ex-esposas de esportistas e antiquadas filhas solteiras de diretores de empresas. Houve amantes, mas não muitos e não por muito tempo.

Zinnia era outra que possuía um nome adotado por ela própria, pois desgostava de "Karen", com o qual tinha sido batizada em Antígua. "St Charles" era seu sobrenome verdadeiro, no entanto. Trabalhar para uma princesa no coração de Knightsbridge lhe deu muito renome e permitiu que facilmente conseguisse trabalho fazendo faxina nos números 3, 7 e 9. Depois de tê-la convencido a lavar as paredes da sala de jantar, June perguntou a Zinnia se gostaria de se juntar à Sociedade Santa Zita.

— Quanto custa?

— Nada. E você ainda tem chance de conseguir algumas bebidas de graça.

— Então tá — respondeu Zinnia. — Não me importaria. Henry Copley é membro?

— É — disse June. — Mas não fique muito esperançosa. Ele já anda bem ocupadinho.

Ela foi para o escritório, no qual a Princesa nunca entrava, sentou-se à mesa que a patroa nunca usava, começou a escrever o estatuto da sociedade e a aprender sozinha redigir atas.

TODAS AS CASAS em Hexam Place possuíam jardins, na frente e atrás, e o do número 3, por possuir uma parte lateral que separava a casa do Dugongo, era um pouco maior. Os jardins frontais necessitavam de muito pouca atenção, pois consistiam em quadrados de cascalho com uma árvore plantada no meio de cada um; uma cerejeira florida, por exemplo, nos quadrados em frente ao número 4, ou duas araucárias nos de Simon Jefferson. Dex ficava contente por haver pouco a se fazer naquele jardim frontal, já que araucárias o deixavam alarmado. Eram diferentes de qualquer outra árvore que já tinha visto antes, mais parecendo algo que cresceria debaixo do mar, perto de um recife de coral. Dex sabia dessas coisas por assistir à televisão. O aparelho era ligado no momento em que entrava em seu quarto e permanecia assim independentemente do que estivesse passando até a hora de dormir. Às vezes, se estivesse assustado ou simplesmente temeroso, e a Peach não estivesse falando com ele, deixava-a ligada a noite toda.

Ele gostava do jardim de trás, porque era grande, murado e tinha um gramado, que Dex cortava com mais frequência do que o necessário porque o aparador era muito bonito e agradável de usar. O Dr. Jefferson dissera que ele poderia comprar plantas se quisesse, autorizando Jimmy a dar-lhe o dinheiro. Então, Dex foi até o Viveiro Belgrave e comprou plantas anuais em maio e verônicas e lavandas em setembro, seguindo as indicações do asiático forte e alto chamado Sr. Siddiqui. O Dr. Jefferson, satisfeito com o trabalho, o recomendou para o Sr. e Sra. Neville-Smith, do número 5. Por isso, Dex tinha dois empregos, os quais conseguia executar facilmente.

Não vira espírito maligno algum desde que viera trabalhar em Hexam Place, mas o fato era que ele nem sempre tinha certeza ao identificá-los. Às vezes precisava de semanas de observação, quase sempre os seguindo, antes que a certeza aflorasse. Mas tinha de se lembrar que fizera uma promessa ao amigo do Dr. Jefferson, o Dr. Mettage, psiquiatra do hospital, de que não faria nada com eles a não ser que o ameaçassem. Ele falou que dependia do que ele queria dizer com "ameaça". Mulheres eram uma ameaça para ele por si só, mas nunca chegara a contar isso ao Dr. Mettage ou ao Dr. Jefferson. Disse ao seu deus, mas a Peach não respondeu.

Se ele não tinha trabalho para fazer no jardim frontal do número 3, havia muito no do número 5. Uma cerca viva rodeava os espaços com cascalho nos dois lados dos degraus de entrada, adornada por estreitas margens de flores. Dex se ajoelhava para arrancar as ervas daninhas dessas margens, mas primeiro estendia um capacho velho dado a ele pela Sra. Neville-Smith para proteger seus joelhos das pedrinhas no chão.

Dex gostava de observar as pessoas de Hexam Place sem ter vontade de conversar com elas: a mulher ruiva do outro lado da rua que sentava na escada para fumar, a senhora idosa chamada June que levava um cachorrinho gordo para dar a volta no quarteirão, o jovem que aparentava querer estar na TV, ao volante de seu carrão lustrado, onde ficava mais sentado esperando do que dirigindo. Havia outros dois homens que moravam na casa com a mulher ruiva. Eles sempre saíam juntos de manhã logo depois que Dex começava a trabalhar, sempre de terno e gravata e, em dias frios, de sobretudo justo.

Ele teve que ir trabalhar no quintal de trás, vendo apenas clematis, dálias e rosas. O Sr. Neville-Smith era aficionado por rosas. Ao lado, no número 7, moravam muitas crianças, duas meninas e um bebê, e uma garota que Jimmy disse ser uma *au pair*. Dex a via subir e descer a escada da área de serviço do número 7, bem como uma mulher, com longas vestes pretas e um lenço de cabeça igualmente preto, empurrando o neném em um carrinho de bebê. Entretanto, se os visse longe dos locais onde moravam, não os reconheceria. Rostos não significavam nada para ele. Via-os como máscaras vazias sem fisionomia.

CAPÍTULO TRÊS

Poucos dos fregueses sabiam o que era um Dugongo. A placa pendurada sobre as suas portas mostrava a imagem de um animal que era uma mistura de foca e golfinho com o rosto bonito de uma mulher. Isso levava alguns a dizer que era uma sereia, e outros, um peixe-boi. O dono do pub falava para procurarem no Google, mas, se alguém realmente fez isso, os resultados não eram conhecidos. Não parecia ser algo importante. O Dugongo era um daqueles pubs londrinos que sobrevivia à recessão, às leis contra direção alcoolizada e às súplicas para que todos bebessem menos. Isso porque tinha uma clientela abastada, sobretudo jovem, e era elegantemente arquitetado com um jardim na parte de trás e uma ampla calçada na frente onde se encontrar, beber vinho Sauvignon e prosear.

A primeira reunião da Sociedade Santa Zita aconteceu ao redor da maior mesa do jardim, numa noite aprazível e quente para meados de setembro. Jimmy deveria estar presidindo, mas, apesar de não ter exatamente entrado em pânico, protestou que não tinha ideia do que fazer. Nunca dissera, na verdade, que seria o *chairman*. Que a June fizesse isso. Dessa forma, June leu a escassa ata da reunião inaugural, considerada um registro honesto por Jimmy, Beacon, Thea, Montserrat, que não estivera presente, e Henry. O primeiro item da agenda era a questão relacionada aos direitos humanos de Henry.

June mal tinha começado o discurso que redigira, descrevendo o pobre Henry aguardando horas ao volante do BMW pela chegada de lorde Studley — na verdade, não tinha chegado sequer a proferir o nome de lorde Studley —, quando o assunto de sua queixa se levantou gritando:

— Para, para, para!

— O que foi, pelo amor de Deus? — O jardim do Dugongo estava infestado de vespas. — Você foi picado?

— Quer que eu perca o meu emprego? — disse Henry, baixando a voz por acreditar que não só as paredes, mas os arbustos e as plantas nos vasos tinham ouvidos. — Demorei um ano pra conseguir meu emprego. E o meu apartamento? — continuou ele com um sussurro sibilante. — Quer que eu perca o meu apartamento?

— Nossa, eu sinto muito — desculpou-se June. — Minha intenção era boa. Apertou-me o coração ver você meio adormecido ao volante àquela hora da manhã.

— Vamos mudar de assunto se não se importar. Pra dizer a verdade — completou Henry, encarando-a furiosamente —, mesmo se você se importar.

— Hora de tomar mais uma — sugeriu Beacon. — O que todo mundo vai beber? — Ele estava tentando pensar numa citação bíblica apropriada, mas na Bíblia não havia carros nem muita coisa sobre direitos humanos. — O que vai ser, Henry?

Henry e Montserrat queriam vinho branco, June, uma vodca com tônica e Thea, merlot. Jimmy pediu uma lager e Beacon contentou-se com água com gás, "adicionando um tiquinho de licor de cassis", porque sempre havia a chance de o Sr. Still ligar no seu celular para pedir que o pegasse na Estação Victoria.

Sem nada mais na agenda a não ser "custos e receitas", página ainda em branco, chegaram rapidamente ao item Outros Assuntos. Montserrat sugeriu que deveria haver um esforço para recrutarem mais membros.

Mesmo que se restringissem ao Hexam Place, ainda faltavam Rabia, Richard e Zinnia. Beacon disse que todos foram avisados sobre a reunião e que não se podia fazer as pessoas virem se elas não quisessem.

— Dá pra *persuadi-las* — disse June. — Apelar para o espírito público delas.

Ela sugeriu que uma excursão para "um show" deveria ser discutida na próxima reunião, com data a ser estabelecida. Aquela apatia inquieta que não raro recai sobre reuniões que se estendem por tempo demais estava fazendo com que olhos se fechassem, ombros ficassem curvados e pernas começassem a formigar. Todos estavam aliviados por concordarem com a excursão, especialmente porque não aconteceria até outubro. A reunião terminou e, então, a bebedeira de verdade começou.

Embora apegado à sua regra de não tomar destilados, Henry precisava de algo mais forte do que o vinho que bebera. As sobrancelhas estavam levantadas quando pediu um Campari com soda, pouca soda. Tinha pela frente um suplício que ele tanto desejava quanto temia, mas não havia escapatória. Huguette esperava vê-lo e, ciente de que seu pai estava fora em uma visita parlamentar de dois dias em Bruxelas, sabia também que Henry não poderia estar de plantão para dirigir o BMW. Ela esperaria em vão, pois ele tinha outro compromisso com a família Studley às 21h.

Beacon foi o primeiro a ir embora. Ele recebeu a ligação. O Sr. Still estava em um trem em direção a Euston, não a Victoria, com previsão de chegada em doze minutos. Essa também foi a deixa para Montserrat, que o observou ir embora, conferiu se o Audi tinha saído e subiu correndo a escada do número 7 para bater na porta de Lucy e avisar a Rad que teria de estar fora dali no máximo em três minutos. Depois de já tê-lo escoltado pela sala de estar, pela íngreme e estreita escada até o porão e a área, e vê-lo desaparecer em direção à Sloane Square, ela subiu correndo novamente até o andar superior. Thomas, pelo menos dessa vez, estava dormindo, as garotas assistiam à televisão enquanto se preparavam para ir dormir e Rabia tomava uma xícara de chá.

O número 11, lar dos Studley, não era apenas o maior casarão de Hexam Place, como também era diferente das outras por ser isolado da fileira de casas e possuir parapeitos mais elaborados ao redor das varandas. Entrava-se nela por entre duas colunas caneladas e uma porta dupla. Acima da entrada, portas de vidro davam acesso, do quarto principal, a uma ampla varanda onde havia palmeiras e capim dos pampas em urnas. Tal porta, apesar de aferrolhada e trancada, de certa forma fazia o quarto parecer mais exposto e menos seguro do que se houvesse ali uma parede sólida, e era por isso que Oceane Studley preferia visitar Henry a receber sua visita.

Ele voltou do Dugongo às 20h50, trocou rapidamente os lençóis da cama, baixou as persianas e ajeitou as taças. Ela traria o vinho; sempre o trazia. Não que aquilo houvesse acontecido muitas vezes — essa seria a terceira. Não tinha tempo para um banho, mas tomara um de manhã. Teria de ser assim mesmo. Henry não conseguia se decidir se queria ver Oceane ou se na verdade preferia que seu celular tocasse com ela, do outro lado da linha, cancelando o encontro. Para ser honesto, durante todo o tempo que ela passava em seu quarto, Henry ficava apavorado. Era apenas por sua juventude, supunha, que conseguia funcionar e não ficar inibido pelo medo. As coisas eram bem diferentes com Huguette, porque eles faziam aquilo no apartamento dela, que ficava a quase dois quilômetros de distância e não era do pai dela, apesar de que sem dúvida fosse ele quem pagava o aluguel. Toda aquela casa, do quarto de Henry à suíte principal, era propriedade de lorde Studley, e, mesmo sabendo que seu patrão estava em Bruxelas, ainda assim temia possíveis espiões. Quando estava entrando, encontrara Sondra na escada e a achou tão agradável que não conseguia se livrar da ideia de que ela estava de olho nele.

O problema era que Oceane era uma mulher muito atraente e não tinha sequer chegado aos 40 anos. Henry a achava basicamente mais bonita que a filha, mas Huguette era jovem e essa era uma grande vantagem. Enfim, embora não tivesse nem pensado em recusar Huguette, ficara com medo de falar "não" para Oceane. Henry desconhecia a história de José e a mulher de Potifar, mas a trama era óbvia para qualquer um que imaginasse o cenário. Você diz não, obrigado, melhor não, e ela conta para o marido, que por acaso é seu chefe, que você deu em cima dela.

Ele estava chegando ao fim da conjectura que levava a esse desfecho quando a porta se abriu e Oceane entrou. Nunca batia. Ainda que, para ela, Henry pudesse ser outra coisa, ele ainda era, afinal, o motorista de seu marido.

— Ah, meu querido — disse ela. — Está no sétimo céu por me ver?

Ela pressionou a pélvis contra ele e enfiou a língua em sua boca.

Henry correspondeu. Ele, na verdade, não tinha outra opção.

MONTSERRAT SABIA DAQUILO. O negócio dela era saber quem estava tendo caso com quem, quem estava dando o cano no serviço, quem pegava emprestado uma BMW ou um Jaguar quando tal empréstimo era estritamente proibido. Ela nunca chegara a chantagear alguém, mas gostava de manter uma reserva de informações para a possibilidade de ter que fazer algum tipo moderado de chantagem. O único amigo que tinha em Hexam Place era Thea, e o único membro da Sociedade Santa Zita que possuía carro próprio era Montserrat, um Volkswagen bem velho que ficava guardado em uma garagem que pertencia ao número 7 numa ruazinha atrás de Hexam Place.

Tentativas de persuadir Rabia a participar da sociedade falharam.

— Você não tem que beber nada. Quero dizer, não tem que beber nada alcoólico. Você simplesmente se senta a uma mesa e conversa. E depois você pode ir com a gente a espetáculos.

Rabia disse que não tinha dinheiro para aquilo, e, se pedisse ao pai para ir a um pub, ele diria não.

— Contar a ele por quê?

— Porque ele é meu pai — respondeu a moça, com seu jeito simples e direto. — Não tenho marido mais pra me dizer o que fazer.

Ignorando a revirada de olhos de Montserrat, ela lhe ofereceu outra xícara de chá.

Montserrat disse que preferia tomar uma taça de vinho e supunha que Rabia não deixaria que trouxesse a garrafa até ali.

— Não mesmo — disse Rabia. — Sinto muito, mas este lugar é das crianças.

E foi ver Thomas, que tinha começado a choramingar.

June, a Princesa e Rad Sothern, que era sobrinho-neto da primeira, tomavam café na sala de estar do número 6. A Princesa somente tolerava esse parente da criada porque se tratava de um profissional, ator e celebridade. Além disso, ele era muito bonito e interpretava o Sr. Fortescue, o cirurgião ortopédico, em um dos seus seriados médicos preferidos. O Sr. Fortescue era um personagem importante em *Avalon Clinic*, aparecendo toda semana; era um rosto famoso quando visto atravessando a Sloane Square. June era apenas mais ou menos afeiçoada ao rapaz, mas tinha total consciência de que ele somente a visitava quando não havia nada de melhor para fazer. Ela vira a entrada dele sendo permitida no número 7 pela porta do porão e desaprovava que tivesse um caso com Montserrat, a quem June considerava dissimulada. Intrigava-a como ele pôde em algum momento encontrar a *au pair* dos Still. Até onde sabia, seu único contato com os ocupantes do número 7 fora quando a Princesa o tinha apresentado a Lucy Still em uma festa que dera em casa alguns meses antes.

A Princesa se dirigia a ele como Sr. Fortescue, porque achava engraçado. Rad pedia que não fizesse isso, mas ela não dava atenção. A conversa era sempre centralizada em fofoca. Fofoca sobre cinema e televisão, não sobre os boatos escandalosos em Hexam Place, já que isto poderia ser contundente demais para Rad. June sabia que ele ia ao número 6 com aquela frequência não pela afeição que sentia pela Princesa, mas para que assim, quando fosse visto, os vizinhos pensassem que as visitas eram para sua tia-avó e não para Montserrat.

A Princesa, como sempre, queria que ele contasse a ela sobre as vidas privadas do elenco de *Avalon Clinic*, e ele se via forçado a dar uma versão diluída que parecia satisfazê-la.

— Posso oferecer-lhe um conhaque, Sr. Fortescue?

— Por que não? — disse Rad.

Nada fora oferecido a June, mas ela se serviu do mesmo jeito. Estava cansada e ainda teria que dar a volta na quadra com Gussie. Rad demoraria horas para partir se ela não lhe desse o que chamava de um empurrãozinho, apesar de ter sido bem mais do que isso.

— Hora de ir embora, Rad. Sua Alteza quer ir dormir.

Gussie já estava com sua coleira e Rad, depois da habitual frase de June, foi visto fora do recinto, à porta da frente, escada abaixo. Era uma noite agradável, mas o frio aumentava. Rad pegou um táxi na Ebury Bridge Road, e June e Gussie deram a volta na quadra. Era muito tarde, mas as luzes de alguns quartos permaneciam acesas. Damian e Roland ainda estavam na sala de estar, embora as persianas estivessem abaixadas. Não havia ninguém por perto, ninguém para ver June usar a porta principal. Então ela e Gussie entraram na casa pela escada de mais fácil acesso ao subsolo.

THEA MORAVA NO apartamento mais alto do número 8, enquanto Damian e Roland ocupavam o térreo e o primeiro andar. Roland fazia um pouco da faxina com má vontade, e Thea fazia o que ele deixava para trás, mas ninguém limpava o apartamento da Srta. Grieves no subsolo. Ela não tinha dinheiro para isso. Thea já fazia compras para ela, às vezes levando uma comida que era como uma versão melhorada dessas refeições entregues por programas de alimentação para os necessitados, mas começou também a passar aspirador na casa e desempoeirar a velha mobília. Era uma das muitas tarefas que executava sem que lhe pedissem, apenas por sentir que era seu dever. Pelo mesmo motivo, ela dava conta do que chamavam de "servicinhos" para Damian e Roland, ao ficar em casa para atender a porta quando vinha um encanador, receber um pacote do carteiro, colocar o lixo a ser reciclado para fora, trocar lâmpadas e fusíveis. Thea não gostava de fazer essas coisas, mas não via como poderia parar. Nem se sentia orgulhosa de ajudar seus vizinhos. Se essas coisas ao menos a fizessem feliz, se ela pudesse adquirir uma consciência de virtude, um sentimento de satisfação em executar serviços úteis e *não pagos*... Mas aquilo só a deixava irritada e, às vezes, ressentida. Ela apenas fazia tudo de uma forma completamente exasperada.

Montserrat parecia sempre ter alguém, mas fazia dois ou três anos que Thea tivera seu último namorado. Os anos estavam passando, como sua irmã casada Chloe dissera ou, nas palavras de Roland — citada de algum lugar ou alguém —, a carruagem alada do tempo se aproximava rapidamente. Às vezes, ela achava que se qualquer homem a chamasse para sair, contanto que não fosse completamente feio ou nojento, aceitaria o convite. Estava se tornando um amante dos sonhos este homem sem rosto, já que ela o imaginava chegando em um belo carro para levá-la para passear e depois almoçar, e ela se via acenando para ele da janela, dando tchau para Damian e Roland, e correndo escada abaixo até a porta principal.

Ninguém que Thea conhecesse, ainda que vagamente, poderia assumir esse papel. A caminho de seu trabalho na Fulham Road, ela olhava os passageiros do ônibus ou os homens que passavam por ela a pé e pensava: O que devia fazer, como devia ser sua aparência para ganhar a atenção deste ou daquele? Thea soubera no passado, tendo colocado tal conhecimento em prática. Mas eles, aqueles homens, casaram-se com outras pessoas. Era capaz que ela acabasse como a Srta. Grieves; solteira e solitária, uma velha encarquilhada.

CAPÍTULO QUATRO

Abram Siddiqui estava caminhando pelo corredor entre arbustos e coníferas, conferindo se tudo estava em seu devido lugar e corretamente etiquetado. Era um homem alto e robusto, bonito como a maioria dos que vinham da parte do mundo em que nascera, com um forte rosto aquilino bem amaciado por sua barba negra. Para o trabalho, vestia-se como um cavalheiro inglês do interior, ainda que o Viveiro Belgrave ficasse no coração de Victoria, e nesse dia ele usava uma calça de sarja fulva, uma camisa xadrez de algodão escovado, com gravata de tricô verde-escura e um blazer de tweed de um verde mais claro com cotovelos de couro.

Se metade de seus pensamentos estava focada em conferir todo o estoque de ciprestes, ciprestes-de-monterey e tuias, a outra pensava em sua filha Rabia. Estava preocupado com ela e com a triste e decepcionante vida que levava, a moça tão bonita, modesta e tranquila, quando, ao fazer a curva para o corredor seguinte, o que ficava entre as éricas e as lavandas, ele a viu caminhando da entrada da Warwick Way em sua direção. Empurrava um carrinho de bebê novo, o mais grandioso que Abram já vira, um carrinho que serviria para um príncipe, e parecia pequena demais para estar no comando de algo tão esplêndido e de um garoto tão robusto. Rabia usava uma saia preta longa e blusa cinza, junto a um cachecol preto de bolinha, amarrado ao redor do pescoço de forma a esconder todo seu cabelo e cobrir a gola de sua blusa.

— Já faz uma semana que não vejo você, pai. Está ocupado demais pra mim e pro Thomas agora de manhã?

— Venha, minha querida — disse Abram em urdu —, vamos levá-lo à estufa pra ele ver os peixes tropicais.

Thomas gritava de alegria ao ver os peixes, que eram vermelhos, verdes, com listras amarelas, azuis e cintilavam como joias à medida que costuravam as folhagens das algas verdes e os pilares de corais artificiais. Abram colheu uma flor vermelha de um galho e a entregou ao menino, assegurando a Rabia que não haveria mal algum a ele se a colocasse na boca.

— Estava pensando em você — disse à filha. — Estou preocupado com a chance dessas pessoas com quem você trabalha corrompê-la. Temo que sejam incrédulos e imorais.

Ele parecia ter adivinhado, o que fazia com frequência, os problemas que ultimamente estavam quase sempre na cabeça de Rabia. Mas ela tinha certeza de que ainda não estava preparada para consultá-lo, se é que algum dia estaria. Era estranho portanto que um homem tão sensível não percebesse que suas tentativas de casá-la novamente, de encontrar-lhe um novo marido, eram tão inadequadas. Ele a levou para a cafeteria do viveiro e lhe comprou uma xícara de café e um sorvete para Thomas, tendo preferido o de pote à casquinha, porque gostava de que as crianças se mantivessem limpas e arrumadas. Rabia amarrou um guardanapo de tecido grosso ao redor do pescoço de Thomas e lhe deu o sorvete com uma colherzinha de prata.

O pai dela mudou o rumo da conversa.

— Rabia, você sabe que não precisa de trabalhar. Não sou um homem rico, mas tenho o que chamam no Reino Unido de situação confortável. Você vem pra casa, fica lá e eu a sustento. Seria um prazer para mim.

Ela estava olhando para Thomas, e Abram viu tanto amor e nostalgia brotando nos olhos da filha que soube da resposta.

— Sei que você sofreu. Não há coisa pior para uma mulher do que perder seus filhos, mas apenas com um casamento poderá ter outros. Sim, minha querida, mais filhos virão. Há um bom homem que trabalha para mim aqui. Não, ele não está aqui hoje. Saiu com uma das vans. É irmão da cunhada da sua titia Malia; ele a viu e a admirou, como deveria fazer qualquer homem sensato. E não é seu primo, nem parente. Então pode esquecer os seus medos, ainda que eu não acredite neles, de alguma coisa envolvendo desordem genética. Vou falar com ele por você, um encontro poderá ser combinado em breve. Rabia, você tem 30 anos, mas não parece ter mais de 21 ou 22...

Ela o deixou terminar. Tirou o sorvete da boca de Thomas com um lenço umedecido, pegou outro para limpar as mãos e beijou a parte de cima da cabeça dele antes de responder. Com uma voz calma e tranquila, disse:

— Não posso passar por isso de novo, pai. O senhor está certo sobre o sofrimento, e não posso passar por isso de novo. Sobre morar com o senhor... é muita gentileza sua, o senhor é sempre muito gentil, mas não vai dar. Sou melhor com crianças, amo essas crianças, e o senhor fica melhor sozinho, com seus amigos agradáveis e vizinhos bondosos.

— Então vamos — disse Abram, e Rabia sabia que ele tinha desistido... mas apenas momentaneamente. Começaria novamente na próxima vez que ele a encontrasse. — Tenho fregueses para atender.

Eram na maioria mulheres, e as mais velhas usavam roupas de Knightsbridge e joias da Bond Street e tinham seus cabelos tingidos da cor de suco de laranja recentemente espremido ou do mogno da sala de estar de Lucy. Todas as jovens se pareciam com Lucy Still em suas calças jeans apertadas feitas para adolescentes, camisas brancas e sapatos com saltos de dez centímetros. Uma delas havia tirado o que usava e o colocado no carrinho que empurrava em direção à Bolbos e Mudas, seguindo descalça em passos mancos. Thomas estava adormecido, o polegar metido na boca. Rabia o empurrava para casa, caminhando lentamente e aproveitando o sol.

Montserrat estava do lado de fora de casa, de pé ao lado do carro, conversando com Henry. No chão entre eles havia um objeto que para Rabia parecia uma mistura de barco com caixão. Henry disse a ela que aquilo lhe pertencia e que não era um caixão nem um barco, mas um maleiro para ser colocado em um rack no teto de um carro para levar bagagem extra ou equipamento de camping.

— Montsy vai comprar.

— Um minutinho aí — disse Montserrat. — Vai depender do preço estar adequado, porque você quer se livrar dele é outro assunto.

— Porque eu tive que me livrar do meu carro.

— Você encaixa isso no rack no teto do seu carro, coloca coisas nele e sai viajando — disse Rabia. — Aonde você vai, Montsy? Ver sua mãe na Espanha?

— Desta vez, não. Vou esquiar na França. Pretendo colocar meus esquis dentro do maleiro de teto, junto com todo o equipamento que comprei. Espera só pra ver minha calça de esqui nova.

Comprada com o dinheiro que a Lucy e Rad Sothern lhe deram, pensou Rabia com constrangimento. Uma nota de vinte libras aqui, uma de cinquenta ali. É claro que não disse nada, no entanto. Não era da conta dela — a não ser que aquilo *fosse* da conta dela, seu dever moral de falar alguma coisa a alguém. De volta a esse assunto. Ele sempre voltava, independentemente do quanto ralhasse consigo mesma.

— Você quer ir a uma reunião da Sociedade Santa Zita na hora do almoço? — perguntou Montserrat. — É uma assembleia geral extra-ordinária e vai ser no jardim do Dugongo. Então dá pra você levar o Thomas. Aí, quando o Henry começar a tentar subir o preço desse maleiro, como de costume, você pode ficar do meu lado e me apoiar.

— A Lucy ia ficar brava.

— A Lucy não vai ficar sabendo.

Rabia sorriu e começou a arrastar o pesado carrinho de bebê pelas escadas do número 7. Henry correu para lhe dar uma mão, voltando-se para Montserrat e dizendo que não poderia aceitar menos de 75 libras.

— Está brincando. Isso deve ter uns cem anos.

— *Se* você não se importa, paguei duzentos por ela em 2005.

— Cinquenta — ofereceu Montserrat.

— Setenta.

— Cinquenta e cinco.

— Olha só quem está brincando agora.

June apareceu na porta da frente do número 6 e, apesar do reumatismo, desceu as escadas como alguém com a metade de sua idade.

— Vocês dois estão fazendo mais barulho que uma gangue de desordeiros em Brixton. Este é supostamente um dos mais seletos bairros não só no Reino Unido, mas em todo o mundo ocidental. Sua Alteza está com dor de cabeça.

— Posso dar uns dois comprimidos de paracetamol pra você dar pra ela, mas isso vai ter um custo — disse Henry, risonho.

June o ignorou.

— Vamos ter que levantar essa questão do barulho na rua na reunião. Vou colocar na agenda.

Henry colocou o maleiro de teto dentro do porão do número 11 e depois todos eles saíram em grupo para o Dugongo. Lá encontraram Thea, Jimmy e Beacon, os dois últimos mais uma vez abstêmios, já que o Sr. Still queria que o buscassem no centro financeiro de Londres às 16h, e o Dr. Jefferson, na Great Ormond Street às 17h. Outubro não era quente o bastante para se sentar do lado de fora. Então eles se aglomeraram ao redor da maior mesa do bar, onde June se pôs a ler a ata da última reunião e adicionou que aquela era uma assembleia geral extraordinária convocada devido à agenda cheia.

Eles mal tinham começado a tratar dos assuntos da agenda quando Thea interrompeu para dizer que vira Rad Sothern em Hexam Place no início da semana. Bem tarde da noite, aliás.

— Me pergunto quem ele anda visitando. — acrescentou, reunindo um tom fortemente sugestivo a essa especulação. Às vezes, era maliciosa para compensar seu comportamento puritano típico.

— A Princesa e eu, pra falar a verdade — disse June.

— Você? — Parecia demais para que Thea acreditasse. — Como diabos vocês o conheceram?

— Não foi preciso conhecê-lo — June conseguia ser fria quando queria. — Ele é meu sobrinho-neto.

— Que engraçado — disse Montserrat. — Se alguém tivesse perguntado pra mim, eu diria que ele era parente da Princesa.

June ergueu as sobrancelhas.

— Sua Alteza Sereníssima não tem parente nenhum. Exceto por mim, ela está completamente sozinha nesse mundo. E, pelo que ouvi, ninguém te perguntou coisa nenhuma.

— Não precisa ser desagradável.

— Às vezes preciso, sim. E me deixem lembrá-los de que esta é uma assembleia geral extraordinária da Sociedade Santa Zita e que o principal item na agenda é o nível desagradável de barulho feito pelos membros na rua.

— E eu tenho uma questão para o item Outros Assuntos — disse Henry.

Dex apareceu para a reunião ou, melhor, entrou no Dugongo enquanto a reunião estava acontecendo e se sentou à grande mesa onde os outros já estavam. Comprou uma Guinness e, não tendo nada para falar como sempre, escutava a discussão enquanto observava todo mundo. Uma das mulheres era ruiva. Era uma daquelas pessoas cujos olhos ele podia ver, e viu também que eram azuis-claros. Por outro lado, seu rosto era inexpressivo, não muito diferente dos outros rostos. Outro falava ao telefone. Talvez eles também tivessem deuses morando neles ou apenas frutas tipo *blackberry* ou *apple*, como Dex ouvira falar. O restante conversava sobre gritos na rua, gargalhadas estridentes e conversas altas tarde da noite. Dex, que sempre tirava proveito de comida de graça, naquele momento enfiou os dedos na tigela com fritas de muitas cores e encheu a mão. Notou a mulher chamada June olhando para ele e dizendo em seguida:

— Suas mãos estão muito sujas. Agora que você encostou nessas batatas ninguém mais vai querer comê-las.

Dex não se importava se ninguém mais as comeria; sobraria mais para ele. Ele fez um esforço para responder e disse:

— Vou gostar delas. Eu como.

— Nossa, que bom — disse June.

Ela levantou o assunto sobre uma ida ao teatro, mas ninguém pareceu interessado.

O outro assunto de Henry dizia respeito a moradores de ruas vizinhas estacionarem os carros em Hexam Place, o que fazia com que às vezes não houvesse vaga para o carro do lorde Studley.

— Sua Senhoria teve que dar a volta na esquina para me encontrar.

— Isso não machuca — disse June, de maneira um tanto intolerante.

Jimmy, cujo gentil patrão tinha que andar oitocentos metros para chegar ao seu carro sem reclamar, disse que não via como seria possível acabar com essa ocupação das vagas de Hexam Place. Era perfeitamente legal. Dex secou seu copo de Guinness e saiu para uma mesa menor para ficar sozinho. Apertou algumas teclas aleatoriamente como sempre fazia, mas começando com 020, o código de Londres. Algumas notas musicais ressoaram, e em seguida uma voz de mulher disse que o número não fora reconhecido. Dex sabia que isso significava que seu deus estava ocupado e não podia falar com ele naquele momento. Tudo bem; acontecia com frequência. Tentaria novamente mais tarde. Levantou a tigela de fritas com a suja mão esquerda e derramou seu conteúdo na ainda mais suja mão direita com um olhar de satisfação.

Thea, ruiva, de olhos azuis, usando um vestido com estampa vermelha e azul em vez de calça, não estava muito aquecida, mas se sentia mais atraente que qualquer outra mulher no pub. Extremamente entediada durante a reunião depois de sua briga com June, ela havia algumas vezes tentado de maneira tímida capturar os olhares de homens, mas a única reação fora de Jimmy. Ela não conseguia colocá-lo na mesma categoria que seus namorados anteriores; depois, decidiu que isso era um esnobismo ultrajante e capturou o olhar dele novamente, sorrindo dessa vez. Mas Jimmy, sem sorrir para ela, foi embora para pegar o Dr. Jefferson, e Thea foi para casa sozinha, onde Damian a encontrou na entrada e lhe disse que tinha acabado o sabão da lava-louça.

CAPÍTULO CINCO

Thea assumiu o papel de mulher amiga de homem gay, apesar de sempre suspeitar que Damian e Roland na verdade não gostassem muito dela. Ela lhes era útil e isso era tudo. Eles gostavam de homens, gays e héteros, e a companhia masculina era suficiente para eles. Considerando a frequência com que ela fazia compras para os dois ou até cozinhava quando recebiam convidados para jantar, Thea achava que deveriam reduzir seu aluguel, mas nunca conseguia reunir a coragem para pedir.

Ela tinha um emprego de meio período ensinando informática e processamento de texto básico em uma escola localizada em cima de uma lavanderia na Fulham Road. Além disso, também dava aulas noturnas do que chamavam de Alfabetização em Internet. Considerando como era numeroso o público-alvo, pessoas acima dos 60 anos que não usavam o computador e mal sabiam o significado de "estar online", era surpreendente o quão pouco frequentadas eram as aulas. Não havia dúvida de que fecharia em breve devido a cortes de custos, o que consequentemente afetaria também a renda de Thea. Isso fez com que ela percebesse que nem Damian nem Roland jamais perguntaram o que fazia para sobreviver. Talvez achassem que ela era igual às mães deles, que viviam de renda e herança e não faziam nada. Talvez achassem que quando ela saía eram para jogar bridge ou almoçar com outras senhoras, também como as mães deles. Não estavam interessados nela, sendo legais apenas quando queriam pedir um favor ou tinham uma razão para serem especialmente animados. Nenhum deles sequer reparava na Srta. Grieves — se ela tinha um primeiro nome, ninguém sabia —, a idosa de 90 anos que morava abaixo deles. Era Thea que fazia compras para ela, buscava o jornal de domingo e a ajudava a subir as escadas até a rua quando a artrite reumatoide a atacava de maneira especialmente intensa. Damian a chamava de última titia solteirona que sobrou em Londres, mas, se a Srta. Grieves tinha algum sobrinho, ninguém nunca o tinha visto. Ela era velha o suficiente para ser mãe de June; esta, sim, uma titia solteirona.

A casa pertencia a Roland Albert, expoente de uma família abastada. Para comprá-la no início dos anos 1990, ele vendera um objeto chamado Medalha Kamensky para um russo colecionador de insígnias. A medalha, bem pequena e, na opinião de Thea, muito feia, fora dada a um antepassado de Roland pelo então tsar e passada em seguida a seus descendentes, até seu valor estimado enfim alcançar a impressionante soma de 104 mil libras. Roland a usou como entrada para financiar o número 8 em Hexam Place. Mesmo assim, só conseguiu pagar o casarão porque o apartamento no subsolo tinha um inquilino na figura da Srta. Grieves, que morava ali desde antes de Roland nascer. Ao longo dos anos, ele e Damian ofereceram à senhora, por meio de seu advogado, somas de dinheiro cada vez maiores para que saísse e os deixasse com uma casa com um andar a mais ou então com uma propriedade que geraria um lucrativo aluguel. A Srta. Grieves, que tinha um jeito vigoroso, dizia, parafraseando Eliza Doolittle:

— Nem por um cacete.

Além de ser tão gentil e prestativa, Thea tentava fazer angariar a boa vontade de seus vizinhos. Isso ela fazia com Damian e Roland, numa tentativa de transformar o número 8 na casa mais encantadora da rua; tentava persuadir Damian, o mais tranquilo do casal, a comprar vasos de janelas para o segundo andar, cântaros para a varanda que se estendia pela frente do primeiro andar e a plantar mudas na primavera e plantas anuais no verão.

Não que fosse ela mesma a responsável pelo plantio. Duas semanas do mês de outubro já haviam passado, e Thea estava aguardando a chegada da van do Viveiro Belgrave, cujo motorista era um consultor de plantas domiciliar. Esperava um homem baixo e bem raquítico chamado Keith, mas, quando a van verde-escura apareceu com a imagem de uma mimosa totalmente florida estampada na lataria, o consultor de plantas domiciliar mostrou-se um homem alto e forte, com uma barba negra, o crachá em seu uniforme verde-escuro informando que ele seu nome Khalid.

Os cântaros teriam jacintos vermelhos, roxos e brancos e narcisos multicoloridos; os vasos de janela, tulipas anãs. Uma nova modalidade que o Viveiro Belgrave estava muito orgulhoso de produzir era uma flor pêssego de muitas pétalas chamada Shalimar. Ele colocava algumas dessas misturadas com uma tulipa franjada de cor vermelho-escura e uma hera miniatura de folhas amareladas. Qual era a situação dos esquilos em Hexam Place?

— Como? — indagou Thea.

— Vocês têm esquilos? Se um esquilo sentir o cheiro do bulbo da tulipa, seja a dois quilômetros de distância, ele vai estar aqui, cavoucando os seus vasos em busca de café da manhã. — A branda jocosidade de Khalid fez com que gargalhasse da própria piada, apesar de não ter surtido o menor efeito em Thea. — Ah, não tenha dúvida.

— Então não as plante — disse a moça, com cara de poucos amigos.

— Talvez seja melhor, em vez disso, plantá-las e fornecer a você a nossa proteção antiesquilo para vaso, a mais recente novidade do mercado, lançada no mês passado.

No que se referia a barganha, Thea não era páreo para Khalid. Ela não tinha consciência de que, apesar de cidadão inglês desde os 12 anos, ele era de uma extensa linhagem de comerciantes de Islamabad; dez minutos depois, Thea já havia concordado com a proteção antiesquilo para vaso e Khalid estava plantando tulipas nos vasos de janela. Uma hora mais tarde, ele tinha movimentado a van, feito outra ligação telefônica para a câmara municipal de Westminster para solicitar permissão para estacionar e estava tocando a campainha do número 7. Não tinha a intenção de usar a entrada de serviço. Montserrat o deixou entrar e o levou direto para a sala de estar no andar de cima, com sua sacola de ferramentais e bulbos, mas antes examinou os sapatos do homem como se esperasse que estivessem envoltos por barro.

Khalid, que usava calçados elegantes e impecavelmente engraxados, disse, num tom sarcástico:

— Talvez queira que eu retire meu sapato da mesma maneira que exigem nos aeroportos do Reino Unido.

— Ah, não; seu sapato está impecável.

Lucy tinha saído para almoçar no Le Rossignol, e Preston Still estava obviamente na Câmara. As garotas estavam ambas na escola e Thomas, no andar de cima, passava seu tempo com Rabia. A babá trocava sua fralda e o vestia com roupas novas, um macacão azul-marinho e um casaco de caxemira cor de camelo com botões de metal. Notara que uma coisa que Lucy gostava de fazer por seus filhos era escolher as roupas deles; quanto mais caras, melhor. Rabia apreciava o gosto da patroa. Nada era bom demais para Thomas, que ficava tão deslumbrante que ela não conseguia deixar de abraçá-lo. Findo o abraço, Rabia, em seu hijab, levantou Thomas, colocou-o gentilmente em seu suntuoso carrinho e o estava empurrando pelo corredor quando Montserrat subiu a escada. Com ela estava o homem que a babá reconheceu como um membro da equipe que cuidava das plantas de seu pai. Reconheceu também o nome na jaqueta verde-escura e soube o porquê de ele estar ali, qual o principal propósito de sua visita. Aquele homem alto, de barba negra e admitidamente bonito era o segundo marido que o pai escolhera para ela.

— Bom dia — cumprimentou.

— Bom dia, Srta. Siddiqui.

— Obrigada, mas é Sra. Ali.

Um sorriso satisfeito surgiu no rosto de Khalid.

— Deixe-me ajudá-la a carregar o passeador até o andar térreo.

Passeador, uma palavra que nunca ouvira, a silenciou. Um homem obviamente forte, Khalid levantou o carrinho com Thomas dentro e carregou ambos com uma das mãos escada abaixo. Rabia o seguiu, deixou escapar um "obrigada" desaniniado e se apressou a empurrar o bebê na direção da porta da frente.

— Como vai fazer para descer os degraus lá fora? — falou Khalid detrás dela.

— Vou fazer o que sempre faço — disse Rabia e fechou a porta, que emitiu um suave, mas firme clique.

— Uma mulher de aparência adorável — comentou Khalid.

Montserrat, que não gostava de ver nenhuma mulher ser elogiada além de si mesma, disse que aquilo era uma questão de gosto e perguntou se Khalid gostaria de começar o plantio nos vasos de janela do berçário. Tendo recusado a proteção de vaso contra esquilo com uma rigidez que Thea fora incapaz de atingir, Montserrat decidiu deixá-lo trabalhar. Desceu até o apartamento no porão, de onde ligou para a mãe com seu novo iPhone, comprado com as gratificações de Lucy e Rad Sothern, para dizer a ela que gostaria de passar alguns dias em Barcelona antes de ir de carro para Jura. A mãe de Montserrat era espanhola, e o pai, um inglês que morava em Doncaster. A *Señora* Vega Garcia não parecia muito contente em receber a ligação da filha, mas, já que Montserrat não fez nenhum pedido de empréstimo nem sequer indicou que estivesse precisando de dinheiro, ela amoleceu. Seguiu-se então a conversa mais agradável que haviam tido em meses.

Os "alguns dias" seriam no início de dezembro ou um pouco depois, dependendo do clima e do estado da neve. Em Colmar ela se encontraria com uma amiga da época da escola por cujo irmão sempre tivera uma quedinha. Imaginava como fariam Lucy e Rad Sothern quando a guia deles estivesse no mês de férias a que tinha direito. Dariam seu jeito, pensou.

Khalid, da maneira que fazem todos os encanadores, eletricistas, jardineiros ou profissionais independentes afins, chamou:

— Oi? Você está aí?

E Montserrat subiu correndo para acompanhá-lo até a saída.

— Essa escada é perigosa de tão íngreme — comentou Khalid, com um tom sério.

Montserrat nunca notara isso.

— O chão lá embaixo — continuou ele — é de ladrilho, muito duro, e este corrimão precisa de conserto. Ele pode se desprender quando uma pessoa estiver descendo... e aí, o que acontece?

— Só Deus sabe — respondeu Montserrat.

— Os seres humanos também. Eu chamaria de "armadilha mortal".

Ela o levou até a saída e o observou subir a escada que levava até a rua.

O ESTACIONAMENTO DA Câmara dos Lordes ficaria cheio à tarde, mas, naquele momento, logo antes do meio-dia, estava meio vazio. Henry tinha lavado o BMW na ruazinha atrás de Hexam Place naquela manhã, e agora o carro estava estacionado na vaga que sempre usava perto de onde o Líder da Bancada do Governo deixava o seu surrado Volvo velho. A diferença entre o BMW e o Volvo, um tão brilhante e o outro tão arranhado e empoeirado, provocava-lhe muito prazer, embora ele ficasse desapontado por lorde Studley nunca ter feito comentário algum a respeito do contraste. Henry saiu, abriu a porta traseira do lado do motorista para Huguette e depois a porta do passageiro para o pai dela.

Era a primeira vez que dirigia para pai e filha juntos e ficou o tempo todo com medo de que Huguette soltasse algo do tipo "Vejo você na sexta" ou "Por que você não me mandou uma mensagem?". Ela era capaz disso. Henry estava tomado pela ansiedade desde o momento em que lorde Studley lhe dissera: "Vou almoçar com a minha filha na Câmara".

Primeiro, porque ele tinha que fingir não saber onde Huguette morava, embora, por incrível que pareça, nunca tivesse ido à rua dela de carro. Depois teria que dizer "Bom dia, Srta. Studley", sem ter certeza de que isso era o correto, ou se deveria ser "Bom dia, honorável Huguette". Mas aparentemente fizera a coisa certa, pois nenhum deles reclamou. A moça estava com um humor péssimo e não conversou muito durante o trajeto, enquanto lorde Studley falava em detalhes sobre a questão que teria de responder oralmente quando a Câmara se reunisse às 14h30. Parecia que era algo sobre o Brasil, uma dívida ou um empréstimo envolvendo o Fundo Monetário Internacional, e Henry continuava sem entender nada daquilo quando deu a volta na Parliament Square e virou na pista que levava à portaria de identificação. Huguette tinha aparentemente pegado no sono. Lorde Studley interrompeu sua fala nesse momento para mostrar seu crachá listrado de vermelho e branco com fotografia para o policial de serviço, mesmo o tendo visto passar por aquele caminho cotidianamente por anos.

O patrão de Henry queria que ele carregasse sua pasta e uma grande caixa de papelão cheia de papéis para dentro da Câmara e subisse até seu gabinete. Eles chegaram à Entrada de Nobres, onde tiveram que tirar uma foto de Henry para ser impressa em um crachá, e depois passaram por uma revista como as em Heathrow. Lorde Studley dividia um gabinete com um ministro de estado responsável pelo Desenvolvimento do Hemisfério Sul, um homem cujo motorista Henry conhecia e com quem naquele momento conversava sobre a Sociedade Santa Zita, da qual Robert não podia fazer parte por não ser um morador de Hexam Place. Lorde Studley tinha ido a algum lugar para buscar uma pasta para Henry levar de volta ao número 11 e, na ausência do patrão, ele manteve uma conversa ativa com Robert para impedir que Huguette fizesse um comentário indiscreto, o beijasse na bochecha ou algum gesto daqueles.

As coisas foram de mal a pior quando o telefone tocou. O ministro do Desenvolvimento do Hemisfério Sul atendeu, e Henry o escutou dizer:

— Ah, Oceane, como vai?... Bem, obrigado... Clifford saiu um minutinho. Tenho certeza de que não vai demorar.

Não me faça falar com ela, rezou Henry silenciosamente. Huguette movia os lábios, dizendo sem emitir som "Me deixa fora dessa", quando o pai dela voltou.

Ele pegou o telefone dando um suspiro e, ao entregar a pasta para Henry, disse:

— Volte às 14h30 para pegar a Srta. Studley, sim?

Henry escapou. Saiu daquela por um fiozinho de cabelo, uma expressão útil, ainda que antiquada, da qual se lembrou; parecia muito aplicável à sua vida ultimamente.

Deixou em seguida o BMW no estacionamento para moradores em frente ao número 11, desceu a escada da área de serviço e entrou na casa pela porta do porão. Por que não dar uma ida ao Dugongo para tomar uma taça de vinho sem álcool, comer um *ploughman's lunch* e levar a pasta lá para cima quando voltasse? Henry nem sequer se deu ao trabalho de acender a luz do corredor antes de abrir a porta de sua quitinete. No interior, a luz estava acesa, e lady Studley, sentada na cama dele, fumava um cigarro.

— Ai, Henry, meu querido, não é que eu calculei o tempo direitinho? Estou esperando você há dois minutos só. Diga que não vai precisar voltar pra pegar aquela safada da minha filha.

— Não até 14h30 — disse Henry, em tom melancólico.

A voz disse:

— Como posso ajudá-lo?

E Dex sabia que tinha dado sorte. O deus dele não era sempre tão responsivo. Ele podia tentar número atrás de número e conseguir apenas aquela mulher dizendo que eles não eram reconhecíveis ou então um estridente som agudo. Mas naquele momento ele conseguiu aquela agradável e gentil voz disposta a ajudá-lo.

— Faça o sol brilhar, por favor — disse ele.

Não houve resposta. Nunca havia, Dex não esperava que houvesse. Estava acostumado com as reações dos deuses desde a infância e sabia que eles agiam misteriosamente. Sua primeira mãe adotiva o levava à igreja em todas as oportunidades possíveis e, entre as celebrações, o ensinava como rezar em casa. Explicara que suas preces não eram sempre respondidas porque ele frequentemente era mau. Deus gostava de orações, mas respondia apenas àquelas de pessoas boas. Ele devia ter se tornado bem melhor, pois Peach com muita frequência fazia o que ele pedia, fazia a chuva parar, o sol brilhar, um emprego aparecer. Peach nunca dizia sim, que seria feito, ou não, não dessa vez, mas de sua misteriosa e obscura maneira, fazia o que precisava ser feito, o que quer que fosse, ou então nada acontecia.

Dessa vez, Peach atendeu, fez o sol brilhar, e Dex saiu a caminho de Hexam Place com seu grande saco de pano no qual carregava suas pequenas ferramentas de jardinagem. As grandes, o Dr. Jefferson deixava que guardasse no armário da área de serviço do número 3. O ano já avançara muito para que fosse cortada a grama dos números 3 e 5, mas Dex achou que o tempo estava seco o bastante para que tentasse. Ligou para que Peach o ajudasse quando estava andando pela Buckingham Palace Road porque um monte de espíritos malignos passou por ele, todos jovens, todos com rostos vazios e um deles ruivo. Riam dele, agarravam uns aos outros e Dex estava com medo. Em vez de responder, Peach emitiu um ininterrupto brrr-brrr. Dex desligou, embora não gostasse de fazer isso porque parecia grosseria. Mas talvez Peach soubesse qual era o problema, porque os espíritos malignos não o tocaram e fugiram pela Ebury Bridge. O sol estava forte, brilhando intensamente em um céu profundamente azul.

CAPÍTULO SEIS

A reunião da Sociedade Santa Zita aconteceu no horário do almoço. A pauta principal foi um costume particularmente horrível cada vez mais adotado pelas pessoas que passeavam com os cachorros, mas, é claro, não por June e Gussie: embora esses infratores obedecessem à exigência de coletar os excrementos de seus animais e colocá-los em sacos de plástico, em vez de levarem o pacote com eles para casa, davam um nó na ponta e o deixavam nas raízes de uma das árvores da calçada. Esses saquinhos sórdidos eram vistos às vezes nas raízes de todas as árvores de Hexam Place.

Tal assunto despertava muita raiva nos membros da Santa Zita, dos quais Henry, Beacon, Sondra, Thea e Jimmy estavam presentes ao redor da mesa no Dugongo. Foi unanimemente decidido que escreveriam uma carta para a Câmara Municipal de Westminster e outra, com uma linguagem um pouco diferente, para o *Guardian*. Thea foi escolhida para redigi-las, o que angariou o ressentimento de Beacon. Ela podia ter um diploma, porém estava convencido de que não era tão bom quanto o dele e de que não fora obtido em uma instituição tão prestigiosa quanto a Universidade de Lagos. Será que ser africano era o motivo pelo qual fora rejeitado ou considerado para o serviço? Não disse nada, contudo

— e por enquanto, pensou internamente —, e mais tarde atravessou Hexam Place alguns passos atrás de June, em vez de acompanhá-la.

Certificando-se de que Beacon estava olhando, June subiu as escadas do número 6 até a porta da frente e entrou sem a menor pressa. Zinnia estava recolhendo as coisas depois do almoço da Princesa.

— Você está bêbada? — perguntou a Princesa.

— É claro que não. Na minha idade!

— Não sei que diferença a idade faz. Quanto mais minha avó envelhecia, mais bebia. Ela ficou paralítica aos 70 e inconsciente aos 80. Você já fez tudo que devia no computador para aprontar nossa checagem de voo?

— Fazer nosso *check-in*, madame — disse June. — Ainda é muito cedo. A gente só vai no domingo.

— Achei que quanto mais cedo fizesse, melhor.

Então achou errado. June disse:

— Só nos deixam fazer vinte e quatro horas antes do voo.

— Que ridículo. Estou pensando em, quando voltarmos, comprar uma cadeira de rodas pra mim. Aí eu poderia sair. Estou morrendo de tédio, enfurnada aqui desse jeito. Você podia me empurrar.

— Não, não poderia, madame. Sou velha demais para empurrar outras pessoas velhas de um lado para outro. Se quer uma cadeira de rodas, vai ter que arranjar uma que você mesma possa empurrar.

— Bom, quando fizer nossa checagem no voo, poderia dar uma olhada no dungle?

Zinnia estava dando risadinhas. Ela tinha aquela propensão caribenha para o senso de humor e o riso irreprimível. June lhe lançou um olhar de reprovação e disse que ela ia ver só. Não podia incomodar a patroa dela e corrigir os dois novos erros que cometera, mas quem sabe na próxima vez que esse tipo de equívoco surgisse poderia sugerir à Princesa que tivesse umas aulas de informática com a vizinha Thea. Imagine como seria isso! Ela procurou Gussie, encontrou-o dormindo debaixo do piano e colocou a correia nele. Os dois fizeram uma inspeção nas raízes das árvores de Hexam Place e nas ruas adjacentes. June, nem mesmo quando estava escrevendo aquele item da pauta, suspeitara que havia tantos dos tais saquinhos repugnantes. Gussie gostou do seu papel na investigação, maravilhado por ter permissão de cheirar o quanto quisesse os repositórios de excrementos. June contou doze só em Hexam Place. Enquanto fotografava os mais importunos com seu celular, foram flagrados por uma pessoa passeando com seu cachorro, que olhou para ela horrorizada, ergueu seu pequinês e saiu correndo para a Eaton Square.

Elas iriam a Florença. Sempre passavam uma semana em Florença em outubro e outra em Verona em maio. Nessa quinzena na Itália, June tinha conseguido aprender um pouco da língua e comprara um dicionário de italiano e um livro de expressões. Sua Alteza Sereníssima, a princesa Susan Hapsburg, não falava nada de italiano apesar do ano e meio que vivera com Luciano. Naquela noite, ao embalo de bebidas e mais bebidas, elas contaram a Rad Sothern como passariam a semana.

— Ela se acha a CDF — disse a Princesa. — Vai a museus, igrejas e tudo mais que aparecer.

Rad era novo demais para saber o que CDF significava.

— E a senhora faz o quê, sua Alteza?

— Bom, Sr. Fortescue, já que perguntou, eu saio para passear a pé. É o brilho do sol que me faz bem. Vou a lojas de roupas e joalherias, gasto dinheiro, me sento do lado de fora dos cafés e vejo o mundo passar. Ela fica bem feliz em se juntar a mim quando há alguma bebida, isso eu posso lhe garantir.

Não se dignando a refutar aquilo, June foi até a janela e olhou os dois lados de Hexam Place. O único carro estacionado na rua era o Volkswagen de Montserrat.

— A sua amiga vai levá-la pra dar uma volta de carro, não vai?

— Não que eu saiba — disse Rad soando desconfortável.

— Achei que fossem a Wimbledon Common. A noite está bonita. Talvez em casa seja mais aconchegante.

Rad deu um tchau apressado, desejou-lhes ótimas férias, atravessou a rua e foi até o número 7, onde desceu a escada da área e por um momento desapareceu da vista. Pareceu à Srta. Grieves, na escada do subsolo do número 8, que ele havia se refugiado dentro do armário, que ficava de frente para a porta do porão. Aquela garota morena amiga de Thea logo apareceu, inundando a área com a luz do subsolo. Na época da Srta. Grieves e por muito tempo depois, nenhuma garota encontraria o seu namorado usando calça jeans suja, com as pontas dobradas, uma jaqueta de motoqueiro velha e uma camisa de homem. Rad emergiu de onde se escondia e a seguiu. Não se beijaram. Estranho, pensou a Srta. Grieves. Para não dizer que era uma loucura do cacete.

Talvez ele fosse passar a noite lá. Não havia impedimento algum. Os Still pareciam muito tranquilos em relação aos empregados. A Srta. Grieves voltou para o seu drinque noturno, metade chá preto inglês, metade uísque, e acendeu um cigarro. De volta à janela, uma hora depois, ela viu Beacon chegar de Audi, virar e estacionar atrás do carro daquela garota. Ele estava à luz de um poste, e ela o viu muito claramente colocar fones de ouvido e fazer um movimento circular com o dedo direito em um iPod. Até mesmo a cor do aparelho estava visível, um iridescente pêssego.

Se ele receber uma ligação para ir pegar Preston Still na Victoria, na Euston ou em outro local qualquer, pensou Srta. Grieves, qual seria a chance de que assim que o carro arrancasse aquela garota colocasse Rad para fora antes que fosse possível pronunciar a palavra *mistério*? Mas por quê? Provavelmente Lucy Still não se importava em ter um amante no quarto, mas Preston, sim. Estavam muitíssimo distantes os dias em que ela fora empregada doméstica responsável por todo o trabalho na casa de lady Pimble, em Elystan Place. Ela arrastou uma cadeira até a janela para que pudesse continuar observando confortavelmente. O que quer que Beacon estivesse escutando parecia mantê-lo em estado de êxtase, com a cabeça deitada no apoio do banco do Audi, os lábios separados em um beatífico meio sorriso. Diziam que ele só escutava cânticos e hinos de igreja em seu iPod. Uma maluquice do cão. Podia durar a noite inteira...

Mas repentinamente o fone foi puxado, o iPod deixado de lado e Beacon se pôs a falar ao telefone. Segundos depois, o Audi seguia a toda velocidade na direção sul. Devia ser Victoria, pensou a Srta. Grieves. E, com certeza, Montserrat estava de olho — não havia sexo entre esses dois? —, pois não se passaram nem cinco minutos antes que a porta do subsolo fosse aberta e Rad emergisse empurrado com a mão da garota no meio de suas costas. Subiu a escada correndo como se todos os demônios do inferno estivessem atrás dele e saiu em disparada para a rua. A Srta. Grieves imaginou o que ele faria se ela fosse até lá fora e lhe perguntasse o porquê daquela pressa. Mas ela não foi. Costumava levar uns bons dez minutos para subir aquela escada.

THEA DECIDIU FUMAR mais um cigarro enquanto estava ali fora. Encontrava-se sentada no terceiro degrau de cima para baixo em frente à porta principal do número 8. Era isso ou ficar de pé tremendo no úmido jardim do quintal. Ela pegou outro Marlboro no maço, acendeu-o e deu um trago profundo. Os únicos "assistentes" em Hexam Place que fumavam era Henry (em seu quarto com a janela escancarada e metade do corpo para fora), Zinnia (em sua própria casa e na rua) e a Srta. Grieves (o quanto e quando quisesse em seu próprio apartamento, com todas as janelas fechadas). Damian e Roland era antitabagistas fanáticos. Era assim que Thea os categorizava ou, às vezes, "antitabagistas fascistas". Se eles alguma vez tivessem tido contato com a Srta. Grieves, teriam descoberto que era fumante e tentado de tudo para fazê-la parar, com ameaças e quem sabe com promessas, mas não sabiam, porque nunca sequer tinham entrado no apartamento dela ou sentido seu cheiro. A Srta. Grieves exalava fedor de fumaça de cigarro, o que serviu de lição para Thea. Antes de ir até a parte da casa de Damian e Roland, ela, colocava para lavar o vestido ou o terninho que estivera usando, tomava um banho quente e lavava o cabelo.

Eles haviam saído para trabalhar uma hora antes; caso contrário, Thea não teria ousado sentar ali para fumar o cigarro. Ela via Beacon sentado no Audi, aguardando a chamada de Preston Still. Estava atrasado naquela manhã. Era possível que não fosse para o seu gabinete na Old Broad Street, mas a outra daquelas eternas reuniões em Birmingham ou Cardiff. Henry partira com lorde Studley antes de ela ter começado a fumar o primeiro cigarro. A única coisa de interessante a acontecer naquela manhã fora a partida da Princesa e de June para Heathrow e algum lugar na Itália. O táxi estava marcado para as 10h30, June havia dito, e chegou no momento correto, cinco minutos antes, um procedimento de praxe daquela empresa. De onde estava sentada, Thea não conseguia ver a porta principal do número 6, mas, enxergando os degraus mais baixos, viu o motorista os subir e June aparecer com ele alguns minutos depois. Que quantidade de bagagem que aquelas duas mulheres levavam! June puxava uma parte atrás de si, pam, pam, pam, escada abaixo, e o motorista equilibrava uma enorme mala em seu ombro direito como um carregador de móveis. A Princesa, que nunca carregava outra coisa além de sua bolsa, desceu com dificuldade degrau por degrau de salto alto e com duas bengalas. Thea imaginou que aquele deveria ser o único sapato de salto que ela possuía: era de couro de cobra vermelho, com a biqueira fina o bastante para apunhalar alguém. June entrou novamente para pegar o restante das malas e, em seguida, elas entraram no táxi.

Thea estava os observando desaparecer no sentido norte, tragando o toco de seu cigarro, quando Damian apareceu do nada, abriu o portão e avançou para o pé da escada.

— Quando o gato sai — disse ele com seu sotaque esnobe —, os ratos fazem a festa. Achei mesmo que tinha sentido um cheirinho em você outro dia.

— Não consigo parar. Já tentei.

— Nem é muito pelo cigarro. Entretanto, se me perdoa o clichê, *é* um hábito asqueroso. Não, o sentar na escada é que me incomoda. Como escória numa propriedade pública. Todavia, já que está aqui, talvez possa ir lá dentro e encontrar minha maleta. Inexplicavelmente, eu a esqueci.

Thea poderia ter dito que não era inexplicável, que ele vivia esquecendo coisas, mas não disse. Encontrou a maleta na mesa logo além da porta principal e a levou para ele.

— Obrigado. Você tem suas utilidades.

Damian saiu andando para pegar um táxi na Ebury Bridge Street. Thea acendeu um terceiro cigarro, deu a volta na casa e foi para o jardim no quintal onde os caminhos e a grama eram invisíveis debaixo de uma grossa e molhada camada de folhas caídas. Cogumelos inidentificáveis que pareciam nacos roxos de fígado apontavam suas cabeças para fora daquele mingau marrom. Tinha começado a chover novamente. Thea se abrigou debaixo da árvore de ginkgo, arrastou o sapato no tronco para tirar o barro e ficou pensando se deveria inserir o tabagismo ou a "questão do tabagismo" como um item na agenda da próxima reunião da Santa Zita. Onde fumariam os fumantes, por exemplo? Na rua? Certamente que não. Talvez o apartamento ou a quitinete de alguém poderia se transformar em uma área para fumantes como as que existiam em alguns aeroportos. Isso a fez lembrar que não podia colocar nada na agenda, já que June saíra de férias.

— Nunca deixe uma erva daninha passar — disse Abram Siddiqui, encurvando-se para arrancar um dente-de-leão crescendo em meio aos crisântemos. Era o que explicava à filha, que, de qualquer forma, já tinha ouvido aquilo antes. — Isso quer dizer que não se deve passar por ela, mas arrancá-la para que você *verdadeiramente* não passe por ela.

— Sim, pai, eu lembro. Temos tantas ervas daninhas no nosso jardim... quer dizer, no jardim do Sr. Still.... que é inevitável passar por elas. Só tem ervas daninhas, nenhuma planta.

Thomas, em seu carrinho de bebê, estava fazendo amizade com o pastor-alemão de um cliente, estendendo os braços e gritando:

— Au-au, au-au.

Rabia o pegou e sua bajulação se transformou em gritos de protesto. Puxando o carrinho com a mão livre, ela o carregou em direção à estufa onde ficava a cafeteria e disse:

— Thomas, fique quieto agora. Pare de gritar e espernear ou não vai ganhar biscoito de chocolate com suco.

Abram observava com semblante de aprovação, mas aguardava, Rabia sabia, para ver se ela cumpriria a ameaça. Trouxeram suco de laranja para Thomas, que ainda gritava, e café para Rabia e seu pai. Os biscoitos à venda naquele dia eram de um tipo particularmente delicioso. Sentado no que Rabia chamava de "cadeira de adulto", um Thomas soluçante tentava alcançar o prato de biscoitos. A mulher com o pastor-alemão passou do outro lado da parede de vidro.

— Não, Thomas. Beba o suco.

Rabia tirou o prato do alcance dele e ignorou seus apelos. Abram, contente com a maneira com a qual ela lidava com o problema dos biscoitos, disse:

— Khalid me contou que a viu quando foi colher os pedidos de árvores de Natal. Ele disse, muito respeitosamente, Rabia, que você é bonita e se veste como uma boa dama muçulmana.

— A maneira como me visto não é da conta dele, pai.

— Foi respeitoso. Sou seu pai e sei o que é apropriado. Não pude fazer objeção. Não existem muitos como Khalid. Isso eu posso afirmar para você, Rabia.

— Deve existir uns dez mil, pelo que sei. Eles não são nada para mim. O Thomas está se comportando como um bom menino agora e, quando se comporta, não existe *nenhum* outro como ele. — Ela se debruçou sobre o bebê, tomou o rosto dele em suas mãos e beijou sua gorda bochecha rosa. — Agora vamos pra casa. Compraremos alguns biscoitos iguaizinhos a esses no caminho e você vai poder comer um na hora do chá.

— É bom saber que você não o deixa comer na rua — comentou Abram com um tom bem amargo. — Não se pode permitir que as crianças comam na rua em circunstância alguma.

CAPÍTULO SETE

O que Montserrat viu no espelho foi uma mulher delicada e jovem, magra, mas não muito, com belos seios e quadris arredondados, pernas torneadas e tornozelos finos. O rosto que viu era oval, a pele muito branca, os olhos grandes de um castanho muito escuro, os traços simétricos e os cabelos um denso aglomerado de cachos negros. Conhecia alguém com um cabelo tão lindo quanto o dela?

Thea, Henry e Beacon viam uma mulher jovem e baixa, uns dez quilos acima do peso, seios exagerados (Thea), pernas bem bacanas (Henry), demasiadamente pálida, com aparência de doente (Beacon), nada de excepcional em seus traços, com exceção dos olhos atraentes, ainda que demasiado pasmados. Todos concordavam que o cabelo era a sua melhor característica; um negro autêntico, disse Beacon, brilhante como ébano, mas ele admirava a aparência apenas de seu próprio grupo étnico. Infelizmente, disse, ela não tinha uma natureza muito atraente.

— Faz de tudo pra subir na vida — comentou June. — Vocês sabem o que falam das pessoas... principalmente depois de mortas, certamente... que fazia de tudo pelos outros. Bom, essa Montsy não faria de tudo por outra pessoa a não ser se fosse pra tirar vantagem. Vocês vão ver.

O pai de Montserrat e o de Lucy Still haviam estudado juntos e permaneceram amigos, embora Charles Tresser tenha perdido todo seu dinheiro em um escândalo financeiro enquanto Robert Sanderson ficava cada vez mais rico. Quando Charles comentou por acaso que sua filha tinha largado a universidade em que ele a colocara com alguma dificuldade, Robert sugeriu que o problema de para onde ir e como ganhar a vida poderia ser solucionado se ela fosse trabalhar para a filha dele, que estava esperando o terceiro filho. Foi assim que Montserrat se tornou uma *au pair* e por isso chamava Lucy pelo primeiro nome. O que ela deveria fazer nunca lhe fora dito, contudo. Zinnia fazia o serviço doméstico, Rabia tomava conta do bebê mais novo e das garotas quando estas precisavam de cuidados, Beacon era o motorista do Audi. Lucy não tinha carro, mas pegava táxi para tudo. Montserrat morava no apartamento de um quarto do subsolo, o qual seria de Beacon se tivesse escolhido morar nele, em vez de com Dorothee, William e Solomon.

Embora seus afazeres nunca lhe tivessem sido informados, ela logo soube que esperavam que ela executasse aquelas tarefas mais ou menos secretariais que não eram do gosto de Lucy: mandar buscar um encanador quando fosse necessário, informar as operadoras de crédito sobre a perda de um cartão, entrar em contato com o provedor quando o computador de Lucy parasse de funcionar; tudo bem parecido com os "servicinhos" que Thea realizava para Damian e Roland de graça. Montserrat achava aquilo tedioso, mas fazia quase tudo. A consciência dela nunca a incomodou quando descobriu que teria que permitir a entrada, escoltar e depois dispensar o amante de Lucy. Quando morou em Barcelona com a mãe e não com o pai em Bath, ela via os amantes da mãe virem e irem e, em alguns casos, essas visitas se tornavam segredo. Isso era normal, pensava. Nunca considerou falta de dignidade ou degradante pegar a nota de vinte libras que Lucy enfiava no bolso de sua calça jeans quando levava Rad para o quarto ou a nota de cinquenta libras que ele metia em sua mão quando ela o levava até a porta do subsolo para que saísse.

Naquela manhã de outubro, foi pedido a ela, não por Lucy, que não tinha a mínima preocupação com esse tipo de coisa, mas pelo Sr. Still, que estava a caminho do Audi, que chamasse alguém para reparar o corrimão bambo no alto da escada do porão.

— Tipo um pedreiro?

— Olha nas páginas amarelas — disse Preston Still, impaciente. — Não sei. Resolva isso aí.

Montserrat não conseguiu achar as páginas amarelas. Primeiro porque não sabia onde procurar. Por isso, abriu todas as gavetas e armários com que se deparava e estava retirando-se de um dos quartos de hóspedes quando encontrou Lucy saindo do próprio quarto. Usava um casaco amarelo claro da mesma cor de seu cabelo e uma saia uns vinte centímetros acima do joelho, meia-calça rendada e sapatos com saltos de doze centímetros. Montserrat perguntou a ela se sabia onde estavam as páginas amarelas.

— Ninguém mais usa lista telefônica — respondeu Lucy. — Estamos na era do celular ou você não percebeu?

— O Sr. Still quer alguém pra reparar o corrimão.

— Ah, eu não me preocuparia. A essa altura ele já deve ter se esquecido disso. Ele é um amnésico crônico.

Lucy desceu as escadas cambaleando, despediu-se com um tchau e bateu a porta ao sair. O quarto dela estava em seu estado caótico usual antes de Zinnia chegar para trabalhar nele: a cama era uma montoeira de roupas rejeitadas, cinza e migalhas espalhadas pelos lençóis, a bandeja do café da manhã que ela tinha levado para cima duas horas antes estava entulhada de pratos lambuzados e restos de café nos quais guimbas flutuavam. Montserrat, uma descrente das virtudes da limpeza, quase admirava a habilidade de Lucy em transformar uma bandeja organizada de modo impecável, com gêneros alimentícios lindamente embalados, em uma desarrumação imunda, como o conteúdo de uma lata de lixo devastada por uma raposa urbana. Em vão ela procurou as páginas amarelas dentro dos guarda-roupas e das gavetas, abandonou o quarto para Zinnia e subiu para o andar do berçário.

Rabia estava ensinando Thomas a comer sozinho. Sentado em sua cadeirinha com uma colher em cada mão, o bebê cavoucava uma tigela de gororoba. A colher na mão direita era usada para transferir a gororoba para a boca, meio desordenadamente, e a outra, para arremessar seu conteúdo no chão ou o mais longe no outro lado do quarto que conseguisse. Montserrat, que não gostava de crianças, poucas vezes havia visto uma cena tão repugnante.

— Ele é tão esperto e comportado, não é mesmo, meu querido?

Rabia estava ocupada, engatinhando de um lado para o outro limpando a sujeira no chão, na parede e no rodapé.

Thomas gargalhava com a gororoba pingando de sua boca aberta.

— Amo Rab — disse ele, esfregando uma colher no cabelo da babá.

Montserrat podia jurar que lágrimas de felicidade haviam surgido nos olhos de Rabia.

— Onde posso conseguir alguém para reparar o corrimão, Rabia?

— Nas páginas amarelas, talvez.

— É, mas elas eu não consigo achar.

— Meu primo Mohammed é um carpinteiro muito, muito bom. Melhor que carpinteiro, *marceneiro.*

— Como eu consigo falar com ele? Você tem o telefone?

— É claro, Montsy — respondeu Rabia. — Eu sei de cor.

Ela o passou a Montserrat e, por acreditar que a garota o esqueceria, anotou-o no bloquinho de lista de compras.

— Sei o número de todos os meus parentes e amigos de cor.

— Nossa, quem dera eu tivesse essa memória.

— É, é um dom. — Rabia sorriu de maneira modesta, pegou Thomas e o abraçou, planejando manchar toda a sua blusa com a boca dele. — Agora nós dois temos que colocar roupa limpa, meu querido. Não vai ser divertido?

Era evidente que seria, pois Thomas caiu na gargalhada.

Foi preciso deixar uma mensagem de voz para Mohammed. Ele retornou quando Montserrat estava no Dugongo, tomando uma com Jimmy e Henry.

— Vou no sábado, dia seis — disse Mohammed.

— Seis de *novembro*?

— Esse é o próximo dia seis, não é? Entre 9h e 17h.

— Isso quer dizer que alguém vai ter que ficar em casa o dia todo? — Montserrat sabia que esse alguém teria que ser ela. — Não dá pra você falar se vai ser de manhã ou de tarde?

— É pegar ou largar, minha querida. Mas garanto um trabalho de primeira.

— Bem, se não tem outro jeito, que seja — concordou Montserrat.

O pediatra do número 3 não iria requerer mais nada de Jimmy naquele dia, então o motorista dele estava tomando um forte gim-tônica. Henry, esperado por lorde Studley em Whitehall às 17h30, achou melhor ficar na água tônica. Poderia tomar um drinque de verdade com Huguette à noite, possivelmente algumas taças de borgonha e um ou outro golinho de Campari, o que Montserrat estava bebendo naquele momento.

— Se alguma coisa der errado no número 7 — dizia ela — e Rabia for separada daquela criança, ela vai ficar com o coração partido.

— O que cê quer dizer com dar errado? — perguntou Henry pensando que a água tônica ficaria melhor com um pouco de gim, mas ele não se atreveu.

— Bom, se eles se separarem. Nunca se sabe, não é mesmo? A Lucy não ia pensar duas vezes antes de se livrar da Rabia.

— Ela vai ficar bem — comentou Jimmy. — Ouvi falar que ela vai se casar com aquele cara da van de vasos de flores.

Montserrat não gostava que suas novidades fossem encobertas, especialmente por algo mais positivo e dramático. Ela se levantou e disse que os veria na próxima reunião da Sociedade Santa Zita, o que não deveria demorar muito, já que June e a Princesa tinham regressado de Florença. E lá estavam elas, no táxi que se posicionava em frente ao número 6. Era um daqueles carros grandes como um pequeno ônibus, com porta de correr, obviamente necessário devido à quantidade de bagagem que começou a ser despejada na calçada. Montserrat desceu apressadamente a escada da área para o caso de precisarem de ajuda para carregar tudo para dentro.

EM COMUM COM Damian, Roland, a Princesa e a nobre família dos Studley, Lucy e Preston Still nunca fizeram coisa alguma em casa que pudesse ser categorizada como tarefa servil ou destinada a pessoas de mãos calejadas. O pediatra, por outro lado, muito a contragosto de Jimmy, gostava bastante de dar umas marteladas em um parafuso aqui e ali, trocar um fusível ou dar um jeito em uma torneira. Jimmy teria concordado com os sentimentos nos versos de Belloc:

> Lorde Finchley tentou consertar a luz
> E, bem feito, acabou virando pus.
> É obrigação do homem rico
> Dar emprego a quem faz bico.

Obviamente havia exceções a essa regra, e, no sábado de manhã, Preston Still, já tendo segurado duas vezes no defeituoso corrimão e o sentido bambo em sua mão, a ponto de quase cair na escada do subsolo, examinou cuidadosamente a sua estrutura e a da barra, com vistas a fazer um reparo temporário. Seis de novembro! Não poderia algo melhor que isso ter sido providenciado?

Montserrat respondeu que não e ficou ali ao lado, fitando-o.

O Sr. Still comentou que sempre supôs que o corrimão, de madeira, provavelmente nogueira, marrom-acinzentada clara e lustrada, fosse uma peça sólida, do comprimento de uma árvore. Era claro que não, pois era astuciosamente conectado por um tipo de sistema de intertravamento, provavelmente constituído de quatro peças no total. Só era possível ver as juntas se o observasse de perto. Tal método de construção, disse ele a Montserrat, fazia com que reparar um corrimão bambo fosse muito mais fácil. Como se quisesse provar, ele agarrou o corrimão e começou a dar puxões.

Foi nesse momento que Lucy apareceu. Em vez do casaco amarelo, estava de short, camisa e tênis brancos, a macia pele morena de suas longas pernas produzindo um belo contraste. Com ela estavam suas filhas, vestidas de modo similar e parecendo insatisfeitas.

— Todas nós vamos sair para correr no parque, não vamos, garotas? — As meninas não responderam; Hero fez cara feia. — Então a gente pensou em dar uma passada aqui pra ver o que o papai estava fazendo antes de irmos.

— Agora vocês já viram — disse Preston em um tom azedo. — Podem ir.

— Não, é sério, querido, *o que é* que você está fazendo?

— Tentando reparar o corrimão — respondeu Rabia, que tinha aparecido atrás dela com Thomas no carrinho de bebê. — É melhor esperar o meu primo Mohammed, que está gentilmente vindo num sábado e, portanto, abrindo mão do dia de descanso dele.

Preston a ignorou. Estava sacudindo vigorosamente o corrimão, que fez um barulho similar a um gemido e uma rachadura; a parte de madeira lustrada se partiu em suas mãos. Ele quase caiu para trás, proferindo um palavrão que fez Matilda dizer com um tom que fez os ouvintes pensarem que um dia daria a ela o emprego de diretora de uma escola para meninas:

— Papai, você não deve falar palavras desse tipo na *nossa* frente. Lembre-se de que o Thomas só tem 1 ano e 4 meses.

— Desculpem, crianças — disse Preston, ainda agarrado à parte do corrimão. — De verdade. Eu não devia ter falado isso. — Seus olhos se voltaram para o filho e, cada vez mais apreensivos, ficaram cravados nele. — É brotoeja isso que estou vendo no pescoço dele, Rabia?

— Tenho certeza que não, Sr. Still.

— Que vermelhão é esse, então?

— É porque o cachecol é vermelho. Olha quando eu o tiro.

Thomas começou a casquinar porque achou que eram cócegas. Sem o cachecol, o pescoço dele estava branco como leite.

— Ah, bom, você sabe melhor do que eu. Se tiver qualquer dúvida sobre isso, você corre com ele para o Dr. Jefferson, sim?

Todos, com exceção de Montserrat, se dissiparam, Lucy levando as filhas à sua frente como um pastor com seu rebanho. Rabia teve que carregar o carrinho escada abaixo sozinha. Estava bem frio, com previsão de chuva. Mas dentro de casa o habitual calor prevalecia, e Preston, sentado na escada onde tinha arrancado a barra bamba do corrimão, disse, irritado:

— Só preciso de um pouco de cola. A gente tem cola?

— Não sei. Acho que não.

— Então dá uma olhada, sim? E, Montserrat, faz uma xícara de café pra mim?

— Vai ter que ser solúvel.

Ela fez o café. Zinnia não aparecia aos sábados. Talvez Preston já tivesse se esquecido da cola àquela altura. Não havia cola alguma nos armários debaixo das duas pias da cozinha. Ele tinha mudado de lugar; agora estava sentado em uma (imitação de) cadeira francesa do século XVIII no meio do corredor, com o corrimão e sua barra intactos, um no colo e a outra na sua mão direita. Montserrat, andando devagar para evitar derramar o café, imaginava por que Lucy casara-se com ele, que era tão peludo. Às 10h — ela o escutava se barbear às 8h —, a barba que lhe cobria rosto parecia a que os outros homens só têm às 17h. Seu corpo e suas pernas deviam ser elementos dignos de contemplação. Como um gorila! Ele tinha uma barriga pequena, mas em desenvolvimento. Não era de se surpreender que Lucy preferisse Rad Sothern mesmo ele sendo seis centímetros mais baixo.

— Agora que você já fez isso — disse Preston, deixando-a colocar a xícara de café no chão —, quem sabe você não vai comprar cola.

Montserrat sabia que o "quem sabe" não significava nada.

— Ir aonde?

— Você deve saber onde há lojas. Eu, não. Tenho um trabalho que ocupa todo o meu tempo, caso você tenha se esquecido. Pergunte às pessoas. Olhe na lista telefônica.

Ela já tinha passado por isso. Simplesmente perguntaria a alguém. Preston tirou todas as notas e moedas que tinha no bolso e as entregou a ela. A chuva começara e a *au pair* pegou um dos grandes guarda-chuvas do suporte na entrada. Todo aquele exercício teria sido insuportável se ela não tivesse sido capaz de imaginar Lucy e as garotas ficando muito molhadas sem guarda-chuvas. Rabia não se preocupava, já que o carrinho de Thomas tinha uma capa para mantê-lo seco. Montserrat contou o dinheiro que Preston lhe dera para a cola, aproximadamente trinta libras. Devia estar doido. Ela encontrou uma loja de ferragens na Pimlico Road e, por precaução, comprou dois tipos de cola que o homem atrás do balcão recomendou. Não queria que lhe mandassem sair novamente.

Parecia que Preston havia desistido. A saída dela tinha sido em vão. O que fazer com os inúteis tubos de cola agora?

— Ah, coloque em algum lugar. Talvez aquele tal de Mohammed tenha algum uso para eles.

Montserrat sabia que não teria. Ela esperou até que Preston desaparecesse no corredor, subindo a grande escada em curva, e em seguida examinou a parte do corrimão e das duas barras recolocadas no lugar de maneira que ficaram soltas. Antes de ele começar a mexer, as duas barras estavam ilesas. Agora a ponta de cima de uma estava rachada a ponto de ser possível ver a madeira sem tratamento. Montserrat abanou a cabeça e riu silenciosamente. Ele deixara a xícara de café no carpete ao lado da cadeira em que estivera sentado. Ela voltou para buscá-la, sem muito ressentimento. Afinal de contas, ele não pedira o troco, e portanto Montserrat estava 25 libras mais rica. Naquele momento se sentia tão animada que se esqueceu de sua usual cautela e começou a descer correndo as escadas do subsolo agarrando o corrimão. Preston o deixara tão solto, muito pior do que antes de ele mexer, que ela caiu e apenas conseguiu se salvar porque se agarrou na beirada do carpete da escada.

Tendo começado a trabalhar na agenda da próxima reunião da Sociedade Santa Zita no mesmo dia em que voltara de Florença, June incluiu nos assuntos a serem discutidos a questão verdadeiramente revoltante dos saquinhos plásticos de excremento e o problema do barulho em Hexam Place após as 23h. Muitos bilhetes dos membros haviam chegado enquanto esteve fora. Ela não fez objeção a um item que requeria um debate sobre o hábito tabagista dos membros e onde teriam direito de se dedicar a ele. June já concordara que, se um patrão fumava dentro de casa, por que o empregado não poderia fazer o mesmo? O pedido de Thea para que fosse garantida permissão para se sentar nos degraus da frente *da própria casa* (isso muito bem grifado), especialmente quando *esse alguém não era um criado,* June decidiu excluir. Deixaria que ela o levantasse em Outros Assuntos. A data da reunião estava marcada para o horário do almoço do dia 29 de outubro. June rapidamente apresentou o primeiro item: Regras a Serem Formuladas.

A Princesa estava assistindo a *Avalon Clinic*, cujo episódio daquela noite focava muito em Rad como Sr. Fortescue. June se juntou a ela no sofá, trazendo consigo dois gins-tônicas fortes e uma tigela com pistache. Até aquele momento, com exceção de alguns pequenos flertes, o Sr. Fortescue fora apresentado principalmente como um ginecologista trabalhador; agora, no entanto, estava embarcando em um romance com uma glamorosa enfermeira da Estônia. Ambos eram casados com outras pessoas, o que complicava as coisas deliciosamente.

— Thea me disse que dá pra comprar uma caixa com o conjunto das primeiras temporadas — sussurrou June quando o Sr. Fortescue saiu de cena por quinze segundos. — Posso comprar?

— Pode. Amanhã. Agora, sem conversa, por favor. Quantas vezes vou ter que te falar? Ele já está voltando.

Gussie, que viera do canil de táxi, aconchegou-se no colo da Princesa, de onde June teve que desalojá-lo para a caminhada noturna pela quadra. Descendo os degraus, quem ela vê do outro lado da rua é ninguém menos que o próprio Sr. Fortescue saindo discretamente pela porta do subsolo do número 7. June acenou para o seu sobrinho-neto, não vendo razão alguma para conspirar com eles naquela intriga. Rad apenas levantou a mão e acenou de maneira débil. Da janela do subsolo do número 8, a Srta. Grieves também observava Rad ir embora. Duas horas antes, ela o tinha visto chegar.

A Princesa tirou rapidamente os olhos da página do jornal na qual analisava anúncios de cadeiras de rodas e disse:

— Não se esquece de comprar a lata com as primeiras temporadas amanhã, tá? Você não vai lembrar se não anotar.

— A caixa — corrigiu June, distraída.

PARA RABIA, UM fim de semana na casa de campo do Still era sempre algo a se almejar. Até a levarem para Gallowmill Hall, ela nunca tinha visto nada da zona rural inglesa, muito menos se hospedado ali. Ela descobrira em si um arrebatador amor pelos campos e bosques, pelo riachinho que corria pelo terreno e onde via patos e frangos-d'água, às vezes um cisne e, uma vez, uma lontra. Borboletas, vermelhas, pretas e brancas, abundavam. Thomas podia se deitar em um cobertor sobre a grama enquanto o sol brilhava acima das nuvens felpudas que flutuavam pelo céu de azul perolado.

Já fazia algumas semanas desde a sua primeira visita, mas estavam indo novamente e, como Lucy disse a Rabia, a estadia seria impossível sem ela. Quem mais poderia dar conta das crianças? A moça era tão indispensável que, no veículo da viagem — um micro-ônibus alugado para que pudessem acomodar a bagagem toda —, Lucy se desculpou com a babá pelo fato da casa ser tão perto de Londres e em *Essex*.

— Não seria tão ruim se fosse em Hertfordshire, mas Essex faz as pessoas rirem assim que você pronuncia o nome. Não é mesmo, Press?

— Não as pessoas pra quem eu pronuncio — respondeu Preston.

Rabia não entendia o que eles estavam falando, então apenas sorria. Thomas caiu no sono ao seu lado. Se ela pudesse ao menos ficar com ele até que crescesse ou que o mandassem para um daqueles perversos internatos, se pudesse ao menos ficar com Thomas, não iria querer mais nada, nada de segundo marido nem de casa própria. Se ao menos... As garotas estavam discutindo. Tinham sido obrigadas a usar tênis para irem para o interior em vez de seus sapatos novos e os arrancaram dos pés assim que o micro-ônibus saiu.

— Seu sapato fede — disse Matilda.

Hero a beliscou no braço.

— É o seu que fede. O meu suor não fede, não tenho idade pra isso. Você tem.

— Se me beliscar de novo, vou te dar um chute.

— Agora chega — advertiu Rabia, pois a mãe nunca se importava. — Não quero nada disso enquanto estivermos saindo para nos divertir.

Elas obedeceram como de costume. Levou meia hora para que saíssem de Londres e chegassem à M25, e em seguida fizeram uma curva para a Epping Forest, onde havia pouco trânsito e o ar era puro. O dia estava claro e frio, a mata, dourada, com folhas caindo ou saindo voando carregadas pelas rajadas de vento. Aproximavam-se de Gallowmill Hall por um longo percurso entre árvores amarelas, cuja metade das folhas estava disposta sobre o caminho. No prado do lado esquerdo um veado e três ou quatro corças, propriedade do criador que arrendou alguns acres de Preston, pastavam no viçoso pasto verde. Uma águia pairava no alto.

Thomas acordou, choramingando, e colocou os braços ao redor do pescoço de Rabia enquanto Preston subia a curva em frente à casa. Se Lucy a descrevia para as amigas como "nada de mais, um daqueles lugares comuns do final do século XVIII que não valiam quase nada", para Rabia era um palácio deslumbrante. O fato de uma família poder morar em um lugar como aquele, ou não morar, mas simplesmente ir passar alguns dias lá de vez em quando, era para ela inacreditável, um sonho. Mas era real. Da última vez em que estiveram ali, quando as crianças já tinham ido dormir, ela descera muito lentamente a escada e saíra para tocar a cantaria cinza-ouro, um pouco na expectativa de que ela se dissolvesse em sua mão. Era real. Os quartos com seus tetos altos e paredes verde-claras ou de cor marfim eram reais, e a escada em curva, duas vezes mais ampla que a de Hexam Place, com seu corrimão de filigrana prata, também era real. Os quadros eram reais e retratavam pessoas reais em seda e cetim, avôs e avós do Sr. Still e avôs e avós *deles*. E pensar que, quando tinha 16 anos e o pai dela a levara de volta ao Paquistão para conhecer o futuro marido, parentes haviam lhe perguntado se era verdade que todo mundo no Reino Unido era igual.

Eles haviam trazido toda a comida para o fim de semana: sacolas, caixotes e coolers cheios, tudo entregue pela M&S e pela Ocado no dia anterior. Rabia ajudou o Sr. Still a carregá-los para dentro. Fez as garotas ajudarem também, porque Lucy não podia, dizendo estar cansada, que ser levada de carro até lá sempre a deixava exausta. Mas Rabia tinha muito o que fazer: almoço, para começar, depois colocar Thomas para dar sua cochilada da tarde e ainda sair mais tarde para dar uma caminhada pelo terreno. As meninas se recusaram a ir com ela. A briga de mais cedo já era passado; agora preferiam ficar jogando no computador no quarto que dividiam. Era como se estivessem em Londres. Rabia viu coelhos, um esquilo e algo ao longe que podia ser um texugo, mas não tinha certeza, já que nunca vira um antes. O jardineiro que encontrara na visita anterior. Ele encarou sua longa túnica preta e seu hijab, mas já tinha se acostumado à sua aparência e parecia entender que ela falava inglês e não era louca nem violenta, cumprimentando-a com um:

— Boa tarde, dona.

— Boa tarde — respondeu Rabia. — Você está cavando aí para plantar flores?

— Isso mesmo. Preparando o canteiro pras flores. A gente vai ter bulbos na primavera e depois algumas plantas anuais no verão.

— Vai ficar muito bonito.

Rabia contou a ele sobre o pai dela, que era gerente de um viveiro que vendia flores, plantas e árvores, e o homem pareceu muito interessado.

A caminhada fez com que fosse dar uma olhada no riacho, no bosquezinho e no pequeno labirinto em que ela não entrou porque era possível perder-se ali. A preocupação que a acompanhava há meses, se ela deveria contar sobre a questão do imoral, e para Rabia criminoso, comportamento de Lucy, não passou por sua cabeça enquanto estava ali no ar fresco e debaixo das árvores. Ela voltou para casa sentindo-se contente e pronta para pensar no que servir de jantar a todos.

CAPÍTULO OITO

O fim de semana passou de maneira agradável para Montserrat, totalmente a sós no número 7. Ela celebrou a partida dos Still bebendo demais no Dugongo no sábado à noite. Voltar para casa sem auxílio não era algo a ser sequer considerado. Tal auxílio foi prestado por um homem bem bonito, um sujeito novo no Dugongo, que ela pensou — apesar de que pensar era algo que não se conseguia fazer muito bem naquela situação — que a deixaria na porta do porão assim que ela conseguisse enfiar a chave na fechadura. O sujeito tinha ideias diferentes: entrou com ela, entrou também no apartamento dela e, no quarto, começou a despi-la sem permissão. Montserrat estava fraca demais para resistir e, uma vez nua, não desejou resistir. Ele passou a noite lá, partindo às 8h depois de pegar o número do celular dela. Pegou também um bracelete de ouro no porta-joias de Lucy, encontrado durante uma apressada turnê que fez na casa antes de ir embora.

Isso foi algo que Montserrat só descobriu, ou supôs, uma semana depois, quando Lucy não conseguia achar o bracelete. É claro que não disse nada. O homem bem bonito não tinha ligado, então como poderia saber quem ele era ou onde morava? Esteve prestes a contar a Thea sobre aquela experiência, colocando a culpa pelo seu estado insensível em gotas de tranquilizante na bebida, porém mais tarde ficou satisfeita por não ter mencionado nada. Ela e Thea saíram no domingo e Montserrat não se sentiu muito mal, curtiu o sol em Wimbledon Common e depois dividiu uma garrafa de vinho com a colega em uma pizzaria.

O pedaço do corrimão parecia mais bambo do que nunca. Então, sentindo-se muito responsável, ela fez um cartaz com um pedaço de papelão no qual escreveu com letra de forma maiúscula, PERIGO. NÃO ENCOSTE, e o pendurou na barra com um pedaço de barbante.

A QUESTÃO DA conduta de Lucy com o pernicioso ator de telenovela continuava a preocupá-la, mas, desde que soubera daquilo pela primeira vez, há muitos meses, ficara quieta devido a seu amor por Thomas. Era errado pensar dessa maneira, mas, se contasse a Lucy o que sabia, ela sem dúvida a demitiria. E se contasse ao Sr. Still, Lucy saberia quem lhe contara e a demitiria também. Nunca mais veria Thomas; ficaria com o coração partido. Rabia não era ingênua e estava muito ciente de que Thomas tinha assumido o lugar de Assad e Nasreen, seus filhos mortos, e de que dava ao bebê duas vezes mais amor que dera a cada um deles.

Não havia nada a ser feito com exceção de desejar que o pernicioso homem da TV se cansasse dela ou ela dele. Coisas assim aconteciam, Rabia sabia, não por experiência, mas pelo tipo de programas de televisão de que o homem pernicioso fazia parte. Não havia personagens neles como ela ou Beacon, que também possuía um forte senso moral. Ela sabia disso porque Montserrat dissera que a tarefa dela seria tremendamente mais fácil se Beacon ligasse para ela quando o chefe estivesse entrando no Audi na Old Broad Street. Isso lhe daria vinte minutos pelo menos para tirar Rad Sothern da casa antes do Sr. Still entrar pela porta principal. Ela não chegara a pedir isso a Beacon, mas dera a ele algo que chamou de "cenário hipotético", o que traduzira para Rabia como "o tipo de coisa que poderia acontecer". Uma amiga dela, dissera, estava passando por essa situação. O motorista deveria ajudá-la, Beacon não pensava? Não, não pensava.

— O motorista devia contar para o chefe dele — disse Beacon, encarando Montserrat com um olhar desagradável.

Rabia não fez comentário. Estava abraçando Thomas no momento, e Thomas beijava amavelmente sua bochecha.

— Só me resta adivinhar — disse Montserrat.

Preston Still tirou uma semana de férias em outubro, ele e Lucy se hospedaram em um elegante hotel na costa Cornish. As crianças foram deixadas em casa com Rabia e Montserrat. Zinnia, que também foi aliciada, ficou em um quarto no andar do berçário.

— Ele meio que vai sentir falta dos filhos — comentou Zinnia. — Ela, não. Não sei por que ela os teve. Se bem que a única coisa que ele faz é perguntar se estão doentes.

Rabia concordava, mas não disse nada. Gostava muito de ser a mais importante das três que ficaram responsáveis e descobriu em si um talento para a organização. Montserrat ficou responsável pelo chá das meninas e por garantir que fizessem o seu pouco dever de casa enquanto Zinnia cuidava das roupas e as lavava. Rabia levou Thomas para o viveiro e quase se arrependeu de fazer a visita quando o pai disse que ela poderia se encontrar com Khalid Iqbal na estufa das plantas tropicais e que ela deveria ir dar boa tarde a ele.

— Não, pai. Se o Sr. Iqbal deseja falar comigo, ele deve vir até mim. Vou levar o Thomas pra ver os ratinhos brancos e os furões.

O viveiro também tinha pequenos mamíferos para vender assim como peixes tropicais e uma multiplicidade de plantas.

O ratinho fazia ainda mais sucesso com Thomas do que os peixes. Ele esticava as mãos até a gaiola, tentando pegar um deles pelas grades. Empurrar seu carrinho para longe, apesar de com muitíssima delicadeza, provocou gritos e uma tempestade de lágrimas; por isso, quando Khalid Iqbal se aproximou pelo caminho do arboreto, Rabia estava carregando Thomas junto ao corpo, a bochecha molhada dele colada à dela.

A imagem da mulher com quem almejava se casar carregando amavelmente uma criança contribuía para aumentar a atração que ela exercia naquele homem. Isso poderia ser especialmente verdadeiro quando o homem procede de uma cultura em que as crianças são muito estimadas. Khalid cumprimentou Rabia com um sorriso excessivo e uma pergunta sobre a saúde dela.

— O Sr. Siddiqui gentilmente me convidou para tomar um chá com ele no sábado e disse que gostaria que também estivesse lá.

Para si mesma Rabia disse, Ah, é mesmo? Isso nós vamos ver. Em voz alta:

— Meu pai deveria ter me falado primeiro. Sábado à tarde vai ser impossível, sinto muito. Estou responsável pelos afazeres domésticos do número 7 até os meus patrões voltarem de férias.

A decepção dele era evidente.

— Quem sabe em outra oportunidade.

— Quem sabe — disse Rabia, colocando Thomas de volta no carrinho.

Estava muito irritada com o pai. Quanto mais ele continuasse com aquilo, mais ela resistiria. Tinha arranjado um casamento para ela e, apesar de Rabia ter chegado a amar seu marido, ninguém poderia dizer que as coisas tinham corrido bem. Muito pelo contrário. Não o deixaria fazer aquilo novamente. Ela era uma cidadã britânica, acostumada com os hábitos britânicos, por mais inaceitáveis que alguns deles pudessem ser. Quando começou a caminhada de volta para Hexam Place, o pensamento a respeito dos hábitos britânicos levou seus pensamentos para o problema de Lucy e o homem da televisão; não mais para pensar em contar ao Sr. Still — pois isso teria consequências tão terríveis que não deveria sequer ser considerado —, mas simplesmente para imaginar como a situação seria diferente se Lucy não fosse britânica, mas oriunda de uma família originária do Paquistão. A dela mesma, por exemplo. Pois se alguma de suas parentes do sexo feminino tivesse se comportado daquela maneira, se não fosse submetida a um crime de honra, teria pelo menos sido trancada em algum lugar e provavelmente espancada.

Rabia, gentil e carinhosa com as crianças, via de regra subserviente aos parentes do sexo masculino, achava esse tipo de violência no geral uma boa ideia.

A SOCIEDADE SANTA Zita se reuniu no Dugongo no horário do almoço para discutir os itens de uma agenda muito cheia. Presentes — June tomou nota dos nomes — estavam ela, Thea, Montserrat, Jimmy, Henry e Sondra. Ausentes Richard, Beacon, Rabia e Zinnia. Não foi consumido álcool enquanto os assuntos estavam em discussão.

June fez um discurso muito eloquente sobre os revoltantes males de se armazenar excremento de cachorro em sacolas plásticas e deixá--las embaixo de uma árvore. Tinha recebido uma carta insatisfatória da Câmara, exaltando o plano de limpeza das ruas e a consciência higiênica deles. Foram unânimes em decidir que Thea deveria escrever outra carta. June achava que deveriam pedi-la para escrever, mas não disse nada. Em vez disso, simplesmente ficou emburrada. O barulho na rua foi descartado por ser causado mais pelos empregadores do que pelos empregados. Fumar e sentar nos degraus à entrada foi matéria levantada em Outros Assuntos, juntamente com miados de gatos nos jardins dos quintais à noite e sujeira de pombos na entrada das casas. Foram unânimes em concordar que pedir aos proprietários dos imóveis para manterem os gatos dentro de casa à noite não exerceria efeito algum, além do fato de ninguém na reunião conseguir se lembrar de algum residente de Hexam Place possuir gato. Os miados deviam vir da Eaton Square ou da Sloane Gardens. Praticamente o mesmo em relação aos pombos.

Sondra queria saber se Thea tinha se referido a fumar *enquanto* alguém estava sentado na escada, ao que Thea respondeu "Tanto faz", e teve que ser advertida por June que todas as respostas deveriam ser dirigidas à reunião por meio da presidente. Quando a data da próxima reunião havia sido marcada, os ânimos já estavam bem exaltados, mas se acalmaram quando Henry trouxe taças de vinho para todos.

Montserrat e Jimmy foram os últimos a ir embora, os pensamentos de Montserrat muito preocupados com o novo homem que conhecera em uma boate dois dias antes. Ciaran passara aquela noite e a posterior com ela em seu apartamento no número 7 e parecia ser o homem mais interessado por Montserrat que encontrara nos últimos anos. Não havia questão alguma relacionada a rohypnol ali e nenhum temor de que roubasse as joias de Lucy. Mas ela estava em um dilema. Contar a ele o acordo que tinha com Lucy e Rad Sothern ou não dizer nada? Mas e se ela não dissesse nada e ele por acaso a visse deixando Rad entrar ou sair pela porta do subsolo? Era bem possível que isso acontecesse e então seria tarde demais para explicar sobre o acordo e que Rad era o amante de Lucy, não dela. Lucy e Preston estariam de volta em breve e Rad certamente aguardava para fazer uma visita na semana seguinte, senão duas. Como proceder?

EMBORA JÁ TIVESSE 25 anos, Henry mantinha sua afeição infantil pelo Halloween e por tudo vinculado a ele. Teria gostado de bater nas portas, propondo doçuras ou travessuras, mas temia a possibilidade de seu patrão, que certamente ficaria sabendo, não receber aquilo bem. Por fim, só lhe restava se enfiar em uma fantasia de Halloween no dia 31 de outubro e, adornado com um manto negro comprado em uma loja asiática e com o rosto pintado de preto e branco para parecer com uma caveira, caminhar até o Dugongo para tomar uma com Jimmy às 20h.

No caminho, ele não encontrou nenhuma criança celebrando, mas viu Damian e Roland se aproximando, pulou neles de trás de uma árvore, grunhindo apropriadamente e abanando as mãos. Roland xingou, mas Damian pulou e deu um passo atrás.

— Já não está na hora de você crescer? — disse Roland.

Henry gargalhou. Talvez conseguisse persuadir Jimmy a se juntar a ele para assombrarem Eaton Place e ficar na escada do Royal Court Theatre, arrecadando dinheiro para uma instituição de caridade ficcional. Mas Jimmy estava de roupas normais e manifestou que a única coisa que lhe interessava nas tradicionais travessuras era proibi-las. O Dr. Jefferson, disse ele, sendo famoso por sua preocupação com as crianças em todos os aspectos, acreditava que era perigoso que perambulassem pelas ruas tocando as campainhas das casas de estranhos. Depois de algumas cervejas (Jimmy) e duas taças de vinho (Henry), eles foram para a rua à procura de infratores, mas as praças e ruas de Belgravia estavam vazias de crianças e tinha começado a chover.

Para Dex, a noite estava cheia de medo e visões estranhas. Tinha se esquecido do motivo de sair de casa. Talvez para comprar uma garrafa de Guinness ou comida tailandesa para levar para casa. O que quer que fosse, o assunto fora expulso de sua cabeça pelos espíritos malignos que apareciam em toda esquina, porque o bairro em que Dex morava era mais povoado de crianças e adolescentes do que Hexam Place e seus arredores. Eles estavam, parecia-lhe, em todos os lugares com suas capas e máscaras, os rostos pintados e usando perucas e capacetes. Gritando e dançando e congregando-se nas escadas. Ele os reconhecia pelo que eram. O que lhe surpreendia era que havia muitos, todos juntos, todos com idades semelhantes, e que nenhum parecia uma criança de verdade, já que espíritos malignos sempre se disfarçam. Peach talvez quisesse que ele os destruísse, mas não conseguiria, não tantos assim. Eles o derrotariam.

Estava ficando ensopado; a chuva encharcava seu cabelo e gotejava em sua jaqueta fina. Ele foi para casa de mãos vazias, pois tinha se esquecido completamente do motivo pelo qual saíra.

CAPÍTULO NOVE

— Gosto deste lugar — comentou Huguette. — Por que nunca viemos aqui antes?

Henry abanou a cabeça e disse:

— Porque é muito perto da casa dos seus pais.

E muito frequentada pela empregada doméstica e o mordomo deles, ou seja lá o que fosse aquele homem, além de por um monte de outras pessoas que poderiam dar com a língua nos dentes. Ele suspeitava que Huguette queria que fossem pegos. Assim a alternativa dele seria ir morar com ela e passariam a frequentar o pub na esquina da King's Road.

— O que você vai falar se o seu pai entrar aqui e a ver comigo? O quê?

Muito pior seria a possibilidade da mãe dela entrar. Henry não queria nem pensar nessa alternativa.

— Isso não vai acontecer, ele não está aqui perto. Eu ia falar que estava indo pra casa deles e trombei com você e você me chamou pra tomar uma.

— Só que eu não estou bebendo e tenho que pegar o seu pai em dez minutos.

— Eu quero que você pense em pedir a ele a minha mão em casamento.

— Você o quê?

— Nossos filhos seriam tão bonitos. Somos um casal bem atraente. Você não acha? Ele pode aceitar por causa disso.

— Não vou correr esse risco.

— Onde você vai pegá-lo?

— Na Câmara, é claro.

— Então você pode me levar pra casa primeiro.

Era mais fácil que discutir.

— Vou trazer o carro aqui pra esquina.

Henry deixou ali no pub e com cautela se encaminhou para Hexam Place, mas não com cautela suficiente. Lá, na calçada em frente ao número 3, Beacon conversava com Jimmy. Henry os cumprimentou com um aceno meio desleixado e sentou-se no banco do motorista do BMW. Assim que fez a curva no Dugongo, Beacon foi buscar o Audi, e Jimmy, que era a inveja de todos, pois raramente trabalhava, entrou na casa do Dr. Jefferson.

Beacon entreviu uma cabeça com cabelo crespo dourado atada a um corpo esbelto surgir do Dugongo. Ficou ligeiramente ressentido, porque na opinião dele aquele tipo de cabelo era atraente somente quando preto e se a pele de que crescesse fosse também negra. De qualquer maneira, amarelo era feio, não interessava a quem pertencesse. Não importava; aquilo não tinha nada a ver consigo, e naquela noite ele dormiria cedo. Por alguma razão misteriosa, o Sr. Still estava voltando para casa horas mais cedo do que de costume, e Beacon poderia passar a noite da sua maneira preferida, no seio de sua família.

Ele mal havia virado na Sloane Street quando o primeiro fogo de artifício explodiu. Nas palavras usadas por metade da população de Londres — com exceção dos menores de idade — Beacon disse para si mesmo que a Noite de Guy Fawkes seria só no dia seguinte.

MONTSERRAT ACORDOU COM um mau pressentimento que não tinha nada a ver com o dia 5 de novembro. Era difícil dizer com o que tinha a ver, porque o sentimento era razoavelmente familiar e ela mesma tinha que admitir que na maioria das vezes ele não significava coisa alguma. Talvez se referisse apenas ao fato de ser sexta-feira, um dos dias em que Zinnia não chegava antes do período da tarde e portanto deixava a Montserrat a tarefa de fazer o café da manhã de Lucy e levá-lo para ela. Ficou na cama mais meia hora, escutou Beacon trazer o Audi até a entrada principal e o Sr. Still cumprimentá-lo com um bom-dia. Montserrat pensou que o Sr. Still era provavelmente a última pessoa em Londres a dizer bom-dia, e não *oi* ou *tudo bom*?

O iogurte de carambola e o prato de toranja vermelho (coberto com papel-filme) estavam preparados na geladeira, a fatia única de pão integral estava na torradeira aguardando para ser tostada e a cafeteira tinha apenas que ser ligada. A bandeja estava preparada com os talheres e um pote de conserva de mirtilo — Lucy comia conserva, não geleia —, e Montserrat teve que esperar apenas cinco minutos. Ela serviu para si a primeira xícara de café e saiu com a badeja.

Lucy estava sentada na cama, envolta em um xale de renda.

— Achei que tivesse se esquecido de mim.

Sem disposição para ser repreendida, Montserrat disse:

— Seu relógio está cinco minutos adiantado.

Os olhos dela pousaram em algo que não deveria estar na penteadeira de Lucy: o molho de chaves do Sr. Still. De pé entre Lucy e a penteadeira, Montserrat recolheu as chaves e as colocou no bolso da calça. Não sabia dizer o motivo, aquilo simplesmente parecia mais seguro.

— Rad vem hoje à noite. — Quando Lucy fazia essa notificação, às vezes duas vezes por semana, às vezes apenas uma, ela usava uma sexy voz arrastada e até mudava levemente a postura, suspendendo um braço e deixando a mão cair de maneira negligente. — Lá pelas 19h. Acho que vamos tomar um champanhe. Você faria o favor de pegar uma garrafa na geladeira e trazer pra cá umas 18h30?

Considerando o gesto nada requintado, Montserrat disse que sim. Não havia razão para que a fisicamente capaz Lucy, com seu corpo tonificado por corridas frequentes e idas à academia, não pegasse o champanhe por conta própria, mas ela nunca fazia coisa alguma. Uma vez Montserrat a vira deixar uma moeda cair e pedir a Zinnia para apanhá-la. Montserrat desceu de volta para o subsolo com uma segunda xícara de café, evitando o corrimão solto. O primo de Rabia, Mohammed, viria no dia seguinte para consertá-lo. Montserrat supunha que esperassem que ela ficasse em casa o dia todo para deixá-lo entrar. A não ser que pudesse persuadir Rabia a fazer isso...

Primeiro havia o problema das chaves do Sr. Still. Se ela não fizesse nada, Beacon traria o patrão para casa entre 20 e 20h30 e o Sr. Still tocaria a campainha na entrada. Muito provável, mas não inevitável. Ele geralmente se atrasava na sexta-feira, a não ser quando a família pretendia descer para Gallowmill Hall no dia seguinte. E pretendiam? Ela não sabia. Ninguém comentou, mas nem sempre comentavam. Montserrat decidiu ligar para Beacon e descobrir se o Sr. Still mencionara ter esquecido as chaves. A dificuldade consistia em que Beacon era um porco moralista, tipo um vigário ou coisa assim. Ela, em um dia que Rad faria uma de suas visitas, pediu a Beacon para avisá-la quando o Sr. Still estivesse saindo do escritório e ele perguntou, muito suspeitosamente, o que ela tinha a ver com isso.

— A esposa deve estar no lar aguardando o esposo retornar do seu ganha-pão.

— Isso é um pouco antiquado, né não?

— Se todo mundo se comportasse do jeito que você considera antiquado — disse Beacon —, o mundo seria um lugar melhor.

Ainda assim, ela tentou novamente nesse dia.

— As chaves do Sr. Still são problema dele.

— Só estava tentando ajudar — argumentou Montserrat.

— A melhor maneira de você ajudar é abrindo a porta quando o Sr. Still tocar a campainha da casa *dele*. Isso se ele tiver esquecido as chaves *dele*, o que eu pessoalmente duvido.

O almoço no pub com Ciaran, que acabou em briga porque Montserrat disse a ele que não poderia encontrá-lo em casa naquela noite, foi seguido por um passeio pelas lojas da Sloane Street com Rabia e Thomas e uma ida à Harrods para comprar um agasalho para o bebê.

— Ela deu um cartão American Express para você?

— Só pra comprar roupa pro Thomas e pagar os cortes de cabelo dele.

— Mas você compra umas coisinhas pra você também, não compra? Ela nunca ia perceber.

— Ela confia em mim — disse Rabia, chocada. — Eu nunca faria isso.

— Pena que o Beacon é casado. Você e ele foram feitos um para o outro.

Compraram um agasalho azul-claro felpudo para Thomas, com um coelho branco em aplique no bolso do peito.

— Você pode ficar em casa pra receber o seu primo quando ele chegar amanhã?

— Se você quiser — disse Rabia. — Um papo com o Mohammed seria bom mesmo. Ele é o meu primo preferido. Vou apresentá-lo ao Thomas. Ele adora criança.

Como se o filho fosse dela, pensou Montserrat.

— VOCÊ NÃO SE importaria — disse June — se Sua Alteza e eu assistirmos à nossa gravação do primeiro episódio da primeira temporada de *Avalon Clinic* enquanto você estiver aqui, se importaria?

Rad fez uma careta, fingindo estar com vergonha, mas June sabia que por dentro ele se deleitava. Lançou a ele um olhar crítico, pensando em por que as mulheres achavam atraentes homens de cabelo comprido. O gosto dela nesse aspecto fora estabelecido nos anos 1950, quando um homem só usaria o cabelo preso num rabo de cavalo se estivesse atuando em um filme sobre a Revolução Francesa. Ela operou o controle remoto com uma agilidade que a Princesa nunca adquirira, e a música de abertura de *Avalon* conhecida em todo o país explodiu na sala, rivalizando com os fogos de artifício, que já estavam em plena atividade. As duas mulheres estavam bem surdas. A Princesa suspirou de contentamento quando o belo Rad, em seu casaco branco, com um estetoscópio no pescoço e um esfigmomanômetro pendurado em uma das mãos, entrou na sala a passos largos. O Rad de carne e osso estava sentado ali ao lado no sofá. Ela pegou a mão de carne e osso dele e a apertou.

— Vamos tomar uma garrafa de ABQSCB — disse ela a June.

June reconheceu aquelas letras iniciais como A Bebida Que Sempre Cai Bem e buscou uma garrafa de champanhe, por isso perdeu uma parte vital da trama. Rad não iria abri-la, não ele, que permaneceu sentadinho, periodicamente apertando de volta a mão da Princesa enquanto June enchia as taças.

— Vai ver a Montserrat, você?

Perguntava porque, por alguma razão, ele não gostava dessa pergunta. Seria muita decadência depois de uma modelo e de uma socialite divorciada.

— Hoje, não — foi a resposta

June não conseguia saber se Rad estava falando a verdade ou não. A propaganda, que ela não sabia como cortar da gravação, acabou, e todos assistiram ao programa até o final, logo antes das sete.

— Toma mais uma antes de ir embora — ofereceu a Princesa.

Rad disse que não, mas deu um beijo nela, o que era mais do que ele estava inclinado a fazer com June. Nenhuma das mulheres o observara ir embora. A ligação dele com Montserrat, se realmente existia, não tinha nenhum glamor. Na casa ao lado, do lado de fora do número 8, a Srta. Grieves estava à porta do subsolo para espantar uma raposa urbana. Com uma carcaça de frango na mandíbula, ela escapuliu escada acima com a Srta. Grieves em seu encalço. Não foi uma perseguição acalorada, mas desalentada e vagarosa, uma desajeitada peleja para chegar até o topo. Quando conseguiu, a raposa e o frango já tinham desaparecido. Uma brilhante luminosidade irrompeu no jardim do número 5, iluminando toda a frente bem como a área em frente ao número 7. A raposa foi revelada esbaldando-se no jardim, e Rad Sothern foi visto em seu esconderijozinho, na verdade, saindo dele logo que Montserrat abriu a porta para o subsolo. A Srta. Grieves se virou e desceu a escada com dificuldade.

Montserrat também havia descido as escadas, as do porão, evitando o defeituoso corrimão. Deixou Rad entrar e o cumprimentou com um não muito cordial oi. Prender o cabelo daquela maneira fazia o rosto dele parecer muito fino. Ele não era tão alto quanto Ciaran, e seus dentes da frente precisavam de um dentista. Devia ser o motivo pelo qual raramente sorria em seu papel como Sr. Fortescue. Montserrat deu um passo atrás para que Rad pudesse passar.

— Toma cuidado com o corrimão bambo — alertou.

Ele não prestou atenção ao conselho e xingou quando ele balançou em sua mão. Ela não bateu na porta do quarto de Lucy; só a abriu, empurrou Rad para dentro e correu escada acima para encontrar-se com Rabia. Hero e Matilda tinham jantado na cozinha do berçário e estavam jogando computador no quarto que dividiam. Tendo mudado completamente os seus hábitos de sono como as crianças pequenas costumam fazer, Thomas já estava adormecido, e Rabia passava as blusas brancas e as saias plissadas azul-marinho que as meninas usariam para ir à escola na segunda-feira.

— Por que elas não saíram pra alguma festinha em comemoração à Noite das Fogueiras?

— O Sr. Still falou que é perigoso — respondeu Rabia.

— A Lucy está acompanhada esta tarde — disse Montserrat. — Então mantenha as meninas aqui em cima, tudo bem?

Rabia disse que não queria ouvir e enfiou o dedo nos ouvidos.

OS FOGOS DE artifício atingiram o seu zênite de estrondo explosivo mais ou menos às 20h. Os clarões de luz, que se moviam em ziguezagues e se ramificavam em uma pirotecnia que exibia penas, bandeiras e fontes vermelhas, brancas, verdes-esmeraldas e azuis-safiras, atingiram o seu máximo esplendor no lado oposto do rio meia hora mais tarde e então começaram gradualmente a se aquietar.

Às 21h, quando Beacon parou o Audi em frente ao número 7 em Hexam Place, rojões ainda rasgavam ocasionalmente o céu, mas a maior parte da celebração já tinha acabado, apenas para recomeçar com a mesma intensidade na noite seguinte.

Beacon saiu do carro para abrir a porta traseira do seu lado para o Sr. Still. Era um hábito dele ficar cortesmente de pé ali até seu patrão passar pela entrada principal. O Sr. Still subiu os quatro primeiros degraus antes de começar a apalpar os bolsos. Com o semblante intrigado, desceu os degraus novamente e perguntou:

— Não deixei minhas chaves caírem no banco de trás, deixei, Beacon?

— Não estou vendo, senhor. Deixa eu procurar.

Preston Still também procurou. Nem sinal delas.

— Montserrat estará aí para deixá-lo entrar, senhor.

— Não, não é necessário. Tenho a chave do portão da área de serviço e a da porta do subsolo.

O portão da grade da área nunca ficava trancado, até onde Beacon sabia. Ele observou o Sr. Still descer a escada, elevar os olhos para ver um rojão explodir acima do número 4 e vislumbrou o rosto de Montserrat em uma janela no andar térreo. Hora de ir pra casa. Com sorte, chegaria bem no momento em que *Avalon Clinic* estivesse começando.

Da janela era impossível para qualquer um ver mais do que os seis degraus mais baixos. Montserrat não conseguia mais ver o Sr. Still, mas supôs que ele devia estar subindo os últimos degraus até a entrada principal, onde tocaria a campainha. Ele chegou mais cedo do que o esperado e ela não tinha tempo a perder. Ligou para o celular de Lucy e depois subiu correndo para o primeiro andar, onde Rad Sothern estava acabando de sair do quarto.

— Ele está na escada — sussurrou Montserrat. — Vai tocar a campainha a qualquer minuto.

— Meu Deus.

— Está tudo bem. Vem comigo que você vai esperar no meu apartamento enquanto eu o deixo entrar.

Isso nunca chegaria a acontecer, mas muitas outras coisas, sim. Montserrat conduziu Rad pela escada que saía do primeiro andar e pelo corredor que levava à escada do subsolo. Havia uma luz acesa no corredor, mas não no pé da escada. Quando Rad, com Montserrat atrás de si, estava aproximadamente a um metro de distância, Preston Still surgiu no topo da escada do subsolo; primeiro a cabeça e depois o peito, com o restante dele emergindo rapidamente. Montserrat nunca antes tinha percebido o quanto aquele homem era grande, muito alto, largo e forte. Ela deixou escapar um suspiro meio rouco. Rad disse "Meu Deus" pela segunda vez e estacou no lugar.

O Sr. Still avançou em direção a ele, disse:

— Quem diabos é você? — E em seguida. — Eu já o vi antes.

Considerando que o país inteiro já tinha visto Rad antes, que metade dele o estava assistindo em suas telas naquele momento, aquele era um comentário que significava muito pouco. Montserrat foi capaz de perceber que tal frase tinha um significado diferente para Preston Still, que raramente chegava em casa a tempo de assistir à televisão.

— Na festa da Princesa — concluiu —, fazendo investidas indesejadas na minha mulher.

Ao que parecia, Preston Still se deu conta, antes mesmo de pronunciar as palavras, de que as investidas foram na verdade muito pouco indesejadas e, quando Rad tentou passar à força para chegar à escada, ele o pegou por trás, agarrando-o pelos ombros. As coisas aconteceram muito rápido depois disso. Montserrat nunca teria acreditado que Still fosse capaz de tais proezas atléticas. Ele meteu o pé na parte de baixo das costas de Rad e grunhiu ao dar uma guinada para a frente e empurrá-lo com toda a sua força. Era um chute escada abaixo, a clássica maneira violenta de expulsar um homem de casa.

Rad talvez tivesse deslizado para a frente e descido as escadas aos solavancos se não houvesse agarrado o corrimão defeituoso. A peça se soltou na mão dele com um estalo de madeira se despedaçando e o ator desmoronou para a frente, dando um berro e mergulhando de cabeça no escuro poço da escada, aterrissando com o crânio no chão ladrilhado. Foi como um mergulho em uma água que não existia ali. O estrondo que o impacto fez foi sufocado pela explosão mais barulhenta da noite, um rojão que estourava na Eaton Square.

CAPÍTULO DEZ

Os fogos de artifício cessaram. Nenhum som vinha do quarto das crianças no segundo andar. Pelo silêncio, parecia que Lucy não tinha escutado nada. Montserrat ficou um tempo escutando o silêncio antes de seguir Preston Still escada abaixo. A cabeça de Rad Sothern repousava em uma poça de sangue que se espalhava pelo ladrilho preto e branco. Se alguém tivesse contado a Montserrat que ela reagiria a uma cena dessas não com horror e medo, mas com uma crescente excitação, a moça não teria acreditado. Mas era assim. O que quer que acontecesse depois, ela queria estar envolvida. Tudo viria à tona agora: o caso amoroso de Lucy com uma personalidade da televisão, uma celebridade; o papel que ela, Montserrat, forçadamente desempenhou, temerosa de perder o emprego e as acomodações; Preston Still, magnata dos seguros do mercado financeiro britânico, milionário, levado à loucura pela infidelidade da mulher...

Ele estava ajoelhado ao lado de Rad e disse com uma voz fina que não parecia a sua:

— Acho que ele está morto.

— Não pode ser — falou Montserrat. Repetiu: — Não pode ser.

— Não está respirando, não tem pulso.

Ao criar seu cenário, ela não tinha pensado nem por um momento que Rad Sothern pudesse estar morto. As pessoas não morrem por caírem em escadas. A excitação ainda estava lá, mas misturada a pavor.

— O que a gente faz?

— Chama a polícia, é claro.

Ela falou inconsequentemente:

— Ele não parece muito pesado.

— O que isso quer dizer?

— A gente podia embrulhá-lo com alguma coisa e o empurrar para o meu apartamento. Não podemos deixá-lo aqui.

— Meu Deus — disse Preston Still —, não acredito que ele está morto. Sinto como se eu estivesse dormindo, como se eu fosse acordar a qualquer momento.

— As pessoas sempre se sentem assim quando alguma coisa horrenda acontece.

Montserrat foi até seu apartamento e voltou com um cobertor. Ajoelhou-se e começou a suspender o corpo, colocá-lo no cobertor e enrolá-lo pouco a pouco.

— O que você está fazendo? — A voz de Preston Still subiu uma oitava. — Para. Para de fazer isso. Nunca se deve mexer em alguém que foi... Ahm, que se deparou com uma morte violenta. Temos que chamar a polícia.

Essa ideia a amedrontava mais do que o fato de Rad estar morto.

— Você quer ser preso, quer? Vão falar que foi assassinato.

— Pelo amor de Deus, eu só dei um empurrão nele. Foi aquele corrimão o responsável por essa morte.

— Me ajuda a passar com ele por aquela porta — disse Montserrat.

Poderia afirmar que o Sr. Still, a quem ela em seus pensamentos já chamava de Preston, era bem mais enjoadiço do que ela. Ele teve que desviar o olhar enquanto ela empurrava e puxava o corpo de Rad Sothern para dentro do apartamento. Ele teria fechado a porta se ela não tivesse dito:

— Não podemos largar o sangue ali daquele jeito.

— Temos que deixá-lo ali para a polícia.

Ela não disse nada, apenar levantou o olhar. Era inteiramente provável que Preston nunca tivesse passado pano no chão e não saberia como fazer isso. Era homem. Montserrat não era nenhuma dona de casa, mas não tinha chegado aos 22 anos sem, ao menos uma vez, ter limpado um chão ladrilhado. Havia um balde no armário debaixo da pia. Até onde ela sabia, nunca fora usado, mas era capaz de reter água e tinha uma alça. Com uma esponja do banheiro e uma garrafa de detergente, pôs-se a trabalhar. Quando Preston viu a água vermelha parecida com sangue espumando, estremeceu e mais uma vez desviou o olhar.

— Acho que dei um jeito em tudo. Não serviria para passar por uma investigação policial, exames e essa coisa toda, mas a gente não vai ter nada disso, vai? Não vamos chamar a polícia. — Ela respirou fundo e perguntou: — Não tem nenhum sangue em você, tem?

— Você parece a lady Macbeth — comentou ele, com a voz vagarosa como a de um zumbi. — Lave suas mãos, vista o seu roupão...

— Agora vem. Se recompõe. Vou pegar uma bebida pra gente. Tem uísque na sala de estar.

Eles na verdade não fizeram nada, ela pensou, enquanto subia as escadas para buscar o uísque. A única coisa que Preston fizera foi dar um empurrão naquele cara da TV. Rad estaria vivo agora se o pessoal que ela tinha chamado para consertar o corrimão tivesse vindo assim que ela as chamara. Mas tente argumentar isso para a polícia. O problema de Preston era que, por mais que fosse um grande magnata do ramo de seguros, levara uma vida protegida. Tinha nascido em berço de ouro, como diria o pai dela. A solução dele para qualquer coisa que cheirasse a ilegalidade era ligar para a polícia. Pouco importava que eles não teriam dúvida de que ele matara Rad porque era amante de sua esposa. Isso era inquestionável. É claro que Preston Still era tão ingênuo que ainda não havia se dado conta dessa situação. Montserrat a esclareceria para ele; tinha que fazer isso. Quando ela entrou no apartamento, ele estava sentado em uma das duas poltronas, encostado, com as mãos penduradas, olhando para o nada.

Ela tinha dado uma golada de uísque no gargalo. Passou um copo para ele, pôs o seu na mesinha de centro. Preston falou sem olhar para ela.

— Suponho que aquele cara estava visitando a Lucy. — Ela fez que sim com um gesto de cabeça, deu um gole de uísque. — Qual era o seu papel nessa história?

— Não fazíamos nada a três, se é isso o que está pensando. Eu só o deixava entrar pela porta do porão e o levava até o quarto dela.

Ele direcionou os olhos para Montserrat, que viu raiva neles. Viu também que ele era bem bonito e que tinha uma bela voz.

— Você era o psicopompo — disse ele.

— Era o quê?

— Um condutor das almas ao inferno.

Montserrat, que era um tanto supersticiosa, estremeceu. Ela cutucou o corpo escondido pelo cobertor com a ponta do pé.

— O que a gente vai fazer com ele?

— Ah, bem, nada. Ele está aqui agora e você obviamente não vai querer dormir aqui. Fique em um dos quartos de hóspedes esta noite e de manhã eu vou chamar a polícia. Afinal de contas, foi um acidente. Toda aquela coisa de perícia forense não vai ser necessária. Assim que escutarem o que eu tenho a dizer, o que você tem a dizer e que virem o corrimão quebrado, tudo vai ficar esclarecido.

— Não esquece que eles vão ter que saber que a Lucy estava tendo um caso com Rad Sothern. Isso é o que faz toda a diferença. E ele é famoso, *era* famoso. Não interessa de quem ele era namorado, isso vai ser gigantesco na mídia. Não percebe?

Foi a palavra *namorado* que trouxe um escuro rubor ao rosto de Preston.

— Foi um acidente — afirmou ele.

— Eu sei disso e você sabe disso, mas eles, não.

Ela sabia disso? Ele? Preston empurrara o homem escada abaixo com uma força que qualquer um poderia ter usado. Ela teve vontade de falar que ele vivia fora do mundo, em um universo de números e estatísticas, títulos, ações e mercados, enquanto *ela* sabia muito bem o que era a mídia e como reagiria. A excitação anterior ressurgiu quando ela pensou nas fotos nos jornais, nos trechos de *Avalon City* no *Sky News*, nas fotos do número 7 em Hexam Place e de Lucy com seus filhos, de Preston entrando em seu carro, Beacon segurando a porta aberta... e isso apenas se Rad desaparecesse, nada parecido com o que seria se ele fosse encontrado morto.

— Melhor se ele desaparecer, e melhor ainda se nunca for encontrado.

— Não podemos fazer isso, Montserrat.

Era a primeira vez (a primeira vez mesmo?) que ele a chamava pelo nome.

— Temos que fazer isso. É o único jeito. Pensa no que vai acontecer com a Lucy, com seus filhos, com seus negócios e com tudo conectado a você se contar à polícia que empurrou Rad Sothern escada abaixo. Vão te prender e a mídia vai comer você vivo.

Houve um longo silêncio. Então ele disse:

— Você realmente é a lady Macbeth. Dê-me um pouco mais de uísque, sim?

Ela tornou a encher o copo dele.

— Já chega. Você tem que estar ligadão amanhã de manhã.

— O que isso quer dizer?

Uma recordação da única vez que tinha visto *Macbeth* lhe veio à memória. Fora na televisão. Era sobre uma mulher dizendo a seu marido fraco como se comportar depois de ter assassinado alguém, não era? Apropriado.

— Você vai deitar. A Lucy vai estar dormindo. Amanhã é sábado. Fala pra ela que tem que trabalhar o dia todo. Sei que você faz isso, ela não vai desconfiar...

— Estou pouco me fodendo se ela desconfiar! — explodiu ele.

— Eu vou dormir aqui... com aquilo — informou ela, acenando com a mão na direção do corpo de Rad. — Você vai voltar pra cá e nós vamos colocar o corpo dentro de alguma coisa para levá-lo embora.

O olhar dela recaiu sobre o maleiro de teto do carro.

— Dentro daquela coisa. Eu o comprei pra carregar meus esquis nas férias, mas a gente pode usar.

— Levá-lo pra onde?

— Você tem uma casa no campo, não tem? Não é longe, é?

— Em Essex. Não posso pegar o Audi. Beacon vai deixá-lo guardado no final de semana. Geralmente alugamos um carro para ir para Gallowmill Hall, mas é óbvio que isso não é possível... Olha só, Montserrat, essa coisa toda não é possível.

— A gente pode ir no meu carro — sugeriu ela.

— É melhor eu ligar para a polícia de manhã bem cedinho. Não mencionarei você. Vou levar o corpo pra fora de novo, colocá-lo no chão e falar para eles que eu estava entrando pela porta do porão quando vi... qual é o nome dele? Rad Alguma Coisa... chegar ao topo da escada do porão e cair quando segurou o corrimão. Direi que passei por esse caminho porque esqueci minhas chaves, o que é verdade, e você estava fora, por isso não podia abrir a porta pra mim. Direi que não tinha ideia de quem era esse tal de Rad e que estava morto antes de eu encontrá-lo. Tudo se encaixa direitinho.

— Essa é a pior história que já ouvi em toda a minha vida — disse Montserrat. — Se contar essa baboseira, o que iria "encaixar direitinho" seria seu pescoço na forca. Se ainda tivéssemos pena de morte, quero dizer. O que podemos fazer é colocar o corpo dentro do maleiro agora, acabar logo com isso e sair de manhã quando a Lucy for pra academia. E vê se não fala uma palavra sequer sobre isso pra ela, aliás.

THOMAS ACORDOU CHORANDO, com a bochecha direita muito vermelha e molhada de lágrimas. Rabia deu a ele um suco de laranja morno (recentemente espremido) e um amarelado mordedor (recentemente esterilizado). Tinha sido dela quando neném e dá-lo a Thomas a fazia sentir que ele era realmente seu filho, usando as coisas da infância da mãe como as crianças pequenas frequentemente fazem. Ficou feliz por ele ter gostado do mordedor, sorrido para ela e dito as suas mais novas palavras: "meu amor".

— Ama Rab.

— E Rab também te ama muito, Thomas.

— Fala "meu amor" — pediu Thomas.

Assim fez Rabia, que também trocou sua fralda, beijou-o e o deitou carinhosamente em sua nova cama de criança crescida.

Mais adiante na rua, no porão do número 11, Henry e a Honorável Huguette dormiam nos braços um do outro ou assim haviam feito até que ficaram com muito calor e se separaram rolando para lados opostos. Era a primeira vez que Huguette compartilhava a cama dele na casa do pai dela, e por mais prazeroso que isso pudesse ser por vários motivos, especialmente por não ter de sair do apartamento dela para ir embora na noite gelada, ele estava nervoso e seu sono se mostrava espasmódico. Teria sido melhor se tivessem a chave da porta, mas não tinham, só a fechadura. Henry pensou em comprar uma tranca de correr para a porta, o que proporcionaria a eles muita privacidade. Da maneira como estava, qualquer rangido, batida e estalo na casa o fazia temer que alguém estivesse se aproximando pelas escadas do porão.

A algumas casas de distância, no número 3, Jimmy estava dormindo, para variar. O Dr. Jefferson não tinha ideia de como lidar com os criados. Jimmy estava bem ciente disso e, em vez de desdenhar, gostava ainda mais dele. É claro que conseguia detectar no sotaque do Dr. Jefferson, superficialmente refinado — adquirido em Oxford —, sua origem de classe operária. Era por isso que ele não deixava Jimmy chamá-lo de senhor ou abrir a porta do carro para ele, e, apesar de Jimmy não morar na casa do patrão "oficialmente", um bom quarto estava à disposição dele no subsolo do número 3. Era lá que dormia na Noite das Fogueiras, sozinho, apesar de ter se apaixonado recentemente. Não havia ônibus noturnos para onde ele morava e, embora o Dr. Jefferson não tivesse feito objeção alguma em relação a ele ir com o Lexus para o seu apartamento em Kennington, Jimmy estivera com Thea e bebera demais para dirigir qualquer coisa para qualquer lugar.

Pois era por Thea que estava apaixonado. Isso era extraordinário. Ela tinha mais de 30 anos, não era particularmente bonita e ele a conhecia havia anos. Nem tinha se dado conta de gostar tanto dela. Mas na noite anterior, no Dugongo, sentado com June de um lado e Richard do outro, ele ergueu o olhar de sua lager e seus olhos encontraram Thea do outro lado da mesa. Naquele momento ele teve a curiosa sensação de que seu coração desacelerou, quase parou e depois se recuperou. Ele pensou, eu te amo, Thea. Então quis berrar isso. Estou apaixonado por você. Estou apaixonado por você. Seus olhos se prenderam uns nos outros e ela sorriu para Jimmy, um radiante e maravilhoso sorriso que transformou seu rosto pequenino e comum em algo de uma beleza delirante.

Ele não disse nada, não fez nada, mas voltou ao Dugongo na noite seguinte. Ela estava lá, assim como ele sabia que estaria, sentada sozinha à mesma mesa. Alguma cor de cabelo era mais adorável em uma mulher do que o ruivo natural? Vermelho como o nastúrcio, como a castanha-da-índia. Era cedo demais para que qualquer um dos outros estivesse lá. Durante metade da noite e a maior parte do dia, ele pensou no que acontecera a si mesmo e decidiu que não perderia tempo com papo furado. Foi ao bar e pediu duas taças de champanhe a Ted Goldsworth, ciente de que os olhos de Thea estavam sobre ele.

— Oi, Jimmy — cumprimentou ela assim que ele colocou as taças na mesa, com uma voz que lhe soou cheia de significado.

— Oi, Thea. — Tudo o que quisera dizer na noite anterior e durante todo o dia enquanto dirigia para o Dr. Jefferson, falou naquele momento: — Eu me apaixonei por você. Sei que é loucura, mas acho que você sente o mesmo.

Ninguém havia falado com Thea daquela maneira antes. Solitária e impaciente, ela se sentiu dominada pela declaração de Jimmy.

— Sim — disse, como se estivessem se casando.

— Então vamos beber isto aqui e ir para algum outro lugar, só você e eu.

Ele levantou a taça.

— A nós.

— A nós — disse ela antes de soltar uma incrédula risada.

Eles na verdade não beberam tanto, apenas a quantidade suficiente para que Jimmy não quisesse dirigir. Passaram a noite num bar de vinhos em Ranelagh Grove para sob os estrondos dos fogos de artifício e o assobio dos rojões. Um sinal de amor, Jimmy ouvira dizer, era que ele despojava as pessoas de apetite. Eles comeram muito pouco. Thea pousou a mão sobre a mesa e ele pousou a sua sobre a dela. O beijo Jimmy pretendia adiar até a despedida mais tarde, porque não tinha a menor intenção de que passassem a noite juntos, ainda não, não por um tempo. Um sentimento que ele reconhecia como meio ridículo era o de que havia uma santidade no amor deles e seria errado "arruiná-la" nessa fase inicial. A consumação, entretanto, viria, e ambos aceitaram isso com paz, alegria e um sorriso que demonstrava estarem encarando isso com naturalidade.

Caminharam de volta para Hexam Place, de mãos dadas, não era longe. Uma luz ainda estava acesa na sala de estar de Damian e Roland, mas o apartamento da Srta. Grieves estava escuro e, fora do alcance da luz de Damian e Roland e da luz do poste da rua, Jimmy beijou Thea, que o segurou em seus braços por um longo momento, perguntando-se o que afinal estava fazendo.

— Me liga de manhã — disse ela.

— É claro. Não tenha dúvida quanto a isso. Vou querer ouvir a sua voz.

Dentro do próprio quarto, no silêncio, Thea ficou pensando no que quisera dizer com "Sim". Fora apenas um meio de agradá-lo e não ferir seus sentimentos? Fora porque ficara lisonjeada ou mais uma vez queria apenas agradar alguém, porém dessa vez metendo-se em um problemão? Ninguém antes lhe declarara paixão daquela forma. Nunca estivera em uma situação tão romântica. Talvez pudesse se levar a amá-lo ao afirmar para si mesma o quanto ele era bonito e gentil.

Enquanto Jimmy entrava no número 3 e depois no quarto de que finalmente fazia uso, as luzes nas casas foram gradualmente apagadas até que toda a rua estivesse na escuridão.

MONTSERRAT FOI ACORDADA à noite por Preston batendo em sua porta e sussurrando no buraco da fechadura?

— Abre a porta, Montserrat. Precisamos conversar.

Se alguém o ouvisse, pensou ela, imaginaria que eram amantes. Isso poderia muito bem acontecer, mas não ainda. Ela abriu a porta.

— Não temos nada pra conversar. Já conversamos tudo. Tudo o que temos que fazer agora é achar um jeito de colocar aquele maleiro em cima do carro sem ninguém suspeitar do que está dentro dele. Onde você estava dormindo?

— Estava no quarto dela — respondeu ele. — Não posso voltar pra lá, é horrível.

— Ah, tem quatro quartos de hóspedes na casa. Você vai pra um deles e volta aqui lá pelas sete.

Ela voltou a dormir, mas primeiro concluiu que uma boa coisa advinda daquilo era que ela não precisaria mais explicar a Ciaran sobre as visitas de Rad. Preston estava de volta ao apartamento dela às 18h30, vestido com sua roupa de ir para o campo no fim de semana: blazer, calça social cinza e *brogue* marrom. Pelo amor de Deus, pensou ela, ele não deve ter mais de 40 anos. Estava nua por baixo das cobertas.

— Vai embora, por favor, pra eu me levantar? Você pode fazer um café pra você enquanto eu tomo um banho — disse ela. — Mas me escuta. A gente não faz nada até a Lucy sair. Ela sai cedo, sempre faz isso quando tem que malhar, e ela leva as meninas. Nunca é cedo demais para ensiná-las a ser senhoras bem torneadas. — Ela o viu fazer uma cara feia e franzir a boca. — O meu carro está na garagem do número 12 naquela ruazinha, a St Barnabas. O seu quintal dá mais ou menos

nos fundos dela. A gente pode carregar o maleiro de teto até essa ruazinha e o atarraxá-lo ao rack do teto *dentro da garagem*. Se alguém vir
a gente, vai pensar que você só está me ajudando a me aprontar para as
minhas férias, que estão quase chegando. A gente fala que são esquis.
Combinado?

A manhã, quando ligaria para a polícia, havia chegado, mas Preston
parecia ter se esquecido disso.

— Combinado — respondeu ele.

— Quanto tempo demora pra chegar a essa casa de campo?

— Mais ou menos uma hora ou um pouco menos.

— É mesmo uma área rural? *Essex?*

Ele não respondeu e a fitou, carrancudo.

— Eu faço o café da manhã da Lucy nos fins de semana — informou
ela. — Então é bom eu dar um jeito nisso. Você só tem que ser paciente.

CAPÍTULO ONZE

— Cadê o papai?

Hero olhou atrás de um sofá como se houvesse a possibilidade de encontrá-lo ali.

— Ele chegou muito tarde ontem — disse Lucy num tom de extremo fastio. — Deve ter saído de novo bem cedo. É o que ele geralmente faz.

— Nunca vou trabalhar tanto assim — disse Matilda. — Não vejo sentido nisso.

Montserrat pensou, mas obviamente não disse, que Matilda se casaria com um homem rico e provavelmente não precisaria trabalhar. Ela as viu pavonearem escada abaixo, todas com as roupas combinando, de jaqueta escarlate sobre malha branca e legging preta com tênis Chanel amarelo e prata. As garotas foram empurradas para fora primeiro, e Lucy as seguiu batendo a porta da entrada principal. Rabia já havia saído com Thomas.

O quintal do número 7 em Hexam Place raramente era usado. Quando os Still se mudaram para a casa, segundo Montserrat tinha ouvido dizer, ele era bem-cuidado, com um gramado e canteiros de flores; passados quatro anos, contudo, as árvores, os arbustos e as ervas daninhas tinham tomado conta e agora o que fora um jardim se tornara uma selva. Tanto melhor para a empreitada deles, apesar de na verdade importar muito pouco se fossem vistos pelos Wallace e Cavendish, do número 9, ou pelos Neville-Smith, do número 5. O corpo no maleiro era mais pesado do que Montserrat esperava, já que Rad Sothern era um homenzinho tão magro e pequeno, mas ela e Preston conseguiram. Não havia ninguém por perto na ruazinha. Montserrat destrancou a porta da garagem. Achou que havia um olhar de desdém no rosto de Preston quando viu seu Volkswagen azul, cinza de poeira e excremento de pombo, mas talvez fosse imaginação dela. Colocar o maleiro no rack do teto era um trabalho muito mais difícil do que a árdua tarefa de subir as escadas do subsolo carregando-o e atravessar o quintal. Os degraus que ela nunca tinha notado no fundo da garagem foram de grande utilidade — de fato foram indispensáveis — e depois de quinze minutos de muito esforço o maleiro estava finalmente preso no lugar. Quando terminou, as mãos de Preston estavam tremendo.

— Eu dirijo — disse Montserrat.

Ele não discutiu.

— A gente vai pegar um desvio para evitar passar por Hexam Place. Não tem problema as pessoas me verem, mas eles não devem ver você comigo. Achariam estranho. — Preston concordou com um gesto de cabeça. — Para garantir, então, é melhor você se deitar no chão ali atrás.

— Ei, espera aí um minutinho. É claro que isso não é necessário...

— É claro que é necessário. Você devia ter pensado nisso antes de empurrar uma celebridade escada abaixo.

— Vou dar o meu endereço para você colocar no GPS.

— Seria útil se eu tivesse GPS, só que eu não tenho. Você vai ter que me orientar.

Ele disse que orientaria. Montserrat entrou no carro e Preston, atrás, lutou para se espremer no espaço entre a parte de trás do banco dela e o banco de trás. Assim que chegaram à North Circular, parou para que ele descesse e fosse para o banco do passageiro ao lado. Medo e talvez culpa o deixaram de mau humor.

— É contra os meus princípios deixar uma mulher dirigir para mim.

— Que pena — disse Montserrat. — Vamos fazer assim, quando tivermos descartado o Sr. Fortescue, eu deixo você voltar dirigindo.

NO SUPLEMENTO DE sábado dos jornais considerados de qualidade sempre havia uma entrevista com uma celebridade, e Thea tinha o hábito de lê-las enquanto tomava café da manhã. Ela compartilhava o jornal com Damian e Roland, eles interessados apenas em política e negócios, ela nesse suplemento e na parte de mídia e arte, apesar de que também gostaria de ler as notícias. A entrevista daquele dia era com Rad Sothern, e a capa trazia uma fotografia colorida dele, de página inteira, em seu papel de Sr. Fortescue, mas Thea, que pouco tempo antes fora fascinada pelas revelações sobre a vida amorosa pregressa de Rad, pelo fato de que June era tia dele ou tia-avó e por ele ter sido guitarrista de uma banda pop, agora achava impossível se concentrar no artigo. Seus pensamentos estavam dominados por Jimmy, mas talvez aqueles não fossem os pensamentos que ele gostaria que tivesse. Naquele dia ela deveria começar a ensinar a si mesma a amá-lo. Ensinara-se a fazer tantas coisas para agradar outras pessoas que certamente poderia fazer isso. Jimmy e ela sairiam juntos de dia no carro de Simon Jefferson, e ela esperava sua ligação às 10h. Acordada desde as 6h e de pé desde as 7h, vestira com o maior esmero uma calça jeans nova, camisa branca impecável e um grosso cardigã rosa-claro. Havia também lavado o cabelo, e a maquiagem do olho levara quase uma hora para ficar pronta. Por alguma razão, ela sabia, no entanto, sem nenhuma experiência real na área, que a aparência dela não importava muito mais para Jimmy. O que o rímel tinha a ver com o amor?

Às 9h45 ela levou as três seções do jornal para Damian e Roland.

— Vocês também podem querer estas daqui. Vou passar o dia fora.

— Ei, acho que já vi este cara saindo aqui da vizinha — disse Roland.

— Alguém comentou que ele é neto da Princesa.

— De acordo com isto aqui ele é sobrinho da June.

— Nunca deixarei de me surpreender. — Damian pegou o suplemento e abanou a cabeça para o retrato de Rad. — Deixe os cadernos de arte e de mídia com a gente. Ainda que o mais provável seja que não os leiamos, separaremos para a reciclagem. A propósito, estamos pensando em nos casar.

— Nossa, que legal — disse Thea.

Eles tinham se ensinado a amar um ao outro ou aquilo acontecera naturalmente?

— Roly me pediu hoje no café da manhã — disse ele. — Você quer se casar comigo? Não foi uma gracinha?

— Ah, foi mesmo. Posso ir?

— Espero que sim — disse Roland sem nenhum entusiasmo.

Da janela onde tinha se posicionado, Thea viu o Lexus cor de mostarda de Simon Jefferson parar ao meio-fio. Aquele era o cenário dos sonhos dela se tornando realidade! Aprendendo a se entusiasmar, ela correu para a entrada principal sem se despedir.

ARRUMANDO A SALA de estar, June encontrou um objeto que devia ser algo projetado para se tocar música, ou no qual se devia falar, ou as duas coisas, enfiado atrás das almofadas do sofá. A inadvertida pressão de seu polegar o estimulou a cantar o primeiro verso de "God Save the Queen" e exibir dezenas de pequeninas e brilhantes imagens coloridas.

— Deve ser do Rad — comentou, mostrando-o para a Princesa quando subiu para levar o café da manhã.

— É o que chamam de Raspberry. É melhor você ligar para ele. Mas não nessa coisa, mesmo supondo que saiba como. Faça isso no telefone de verdade.

June tentou o telefone fixo, mas ninguém atendeu. O número alternativo dele, que ela possuía e que nunca tinha usado antes. Disparou o hino nacional novamente na coisa em sua mão, o que a fez dar um pulo. Uma mensagem pediu a ela que deixasse recado, mas não viu sentido em fazer isso.

— Ele vai aparecer quando quiser isso de volta— disse June para si mesma.

ELES PASSARAM PELO vilarejo de Theydon Wold, e Montserrat viu que o pub chamado Devereux Arms servia um almoço com três pratos. Talvez ela conseguisse persuadir Preston a levá-la até lá, uma vez que tivessem descarregado o corpo de Rad Sothern. Impressionava-a o fato de ele mal saber chegar a Gallowmill Hall, apesar de ser dono do lugar. Ele tinha dado as coordenadas erradas três vezes, e numa delas quase foram parar na M25, no sentido de Dartford Crossing. Aparentemente, Preston tinha que usar o GPS quando dirigia, porque sabia o endereço, mas não o caminho até ele.

Montserrat ficara impressionada com o lugar, mas não tanto quanto Rabia. Afinal de contas, já tinha visto casas assim, na vida real e em fotos. Como devia ser ter uma casa destas? Não apenas ter o número 7 em Hexam Place, mas este Gallowmill também...

— Por que ela tem esse nome?

— Tem um moinho d'água no rio, e havia uma forca em algum lugar aqui perto. Como *gallows* significa forca e *mill*, moinho, juntaram as duas palavras para dar nome ao lugar.

Montserrat notou que ele estremeceu ao mencionar o instrumento de punição para crimes capitais.

— Você pode passar o carro pela arcada. É pouco provável que apareça alguém, mas não dá para ter certeza. É essencial que ninguém nos veja.

Já era a chance dela conseguir almoçar bem no Devereux Arms.

— Agora que o trouxemos até aqui, o que vamos fazer com ele?

— Não sei.

— Não vamos tirar o maleiro do carro até que tenhamos certeza. É muito pesado para ficarmos carregando pra lá e pra cá — disse ela notando o quanto ele estava pálido. — Não está enjoado por causa da viagem de carro, está?

Ele fez que não com um gesto de cabeça e respondeu:

— Vamos tomar um ar fresco.

A arcada levava a um tipo de pátio. Eles saíram do carro, voltaram a atravessar a arcada e foram para onde, da ampla parte com cascalho, o gramado se estendia. Todo o lugar estava atapetado com folhas caídas, vermelhas, marrons e amarelas, e as árvores das quais se desprendiam tinham quase retornado ao seu estado de desnudos ramos esqueléticos. Acima das baixas colinas arborizadas, o céu era de um pálido azul leitoso, listrado por faixas de nuvens cinza-claro.

— Este lugar está na sua família há centenas e centenas de anos?

— Uns dois séculos — respondeu Preston.

— Por que você não mora aqui?

— Meus pais moraram, meus avós e meus ancestrais, desde o início do século XIX, quando meu tatara-tatara-tatara-avô construiu este lugar — disse, na verdade sem responder à pergunta original.

A vista se alargava à medida que contornavam a casa e chegavam ao que Preston chamou de frente do jardim, revelando todos os tipos de detalhes da paisagem, uma casa bem grande na crista de uma baixa colina, telhados do vilarejo, celeiros feios ao lado de casas de fazenda, o pináculo de uma igreja. Ela trouxe recordações a Montserrat de programas de época na televisão: mulheres de *bonnets* saíam de casas como aquela e cavaleiros janotas da época da Regência Britânica tiravam o chapéu para as damas.

— Esses ancestrais iam àquela igreja?

— São Miguel e Todos os Anjos — disse Preston, como se fosse isso o que ela lhe tivesse perguntado. — Creio que sim. Quase ninguém vai lá agora, me disseram. Alguns dos meus ancestrais estão enterrados em um tipo de mausoléu de família no cemitério dessa igreja.

Eram tantas as chaves que um homem de posses como Preston tinha, esquecia ou deixava para trás. Ele não esquecera a chave da porta principal dessa casa. Destrancou-a e abriu.

Por já estar acostumada com o tipo de casa que Preston possuía, o interior era exatamente o que esperava: pinturas a óleo emolduradas em arabesco dourado, tapetes orientais, mobília escura lustrada, porcelana chinesa rosa, verde e preta com pássaros e flores. O calor no interior da residência lhe surpreendeu.

— Nós mantemos o aquecimento ligado no mínimo de outubro a abril.

— Como assim "nós"?

— O caseiro e a mulher dele. Ah, não se preocupe. Eles não estarão aqui.

Ela não tinha ficado preocupada, apenas surpresa por um homem com não mais de 40 anos ainda falar sob a ótica de um homem e sua esposa.

— Estou com fome — avisou ela. — Tem alguma coisa pra comer?

A cozinha era enorme e bem moderna... isto é, se por acaso vinte anos fosse considerado moderno. Havia pão de forma no congelador e comida enlatada no armário.

— A gente pode comer torrada com feijão.

Talvez Preston não soubesse o que era aquilo.

— Não consigo comer nada — reclamou ele. — Se você concordar em dirigir na volta, eu gostaria de uma bebida.

— Você falou que não gostava de deixar as mulheres dirigirem pra você.

— Dá pra aguentar — retrucou Preston, com uma inacreditável indelicadeza.

Uma risada irônica foi a resposta dela.

— A gente tem que colocar a nossa celebridade em algum lugar antes de pensar nisso.

Ela descongelou duas fatias de pão na torradeira, abriu uma lata de salmão e preparou um sanduíche. Preston estava sentado à mesa com a cabeça nas mãos. Abrindo armários, ela encontrou meia garrafa de brandy, meia de Cointreau e alguns restos de vinho tinto. A dose de brandy que ela serviu foi generosa, e, quando estava prestes a adicionar água, ele tampou o copo com a mão. Bebeu então metade, e a cor voltou ao seu rosto, um rubor de tonalidade escura.

— Eu já decidi — afirmou Preston Still. — Não devíamos nunca ter feito aquilo, colocá-lo em uma caixa. Não devíamos ter vindo pra cá... nem pra lugar nenhum. Quando você terminar isso aí, voltaremos a Londres e levaremos o corpo dele para a delegacia mais próxima.

— Deixa de ser ridículo. Vai escurecer em duas ou três horas, de forma que dá para a gente escondê-lo em algum lugar sem ninguém ver. Levar um cadáver para uma delegacia? Eles vão levá-lo para uma psiquiatra e interná-lo. Acabar num manicômio seria pior do que ser acusado de assassinato, e é isso o que vai acontecer. — Ela lavou o copo e o prato debaixo da torneira e os colocou de lado. — Você disse que é melhor se ninguém vir a gente aqui, então temos que tomar cuidado pra não sermos vistos. Agora eu quero dar uma olhada por aí e achar um lugar para o enterro.

Mais chaves. Ele tirou três molhos de ganchos na parede e os enfiou nos bolsos. Havia todo tipo de construções externas, bem como estábulos. Ele mostrou a Montserrat uma casa de verão e algo que parecia um templo, com uma abóbada e pilares, que ele chamou de extravagância. No final da longa volta de carro, havia uma pequena casa construída com o que ela reconheceu como estilo gótico, mas que estava abandonada, com as janelas fechadas com tábuas.

— Essa era moradia do caseiro — informou ele. — Os caseiros costumavam morar aí, mas os atuais têm um apartamento que fizemos para eles na casa.

O lugar parecia desolado, com pintura descascando e várias telhas do telhado. Uma das portas da garagem despencava de suas dobradiças.

— Vou ter que mandar dar uma olhada nesse lugar também — disse Preston. — Não sei por que deixei que ficasse neste estado.

Não por falta de dinheiro, pensou Montserrat.

— O que é aquilo?

Ela apontou para um montículo com mato alto e ervas daninhas, onde havia uma porta de madeira à qual se chegava descendo um lance de escada de seis degraus. Um livro que amara quando criança e uma série de filmes vieram à memória.

— Parece com um lugar em que um hobbit moraria.

— É um abrigo do tipo Anderson — respondeu Preston.

— Não sei o que isso significa.

— Na guerra... na Segunda Guerra Mundial, melhor dizendo... havia dois tipos de abrigo antiaéreo: o Morrison, que era um tipo de mesa de metal, e o Anderson, que é esse aí. Cavava-se uma cova no jardim e colocava-se grama por cima.

— Mas havia ataques aéreos aqui?

— Caiu uma bomba no vilarejo. Uma vaca morreu.

— Como você sabe disso tudo? Você não era nascido. Seu pai devia ser uma criancinha.

— Meu avô me contou.

— A gente pode dar uma olhada lá dentro?

A porta estava trancada, mas Preston tinha a chave em um de seus molhos. No interior, havia dois beliches com os colchões verdes de musgo, uma mesa sobre a qual estava pousado um livro totalmente coberto de mofo e uma lâmpada que pendia do teto.

— É uma coisa assim que a gente quer — comentou Montserrat. — Mas este aqui não serve. Se decidir reformar este lugar, ele, tipo... desmorona. Uma caverna ou coisa assim... tem alguma caverna aqui?

— É claro que não — respondeu ele. — Não em Essex.

Ela subiu os degraus, deixou-o trancar a porta e ficou de pé no caminho que levava à igreja, cuja torre erguia-se bem próxima a eles. Cem metros adiante, um portão em uma cerca servia de fronteira para o cemitério. A igreja de pedras cinzas tinha uma aparência bem firme, mas o cemitério em si parecia estar decompondo-se serenamente em uma escuridão anormal. Todas as árvores que cresciam em meio às lápides eram escuras, duas ou três sempre-vivas não pareciam muito vivas com suas folhas similares a couro preto, os teixos eram extravagantemente grandes, e os azevinhos, luxuriantes. A hera trepava em tudo, chegando a fazer dosséis em algumas das lápides. E toda essa vegetação parecia estar mofando, talvez por suas folhas que nunca caíam, mas que, por outro lado, se degradavam com o tempo.

A maioria dos túmulos contava com lajes e lápides na vertical, mas havia três tumbas no formato de grandes caixas de pedra. Todas estavam revestidas de líquen amarelo esverdeado e trepadeiras verde-escuras. Às 14h30, ainda havia luz no caminho. Mas ali o crepúsculo já se fazia presente ou jamais se ausentava por completo.

— Nunca há ninguém por aqui — disse Preston. — É possível que uns quatro ou cinco idosos venham às missas da manhã no domingo. O vigário cuida de mais três outras paróquias, e amanhã de manhã não deve ser um dos domingos dele aqui.

Montserrat esticou o braço para tocar no líquen que cobria a maior das tumbas.

— É um abrigo do tipo Anderson só que pros mortos — disse ela com uma voz mórbida e leu as duas palavras gravadas na base. "Família Still".

— Não é usada desde o sepultamento do meu avô.

O tom de Preston era tanto devoto quanto repreensivo. Mas ele trouxera a chave errada e tiveram que voltar.

FORAM PASSEAR NO Holland Park, de mãos dadas, e quando chegou a hora do almoço comeram em um restaurante dali. Havia muitas pessoas. Jimmy gostava de ser visto com Thea, e Thea se treinava para gostar de ser vista com Jimmy. Os dois achavam que poderiam ser objeto de cobiça e o disseram um ao outro. Isso não era difícil pra Thea, tendo em vista que Jimmy era muito bonito, alto e forte, além de ter belos cabelos escuros.

— Aqueles homens gostariam de estar no meu lugar.

— Todas aquelas mulheres gostariam que fosse a sua mão que estivessem segurando.

Ela não conseguia pensar mais nada para dizer, mas aquilo era o bastante.

Apesar do tempo seco, já estavam bem no final do ano para que pudessem sentar-se à vontade na grama e os bancos eram desconfortáveis. O restaurante tinha uma área em que ficava o bar, e lá se sentaram com suas bebidas (água tônica com Angostura para Jimmy, Pinot Grigio para Thea) para contar um ao outro suas vidas passadas. Jimmy fora casado por cinco anos durante a década de 1990, mas sua mulher fugira com um limpador de chaminé.

— Eu não sabia que esse tipo de coisa ainda existia — comentou Thea.

— Ele na verdade não subia nas chaminés. Tinha uma empresa de limpeza de chaminé. Eles agora têm três filhos.

Thea tinha estudado em uma politécnica que depois virou universidade e ali se formou em Ciência da Computação.

— Você é uma mulher inteligente — afirmou Jimmy.

Ele fora instrutor de direção, examinador de direção, vendedor de carro e conhecera Simon Jefferson quando dava aulas de direção para a mulher dele. O Dr. Jefferson, notando a habilidade de Jimmy na baliza, o contratou como seu motorista dois anos após o seu divórcio e o de Jimmy, os quais, por coincidência, aconteceram praticamente na mesma época. Thea relatou com o fora seu primeiro encontro com Damian e Roland enquanto acompanhava a Srta. Grieves e o carrinho de compras dela até a lojinha da St. Barnabas Street.

Jimmy pagou a conta e disse:

— Na sua casa ou na minha?

Thea se sentiu culpada por deixá-lo pagar, já que ainda não o amava de verdade.

— Bem... A gente pode topar com Damian e Roland quando estiver entrando.

— O Dr. Jefferson vai ficar fora o dia todo.

— Sua casa, então — decidiu Thea, afastando o imperdoável pensamento de que era bom acabar logo com aquilo.

CAPÍTULO DOZE

Quando a escuridão realmente tomou conta do lugar, as coisas sofreram uma mudança. Eles tiraram o maleiro do rack no teto do carro, levaram-no para dentro da casa e, depois de alguma hesitação e ranger de dentes, abriram-no. Nenhum deles tinha muita experiência com cadáveres. Preston vira seu pai depois da morte e, dois anos depois, sua mãe. Montserrat nunca havia visto um cadáver, com exceção daquele ali imediatamente após a morte. Esperava que mudanças tivessem ocorrido, apesar de não conseguir dizer de que tipo. Foi ela quem desembrulhou o cobertor. Não havia rigidez alguma; os membros estavam flácidos, e, devido à sua ampla experiência como leitora e espectadora de *thrillers*, ela supôs que o corpo já tinha passado pela rigidez cadavérica e estava mole novamente.

De maneira bem brusca, Preston a empurrou para o lado e enrolou o corpo de volta no cobertor.

— Vamos carregá-lo para dentro do carro — disse ele. — Vai ser impossível manejá-lo dentro do maleiro. Se não precisa dele, vou colocá-lo no quarto de bagagem.

Orgulhosa por não se assustar, em contraste ao estado abalado de Preston, Montserrat não pretendia afirmar que nunca mais conseguiria usar aquele maleiro.

— Você tem um quarto de bagagem? Nossa!

Ele levou o maleiro embora. Ela teria a coragem de pedir a Preston a quantia que tinha pagado a Henry? Ou o que diria que pagara?

— A caixa custou duzentas libras.

— Pois bem. — Era a primeira vez que ela ouvia alguém dizer aquilo. — Dou-lhe um cheque quando chegarmos em casa.

— Eu vou dirigir — disse ela.

Montserrat tinha medo de que, se o deixasse dirigir, ele passasse pelo cemitério da igreja e saísse na estrada principal antes que ela pudesse pará-lo. Mas ele não objetou. Colocaram o corpo de Rad Sothern no banco de trás do carro e Preston o cobriu com sacos que trouxe de um cômodo junto à cozinha.

Às 17h, estava muito escuro. As luzes por toda a vila de Theydon Wold e na casa no topo da montanha estavam acesas, mas ali onde não havia mais casas também não havia luz. Montserrat perguntou-lhe por que não tinha postes na rua e Preston disse que o pessoal da região preferia a escuridão. Por isso fizeram uma petição para mantê-la e o protesto foi um sucesso. O melhor lugar para estacionar o carro de acordo os propósitos deles era uma vereda ao longo de uma trilha que seguia para fora do caminho que usaram antes, quando visitaram o cemitério da igreja. A superfície argilosa era irregular, com sulcos profundos, mas duros e firmes como se não chovesse há uma semana.

Difícil de acreditar, Montserrat pensou, que estavam a não mais de vinte e cinco quilômetros de Londres. O silêncio era profundo, a escuridão, impenetrável. Preston disse que precisariam de uma lanterna e que trouxera uma. Acima deles o céu negro estava salpicado de estrelas, uma imagem não vista por ela desde a última vez em que estivera na Catalunha com a mãe. Preston retirou os sacos e os colocou no chão. Em seguida, levantaram o corpo, tiraram-no do cobertor e o pousaram na terra.

— A morte dele foi puramente acidental — disse Preston.

— Você já falou isso. E não foram poucas vezes, pra falar a verdade.

— Isso tem que ser dito. Você está agindo como se eu o tivesse assassinado e quisesse me ajudar a encobrir um crime.

Ela não respondeu. Percorreram o caminho de cascalho, carregando o corpo no cobertor, com Preston iluminando o chão com a lanterna que trouxera. Montserrat pensou no cobertor. Será que ele poderia ser identificado como vindo do número 7 de Hexam Place, lar do Sr. e da Sra. Still? Não se fosse colocado dentro do mausoléu dos Still, talvez dentro de um dos caixões com seus outros ocupantes. Duvidou que até mesmo ela, com os nervos de aço que estava descobrindo possuir, conseguisse encarar a execução de uma tarefa dessas.

Na metade do caminho, Preston baixou o corpo, encostando a sua ponta no chão e, como ela meio que esperava que ele faria, disse:

— Vamos levá-lo de volta, Montserrat. Levá-lo para Londres. Ainda não houve nenhum alvoroço sobre o desaparecimento dele.

Ela se manteve firme segurando as pernas de Rad.

— E fazer o quê?

— Eu compreendo seu argumento sobre levá-lo para uma delegacia de polícia. A gente não pode fazer isso. O que podemos fazer é levá-lo para o Hampstead Heath, por exemplo, e deixá-lo em algum lugar. Tirá-lo do maleiro e simplesmente largá-lo lá... na mata, talvez.

Tentou ser sarcástica:

— E ninguém ia ver a gente, é claro. Você tem ido a Heath ultimamente? Tem? Aquilo lá está igual a Piccadilly Circus num sábado à noite.

Ele suspendeu os ombros, abanou a cabeça. Os olhos dela acostumavam-se com a escuridão, podia vê-lo com suficiente clareza.

— Se eu fizer isto — disse ele —, não creio que serei capaz de voltar para Lucy e as crianças como se nada tivesse acontecido.

— Bom, uma coisa aconteceu. Muita coisa. Assim que a gente se livrar do corpo vai se sentir melhor. Você vai ver.

— Você fala como se já tivesse feito isso antes.

Ela não respondeu. Deixou que ele pensasse isso, se quisesse. Montserrat se movimentou lentamente, e, depois de um momento de hesitação, ele ergueu a cabeça e os ombros de Rad uma vez mais. Os dois baixaram o corpo na grama desgrenhada ao lado do mausoléu da família Still e Preston desceu os degraus até a porta, iluminando seu caminho com a lanterna.

— Não tenho a menor esperança de que a chave vá girar. Ninguém abre esta porta desde que o meu avô foi... sepultado aqui para seu descanso eterno.

Mas que jeito sentimental de falar.

— E quando foi isso?

— No ano de 1992.

— Você pode pelo menos tentar.

A velha e estropiada porta abriu. Tremeu e estalou, mas abriu. Montserrat esperava um cheiro terrível em forma de névoa fétida sair dali e se espalhar pelo lado de fora, mas nada aconteceu; havia apenas uma densa escuridão. A luz da lanterna mostrou um interior muito similar ao do abrigo tipo Anderson, porém com as prateleiras sustendo caixões em vez de beliches. Ela não vira nenhuma teia de aranha no abrigo, mas naquele pequeno e deteriorado mausoléu elas tinham fiado prodigamente suas teias, alguns dos fios chegando a ter a aparência de cordas empoeiradas de tão grossos. Era uma caverna forrada de teia e tapeçaria.

— Certo — disse ela. — É melhor levarmos isto pra dentro. Alguém passando de carro pode ver essa luz e achar suspeito.

Enquanto ela falava, um carro realmente passou a cem metros de distância, não no pequeno caminho, mas na rua do vilarejo. Os faróis estavam altos e iluminaram momentaneamente, capturando-os na ofuscante luz. Montserrat tinha falado sem olhar para ele. Estava virada para o interior do mausoléu e o seu conteúdo. Entretanto, como Preston não respondeu, ela se virou para olhá-lo. Ele estava tremendo, o rosto lívido na luz da lanterna, que também tremia em sua mão. Sua voz saiu com dificuldade como se a garganta tivesse secado.

— Não posso colocar... colocar essa coisa aqui dentro.

— Por que não? O que você quer dizer?

— Aqueles ali nos caixões são meus ancestrais. São a minha *família*. Não posso contaminá-los com isto, uma criatura que entra sorrateiramente depois do pôr do sol em busca da esposa de outro homem...

— Eles estão mortos. Não vão saber.

— Não posso e ponto final.

— O que é que a gente vai fazer com ele, então? Não dá pra simplesmente deixar isso aqui. Vão encontrá-lo e fazer a conexão com você. Isso é óbvio.

Ele parecia estar prestes a chutar a porta, porém, pensando melhor, a fechou quase como se prestasse uma reverência e girou a chave no trinco.

— Coloque-o de volta no carro.

Como se negava a deixá-lo ali, não fazia sentido continuar discutindo. Quantas vezes já tinham passado por aquilo? Carregaram-no de volta. A pilha da lanterna acabou e a escuridão parecia mais profunda que antes. Ergueram o corpo até o banco de trás uma vez mais, arrumaram o cobertor, cobriram-no com os sacos. Montserrat se sentou no banco do motorista. Era outra coisa sobre a qual não havia motivos para discussão. Ela estava decidida apenas a não retornar com o corpo de Rad para Hexam Place. Em algum lugar ao longo da rota, em algum desvio, em alguma mata, ele devia ser deixado. Estava começando a se perguntar por que, afinal, tinha ajudado Preston. Ele não era nada para ela. Ou era? Estava se tornando alguma coisa para ela? Esse dia os tinha unido de uma maneira curiosa, Macbeth e lady Macbeth. A maneira como falavam um com o outro nunca antes poderia ter sido imaginada, quando Preston era o patrão — ela realmente o via dessa maneira — e Montserrat, apenas a *au pair*. Aquela relação tinha mudado.

Ele a tinha feito sair da rodovia e ir para as estradas que atravessavam a Epping Forest e foi numa delas, de Theydon Bois para Loughton, um lugar ainda bem rodeado pela mata, que ela percebeu o carro sacolejando, sem firmeza no asfalto. O inconfundível sinal de pneu furado. Ela tentou fingir que estava imaginando aquilo, mas a ilusão durou apenas um momento. Conseguiu entrar com o carro em um trajeto para fora da estrada.

— Por que você está parando?

— O pneu furou. Você não sentiu?

Preston saiu e falou:

— Foi o de trás do lado de cá. — Examinou o pneu. — Parece que tem um prego nele.

Montserrat se juntou a ele.

— Você consegue trocar a roda?

— Não sei. Com certeza não nesta escuridão. Mas eu tenho seguro, é claro. Vou ligar pra eles. Não tem importância se o carro não é meu.

— Isso mesmo, é lógico, liga pra eles. Com um cadáver no banco de trás. Ninguém nem vai notar. — Ela deu uma risada seca. — Antes da gente ligar pra alguém, temos que desová-lo em algum lugar ou ficar sentados aqui a noite inteira até pensarmos em alguma coisa.

JUNE LIGOU PARA o telefone fixo de Rad e foi convidada a deixar um recado.

— Você deixou o seu telefone aqui. Enfiado no encosto do sofá. A Princesa me fez ligar porque está ansiosa.

Depois ela ligou para o outro número dele que possuía e o telefone com as pequenas imagens começou a tocar o hino nacional, uma música que nunca imaginou que ele conhecesse. Talvez não fosse preciso conhecê-la para fazer com que tocasse no celular. June deixou outra mensagem antes de perceber que não havia ninguém para recebê-la a não ser ela mesma.

A Princesa pegou no sono em frente à televisão e Gussie fez o mesmo no colo dela. Ela podia muito bem ir até o Dugongo e encontrar alguém com quem tomar alguma coisa. Sentiu-se vagamente incomodada, apesar de ser a primeira a admitir que não havia nada com que se preocupar. Rad tinha simplesmente esquecido o telefone. Só era um pouco estranho o fato de não ter dado falta dele e descoberto onde estava.

Henry estava no Dugongo com Richard e Sondra. June disse "Oi estranhos", porque eles não apareciam por lá já fazia um bom tempo. Contaram que o dia seguinte seria o décimo aniversário de casamento deles e estavam tomando uma taça de champanhe antes de irem comemorar com um jantar no Le Rossignol.

— Feliz bodas de lata — disse June, erguendo sua taça de chardonnay.

— Então é disso que são nossas bodas? — comentou Sondra, desapontada.

— Meio vagabundo pra dar de presente, não é mesmo? — disse Henry. — Às vezes dá pra ganhar uma lata de doce de frutas.

No número 7, Rabia estava conduzindo seu primo Mohammed até a porta do porão para que fosse embora. Em vez de 10h ele chegara para reparar o corrimão sete horas mais tarde, cheio de desculpas, dizendo que sua mulher tinha entrado em trabalho de parto. Teve que ficar na sala de espera do hospital até se tornar o pai de um belo garoto às 13h.

— Foi muita gentileza sua ter vindo mesmo assim, primo — disse Rabia, achando que seria indelicado mencionar que tivera que ficar em casa o dia todo esperando e que ele deveria ter ligado. Ela também não enfatizou que o novo bebê não era o seu primeiro filho, mas o quarto.

Ela lhe preparou um chá, ofereceu um prato com petiscos e enviou uma carinhosa mensagem para Mumtaz. O corrimão, como ele destacou, tinha ficado sólido como uma rocha. A caminho da saída, chegando ao pé da escada do porão, ele achou algo brilhante caído nos ladrilhos preto e branco do canto.

— Não é sempre que se veem objetos assim hoje em dia — comentou Mohamed, ao pegá-lo. — Fumar é um hábito obsoleto, você não concorda? Prata, eu arriscaria um palpite, e gravado com as iniciais RS. Me pergunto quem pode ter perdido um objeto tão valioso?

Apesar de cobrir os ouvidos quando o assunto era levantado por Montserrat, Rabia tinha a contragosto compreendido o bastante para saber a quem pertencia aquela cigarreira. Mas o que fazer com ela e a quem contar? Um tanto preocupada, ela deixou Mohammed sair e o agradeceu por ter aparecido.

O CORPO DE Rad Sothern foi novamente tirado do carro e colocado no mato. Montserrat chutou para cima do cadáver uma quantidade de folhas caídas suficiente para cobri-lo. A mulher que atendeu à chamada de Preston disse que o mecânico estaria com eles em torno de quarenta minutos. Montserrat entrou na parte de trás do carro e examinou o banco em busca de manchas. A única que encontrou era marrom e poderia ser de sangue, mas na verdade era o resultado de Thea ter derramado café com leite ali. O homem da seguradora demorou apenas meia hora para chegar. Ele tirou o pneu furado, parafusou o estepe e os aconselhou a não andar com ele a mais de oitenta quilômetros por hora.

— Como se tivéssemos chance de fazer isso — disse Preston num tom zombeteiro, como se fosse culpa do homem da seguradora que as estradas por onde passariam tivessem limite de velocidade de cinquenta ou sessenta quilômetros por hora.

Montserrat achou que ele era um homem bem gostoso. Por isso, quando ele lhe passou o formulário sobre a qualidade do serviço, ela marcou todas as opções "excelente" e assinou Preston Still. Depois disse a Preston que podia esperar um estardalhaço na mídia sobre o desaparecimento de Rad Sothern. Isso ainda não tinha começado e não deveria haver nada no dia seguinte — com sorte eles seriam poupados da atenção do *Mail on Sunday* —, porém, assim que Rad começasse a deixar de comparecer a seus compromissos, a busca e a especulação começariam.

— Por que eles viriam atrás de mim? — perguntou Preston horrorizado.

— Porque vão aparecer pessoas que o viram entrando pela porta do porão. — E completou com brutalidade: — Quando ele estava comendo a Lucy.

— Por que não vão pensar que ele estava... hum, comendo você?

— Puta que pariu — xingou Montserrat vigorosamente. — Muitíssimo obrigada. Vou assumir o amante da sua mulher e me responsabilizar por um cara que você empurrou escada abaixo por causa de ciúme. Pra quê? Pra salvar a merda do seu casamento? Deixa eu te falar, companheiro, seu casamento já foi pro saco há muitos anos.

Preston não fez som algum. Ela viu que ele estava chorando, as lágrimas escorrendo lentamente pelas bochechas.

— Está bom, desculpa. Mas é verdade. Com um pouquinho de sorte, se alguém o tiver visto em Hexam Place, vão pensar que ele estava visitando a June. Vamos nessa, a gente ainda tem que se livrar dele... lembra?

Eles colocaram o corpo de volta no banco e mais uma vez o cobriram com sacos. Não havia muito espaço para ele no porta-malas.

— Temos que levá-lo pra bem longe daqui. Não vamos querer que o cara da seguradora faça a associação.

Montserrat dirigia, satisfeita com a escuridão. O estepe que fora colocado era mais fino do que o pneu que tinha furado, a parte central da roda tingida de um amarelo forte. Era pouco provável que outros motoristas percebessem isso no escuro, portanto estariam menos propensos a se lembrar de quando e onde o tinham visto. Ela encontrou uma saída no lugar que Preston chamou de Epping New Road e em um trevo pegou uma estrada não sinalizada para High Beech. Preston ficava falando de maneira nervosa:

— Podemos deixá-lo aqui, podemos deixá-lo aqui.

— Ainda não — falou ela. — Por que você não cala a boca e deixa comigo?

Passaram um momento ruim quando o motorista do carro que os estava seguindo começou a buzinar.

— É porque eu tenho que andar muito devagar — reclamou Montserrat. — É só isso. Vou sair da estrada e estacionar.

E aparentemente era só isso mesmo. O carro que os perseguia seguiu seu caminho e eles foram deixados para trás em uma parte deserta da floresta, onde havia apenas faias altas e bétulas finas que balançavam sob o vento cada vez mais forte. Qualquer carro que fosse até ali teria que estar com o farol alto. Acima deles o céu era invisível, uma escuridão nebulosa compacta, sem lua ou estrelas. Eles tiraram o corpo uma vez mais e o carregaram por um caminho de terra esburacado. Algo farfalhou nas profundezas da floresta, um veado talvez. Havia veados na floresta, disse Preston.

— Não consigo continuar carregando isto — disse ele. — Cheguei ao meu limite.

Ela não respondeu, mas largou o corpo de Rad nas folhas caídas e, dando um puxão no cobertor em que estava embrulhado, o rolou para debaixo de um arbusto.

— Aí. Vamos deixá-lo aí. Está ótimo.

— Ninguém consegue ver lá do caminho.

— Eu falei que está ótimo — insistiu Montserrat. — Agora a gente vai pra casa.

ELES ESTAVAM COM o carro de volta à garagem na ruazinha chamada St. Barnabas em pouco mais de meia hora e dali se separaram. As palavras de despedida de Montserrat foram sobre ela querer reembolso pelo pneu novo que teria que comprar na segunda-feira. Ela o olhou quando ia em direção ao número 7 em Hexam Place. Não tinha nenhum outro lugar para ir. Tinha começado a se perguntar por que, afinal, tinha entrado naquilo, mas passou a dizer a si mesma que talvez todo esse incidente levasse a algum tipo de futuro com Preston Still. Se a polícia começasse a encurralá-lo, ela provavelmente poderia salvá-lo, e então a gratidão dele começaria a se manifestar.

Não era uma boa ideia voltar para o seu apartamento ainda. Entrou no Dugongo, pediu um chardonnay e ligou para Ciaran. Combinaram de se encontrar em dez minutos. Quando ele chegou — quase cinquenta minutos depois, em vez de dez —, tinham chegado lá June, sozinha, e Thea, com Jimmy. Estavam agarrados um ao outro na posição mais desajeitada possível para um homem alto e uma mulher baixa, o braço dele nos ombros dela, os dela, ao redor da cintura dele. Pouco tempo depois Damian e Roland fizeram uma de suas raras visitas ao Dugongo, Roland abanando a cabeça ao ver Thea e Jimmy de mãos dadas. Excepcionalmente para os boêmios regulares de Hexam Place, todos estavam divididos em grupos separados. Montserrat e Ciaran beberam muito vinho branco antes de saírem para o apartamento dela. Dex estava sentado sozinho em um canto com uma Guinness à sua frente e, apesar de educadamente convidado por June a se juntar a eles, apenas abanou a cabeça e disse "saúde". Damian e Roland compartilhavam a menor mesa do lugar, bem afastada dos outros. Montserrat se sentiu estranha ao entrar em seu apartamento depois dos eventos da noite e da manhã, mas parecia não haver nenhuma evidência deles, com exceção da falta do cobertor. Como disse a si mesma, isso não tinha importância, pois era impossível provar uma negativa.

CAPÍTULO TREZE

Não havia nada. Nada nos jornais matutinos — Montserrat passou os olhos em todos eles na banca de jornal da Ebury Road — e nada nos noticiários do rádio e da TV. Ela estava de ressaca e voltou para a cama. Deitada ali, sentia-se melhor, já que não estava mais na perpendicular e imaginou como estaria Preston. Compartilhara a cama com Lucy ou se mudara para um dos quartos de hóspedes? Ela entendeu que, apesar de ele ser indubitavelmente um gênio das finanças, era um homem fraco, e, como ela era uma mulher forte, um homem fraco de certa forma lhe era apropriado. Preston era um nome terrível. Ela imaginou qual teria sido o primeiro nome de Macbeth. Talvez um daqueles nomes escoceses esquisitos, Hamish ou Lachlan. Talvez fosse dito na peça. Daria uma olhada assim que sua dor de cabeça passasse e, se não conseguisse encontrar a *Obra completa de Shakespeare* na casa, iria ver se Thea a tinha. Era o tipo de coisa que ela muito provavelmente teria.

Era um dia ótimo para novembro — na verdade, um dia ótimo para qualquer época do ano. O céu estava azul, o sol brilhava, uma leve brisa soprava. Uma mensagem de Thea a convidando para tomar café a tirou da cama ao meio-dia. A casa estava silenciosa. Rabia passava o dia com a família dela, como era costumeiro aos domingos, as meninas estavam em algum lugar com a mãe para alguma empreitada atlética. Até onde Montserrat sabia. Era muito possível, é claro, que Rabia tivesse levado todas as três crianças com ela e, na ausência delas, Preston tenha assassinado Lucy e depois se matado. Possível, mas improvável. Ela atravessou a rua e foi até o número 8. Thea colocou duas cadeiras na varanda do lado de fora e fez café de verdade em sua máquina de espresso.

— Você viu *Crosswind* no canal 4 ontem à noite?

Montserrat disse que tinha saído com Ciaran.

— É, eu também saí com o Jimmy. Ou, melhor, *entrei* com o Jimmy. Só que eu peguei o início e, adivinha só, o Rad Sothern ia fazer parte do grupo de jurados, mas não apareceu. Não falou nada com eles, simplesmente não apareceu, e no último minuto tiveram que chamar um político qualquer.

— Quem sabe ele está doente, chapado ou alguma coisa assim.

— É, pode ser. Mas eu vi a June voltando com os jornais e ela disse que ele as encontrou na sexta-feira e esqueceu o celular dele enfiado no sofá quando foi embora. Ela tem tentado falar com ele um monte de vezes sem conseguir.

— Ele vai aparecer — disse Montserrat, satisfeita pela outra não ter perguntado se ela o vira na sexta à noite.

Thea ofereceu uma taça de Pinot Grigio, que Montserrat aceitou sob a alegação de que tomaria para rebater a ressaca. Beberam mais de uma taça cada, quase uma garrafa, enquanto Thea descrevia detalhadamente como tinha sido maravilhoso o sexo com Jimmy. Não era exatamente verdade, mas ela tinha se recusado a admitir o desapontamento até para si mesma. Ouvira dizer que o efeito de se estar apaixonado era ver o céu mais azul, o sol mais brilhante, o mundo todo mudado para melhor, então obviamente que o sexo devia ser o melhor que já fizera.

A ponto de perder a luta contra o sono, Montserrat se levantou da posição quase deitada em que tinha se afundado e perguntou a Thea qual era o primeiro nome de Macbeth.

— Ele não tinha — disse Thea, não muito satisfeita por Montserrat ter mudado de assunto.

— Ele devia ter.

— Bom, na verdade ninguém sabe qual era.

Sempre prestativa, ela buscou para Montserrat um esfarrapado volume em brochura da *Obra completa de Shakespeare*.

Da ensolarada varanda, Montserrat viu a entrada principal do número 7 ser aberta e Preston Still descer a escada. Ela supôs que tinha ido buscar os jornais de domingo e esperou que voltasse com eles, mas depois de meia hora ele ainda não tinha retornado. Onde estavam as duzentas libras dela e o dinheiro para o pneu novo?

ERA RARO LUCY mencionar Rad Sothern para Montserrat, a não ser para dizer a que horas ele apareceria à porta do porão. Então, quando ela bateu na porta do apartamento da *au pair* às 19h, Montserrat achou que ela tinha descoberto que havia passado o dia anterior com Preston. Sua experiência de vida já a havia ensinado que era provável que as pessoas sentissem ciúmes dos esposos e parceiros quando elas mesmas estavam sendo infiéis. Mas era pelo desaparecimento de Rad que ela tinha ido lá.

— É tão estranho não ouvir nem uma palavra dele, querida. Você sabe pra onde ele foi quando saiu daqui na sexta-feira?

Montserrat respondeu que ele não dissera e que ela, é claro, não perguntara.

— Ele não apareceu no programa dele ontem à noite, e o pessoal da televisão não parecia saber onde estava. É tão esquisito que não me ligue.

— Você já tentou perguntar a June?

— Bom, não, querida, não tentei. Você gostaria de fazer isso?

Montserrat não gostaria de jeito nenhum e não tinha intenção alguma de fazer isso, mas, se lhe fosse pedido, ela diria que gostaria e June responderia que não sabia. Apesar de não ser seu costume, foi dormir cedo. Ciaran ligou sete vezes, mas ela não atendeu.

HENRY FICOU SENTADO do lado de fora do número 11 por quase duas horas na segunda-feira antes de lorde Studley aparecer. Quando ele finalmente chegou, estava de mau humor porque o subsecretário tinha sido chamado para substituir Rad Sothern em *Cosswind* e, quando no ar, chamara um colega da Oposição de veadinho de nariz empinado. Fora pedido a ele que se desculpasse, mas o homem se recusava. Mesmo não sendo seu costume, lorde Studley recontou tudo isso para Henry no caminho para o Parlamento.

— Palavreado terrível, senhor — comentou Henry, sentindo que era isso o que supostamente deveria dizer.

Ele tinha que pegar lady Studley e uma amiga que estava com eles ao meio-dia e as levar ao Parlamento para almoçar. Henry não estava achando completamente ruim a presença da amiga, já que isso evitava que Oceane sentasse ao lado dele no carro e o ficasse tocando de maneira íntima enquanto transpunham o trânsito na Parliament Square. Ambas as mulheres estavam com chapéus do tipo dos que geralmente são usados em Ascot.

A APARIÇÃO DE Lucy no berçário no meio do dia era tão incomum que fez com que Rabia a princípio acreditasse que ter levado Thomas para visitar sua família na tarde anterior fora um erro. Porém. já fazia meses que ela tinha pedido permissão para levá-lo à casa do pai, e a autorização lhe havia sido dada com visível indiferença. Logo ficou claro, porém, que repreendê-la não era o propósito daquela visita que, no entanto, começou com o pé esquerdo de várias maneiras. Thomas, já andando muito bem, cambaleava pelo chão para pegar um coelho felpudo quando Lucy se interpôs, agachou e abriu os braços para ele.

— É a mamãe, Thomas — disse Rabia. — Fala oi pra mamãe.

Ela, com sua bota acima do joelho e salto de doze centímetros, minissaia, jaqueta de couro de leopardo falso e cabeleira loura escorrida, provavelmente era uma visão formidável para qualquer criancinha. O menininho reagiu imediatamente. Gritando "Rab, Rab", ele se virou para a babá e se jogou nos braços dela.

— Meu Deus, qual é o problema desse menino?

Lucy se levantou com dificuldade, mais perplexa do que zangada, mas Rabia estava apavorada. Como uma mulher se sentiria se seu filho preferisse outra a ela? Era claro que, apesar de parecer o contrário, não era o caso de Thomas, pois todas as crianças amam mais a própria mãe. Mas e se Lucy estivesse tão magoada e furiosa, como poderia muito bem estar, a ponto de pensar que sua reação devesse ser se livrar da babá?

Foi um instante de horror. Lucy disse:

— Anda, senta um pouco, querida. Quero perguntar uma coisa. Acho que você é especialista nesse assunto.

Elas se sentaram à mesa, e Rabia aquietou Thomas com uma caneca de leite achocolatado e um Jammie Dodger.

— Você acha que é extremamente importante para uma criança que o pai more com ela?

— É com isso que sempre fui acostumada na minha comunidade.

— Suponho que sim. Mas você também estava acostumada com casamentos arranjados e a rezar só Deus sabe quantas vezes por dia, não é mesmo?

Rabia se sentiu no direito de não falar nada, apenas sorrir.

— Um pai nunca ficaria com a custódia, ficaria?

Rabia disse que sentia muito, mas não sabia o que aquilo significava.

— Se acontece um divórcio, a mãe sempre fica com os filhos, não fica?

Momentaneamente mergulhada de novo no medo, Rabia disse que Lucy teria que perguntar a um advogado. Ela queria perguntar se os Still se divorciariam, mas não se atreveu. Lucy agradeceu e foi embora, sem dar mais atenção a Thomas. Necessitada de conforto imediato,

Rabia agarrou o menino e lhe deu um abraço apertado, cobrindo sua túnica preta com manchas de geleia e leite achocolatado. Ainda não tinha decido o que fazer com a cigarreira de prata.

No andar de baixo, Montserrat tinha chegado em casa com uma bota de couro preta que comprara na Marks & Spencer e encontrou um envelope que fora enfiado por baixo da porta. Dentro havia um cheque de trezentos e cinquenta libras do Coutts Bank nominal à Montserrat e assinado P. Q. Still.

— Me pergunto o que seria esse Q? — disse ela em voz alta.

Não havia bilhete algum junto ao cheque. Montserrat realmente não havia esperado que Preston a agradecesse por rodar de carro na sua companhia para desfazerem-se de um corpo, porém ele poderia ter escrito alguma coisa. Talvez algumas palavras enigmáticas agradecendo por uma ajuda qualquer, por exemplo. Então era isso, não era? Não haveria mais nada. Ele faria vista grossa em relação à conduta de Lucy, os dois ficariam juntos de novo e tudo acabaria bem. Serviu o resto do uísque que haviam compartilhado na noite de sexta-feira. A bota era muito menos encantadora do que parecera na loja. Ela a comprara por ser muito parecida com a da Lucy, mas a de Lucy era da Céline e custava oitocentas libras. Sabia porque tinha visto uma propaganda dela no suplemento *Style*, do jornal *The Sunday*.

A batida na porta às 19h a acordou. Devido ao tédio, a não ter nada para fazer e ao uísque, caíra no sono. Devia ser Ciaran, mas não conseguia entrar porque não tinha a chave. Ela abriu a porta. Era Preston parado ali.

Entrou e falou com ela como se eles se conhecessem havia muitos e muitos anos. Nenhum cumprimento, sequer um "Como está?".

— Falei pra Lucy que quero o divórcio.

A logística daquilo a preocupava mais do que a lei, as personalidades ou as emoções envolvidas.

— Pra onde você vai?

— Espero conseguir um apartamento em algum lugar perto daqui. Vou precisar ver as crianças.

— Tem alguma coisa nos jornais sobre Rad?

— Ainda é cedo demais.

— Acho que é — concordou ela. — Seria diferente se houvesse uma esposa ou namorada para dar falta dele.

Mas então, na manhã seguinte, ela viu que estava errada. Os tabloides, os que eram acusados de privilegiar o sensacionalismo em detrimento da qualidade, todos tinham como matéria de capa a história de uma mulher chamada Rocksana Castelli, que dizia ser a "companheira" de Rad Sothern e que estava morando no apartamento dele na Montagu Square havia um ano. A mulher da foto se parecia muito com Lucy Still: o mesmo corpo macilento, as mesmas compridas pernas magras e o mesmo cabelo louro, mas aproximadamente dez anos mais nova. Sta. Castelli, leu Montserrat, vira Rad pela última vez na sexta-feira à tarde antes de ele sair para ver a mãe em Hornsey. Tiveram um desentendimento, então ela não ficara muito perturbada por ele não ter retornado naquela noite. No sábado ela ligou duas vezes para o celular dele, alguém o atendeu, mas não falou nada. Foi na segunda-feira, dia anterior àquele, que ela achou que a coisa estava séria e contou à polícia.

Montserrat se perguntou se Lucy tinha visto aquilo. Um choque e tanto para ela se tivesse visto. Seria sensato ir ver June? O alerta de clima severo noticiado na noite anterior resultara em nada além de uma brisa leve com garoa. Ela se aventurou a atravessar a rua com o *Sun* na mão e encontrou June com o *Daily Mail* no meio do caminho. O fato de Rad morar com uma namorada interessava a June mais do que seu desaparecimento.

— Eu sempre soube que ele não poderia estar saindo com você.

— Eu nunca falei que estava — disse Montserrat.

— Deve ter sido ela que ligou. Eu o ouvi tocar, mas é claro que não atendi. Não sei como essas geringonças funcionam.

— Vou entrar, estou me molhando — disse Montserrat, colocando o *Sun* sobre a cabeça e retornando para a escada da área de serviço.

A única maneira de iniciar o próximo estágio do drama, pensou June, era ligar para a polícia. Do telefone de verdade, é claro. Depois de um tempo, colocaram-na em contato com o detetive sargento Freud.

— O Sr. Sothern passava muito tempo aqui com a gente. Com a Princesa e comigo. A Princesa é uma grande admiradora da série médica dele. Ele estava aqui tomando um drinque conosco na sexta-feira passada.

— Aonde ele foi depois que saiu daí?

— Isso eu não posso dizer — respondeu June virtuosamente. — Não é da minha conta.

O sargento Freud disse que mandaria alguém ao número 6 em Hexam Place. Ela teria alguns minutos, talvez algumas horas para decidir se mencionava ou não a conexão com o número 7 em frente. Tinha gostado muito da garota da fotografia, uma menina bonita com uma aparência adorável e um semblante gentil e tímido. Não havia necessidade de deixá-la ainda mais triste contando para a polícia sobre Montserrat. A Princesa não conseguia entender como um episódio novo e não uma reprise de *Avalon Clinic* poderia ser televisionado, já que Rad estava desaparecido, mas assistiu mesmo assim.

Jimmy deixou o Dr. Jefferson, entrou em uma fila no trânsito, e, sentado no Lexus cor de manteiga, ligou para Thea, despejando palavras de amor de seu coração cheio e lembrando-a dos arrebatamentos da noite anterior. Um policial o mandou seguir em frente e ele voltou para Hexam Place, onde marcou de encontrá-la, no Dugongo. Thea tinha uma edição matinal do *Evening Standard*.

— Essa coisa é tão baixa — opinou Jimmy quando ela insistiu em mostrar a ele uma fotografia de Rocksana Castelli de biquíni ao lado de uma piscina, com Rad Sothern meio submerso na água.

— Ele estava se encontrando com alguém no número 7.

— Na casa do Sr. Still?

— Bem, não estava se encontrando com o Sr. Still — disse Thea. — Ele não é gay. E, que eu saiba, não era com a Montserrat. Talvez fosse com a Zinnia.

— Dá pra esquecermos essas pessoas sórdidas, querida? Vamos voltar pra sua casa?

— Está bem, se é o que você quer.

DEPOIS DO ALMOÇO, quando lorde Studley assumiu seu lugar nos primeiros assentos da coalizão para fazer suas preces, Henry levava Oceane e a amiga para Sloane Street para fazerem compras na Prada e lojas do gênero. Deixaram-no esperando do lado de fora por tanto tempo que teve que ficar dando voltas e mais voltas na Lowndes Square para evadir-se dos guardas de trânsito. A conversa delas no caminho de volta era de natureza tão lúbrica, entremeada por gritinhos e suspiros, que ele não se surpreenderia se, ao chegarem a Hexam Place, elas propusessem um *ménage à trois* antes de ele ir buscar lorde Studley. Mas nada disso aconteceu, e, após deixar o BMW no estacionamento para moradores, ele subiu a rua para buscar um exemplar do *Evening Standard*.

Montserrat estava na banca de jornal. A última edição tinha uma fotografia de Rad Sothern e Rocksana Castelli fazendo um brinde com champanhe em uma boate. A manchete era: ROCK ÀS LÁGRIMAS POR RAD.

— Aposto que ele nunca falou uma palavra sobre ela.

— Eu mal o conhecia — disse Montserrat.

Henry viu o policial à paisana subindo as escadas do número 6. Ele reconheceria esse tipo de policial em qualquer lugar. Por que a preocupação em se disfarçar? June o estava esperando havia horas. Se ele não se apressasse, ela estava pensando, seria necessário postergar a assembleia geral extraordinária da Sociedade Santa Zita agendada para as 19h. Então a campainha tocou. O detetive Rickards parecia ter 18 anos, mas mesmo as pessoas nos seus 30 ou 40 pareciam ter essa idade para ela.

O detetive aparentava acreditar que a Princesa era membro da família real e, portanto, parecia intimidado por ela. Gussie aprontou uma latição furiosa e teve que ser presa na cozinha.

— Este é o telefone celular do Sr. Sothern — disse June. — Eu deveria ter avisado a alguém?

— Só a nós — respondeu o detetive Rickards. — Você fez o correto. O Sr. Sothern é seu neto, não é?

— De maneira nenhuma. Não sou uma mulher casada. Ele é meu sobrinho-neto.

June já tinha contado ao detetive-sargento Freud sobre o drinque de sexta-feira à noite e que não sabia para onde Rad tinha ido depois que saiu do número 6. Revelar que ela nunca antes ouvira falar da namorada dele denunciaria uma ignorância sobre a vida privada de Rad e faria com que parecesse menos íntima e menos parte da família do que ela queria que aquele jovem acreditasse. Então June falou sobre o quão encantadora Rocksana era e o quanto a garota gostava da Princesa e dela.

— Ela deve estar louca de preocupação.

O detetive Rickards não fez comentário algum.

— A senhora sabe se o Sr. Sothern tinha amizade com outros moradores aqui de Hexam Place?

Um pensamento rápido fez com que June dissesse que ela achava que não, mas que todo mundo devia reconhecê-lo quando ele visitava o número 6, sendo o famoso rosto do Sr. Fortescue. Rickards agradeceu e disse, para surpresa dela, que tinha sido muito útil.

Ela tinha meia hora para servir uma bebida à Princesa, preparar-lhe um prato de salmão defumado com ovos mexidos, dar uma volta na quadra e atravessar a rua até o Dugongo para a reunião da Sociedade Santa Zita. Henry, Richard, Zinnia e Thea já estavam lá, mas Jimmy, não. Ele estava sentado no Lexus cor de manteiga no estacionamento para especialistas do University College Hospital, na Easton Road. Era provavelmente a primeira vez desde que começara a trabalhar para o Dr. Simon Jefferson que tinha que ficar esperando enquanto seu patrão realizava um tratamento para salvar a vida de uma criança de seis anos. Tentava escrever um poema para Thea, mas estava achando aquilo mais difícil do que o imaginado.

A reunião da Sociedade Santa Zita fora convocada especialmente (não muito mais de uma semana após a reunião anterior) para discutir a resposta da Câmara Municipal de Westminster à segunda carta sobre as sacolas de excremento de cachorro. O departamento responsável pela operação "ruas limpas" escreveu que continuaria a remover todo o lixo, mas que, à luz da recessão, da economia e da "apertada de cinto geral", não poderia tomar providências específicas para reprimir a sujeira canina. June fez seu pequeno discurso e declarou a sessão aberta a opiniões e discussão, mas ela rapidamente descambou para o assunto favorito da noite, o desaparecimento de Rad Sothern.

— Se ele não aparecer — disse Zinnia —, se ele estiver tipo *morto* e eles não puderem fazer mais nenhuma gravação, vocês acham que vão ter que matar o Sr. Fortescue?

CAPÍTULO QUATORZE

Toda a sua vida desde que chegara a Londres com o pai quando era pequena, Rabia julgava os hábitos daqueles chamados de cristãos britânicos muito estranhos. Frequentemente muito pecaminosos. A moralidade deles, ou a falta dela, a chocava profundamente. Começou a preocupá-la o fato de que Thomas, tão bom, tão doce, tão inocente e puro, devesse crescer entre pessoas para quem a castidade significava pouco e a infidelidade marital era comum. Não havia nada que pudesse fazer, não era da conta dela — tudo aquilo ela sabia —, mas isso a preocupava.

Agora a unidade familiar de onde trabalhava estava para ser rompida devido a uma ruptura entre os pais. Ela sabia, já vira isso. Gritos que ainda eram perfeitamente audíveis atrás das portas fechadas dos quartos deram início àquilo, as obscenidades tinham significados terríveis. A dor a feria fisicamente ao ver o rosto de Thomas contorcer sob as odiosas palavras, as lágrimas escorrerem pelo seu rosto e o menino estender os braços para ela. Então o Sr. Still saiu daquele grande e belo quarto, com suas enormes janelas duplas, seus querubins no teto, sua cama com cortinado de seda, e subiu para o andar mais alto da casa, acima do berçário, onde fez de um quarto, um banheiro e um escritório o seu próprio domínio.

— Eles se separaram mesmo — comentou Montserrat —, só que ainda estão morando sob o mesmo teto. Vai ter divórcio.

— O que vai ser das pobres crianças?

— Se não fosse por elas a coisa toda poderia estar resolvida numa questão de semanas. Mas não pode ser feito às pressas quando envolve crianças. A Lucy vai ficar com a custódia, é claro.

Rabia achou que aquilo seria uma vergonha terrível e se lembrou de como Thomas dera as costas para a mãe e correra para ela, mas não comentou nada. Igualmente, achou que não faria mal contar a Montserrat que o Sr. Still subia (descia, agora) até o berçário em toda oportunidade que tinha para perguntar sobre a saúde das crianças.

— Não é exagero dizer que o país todo está procurando Rad Sothern. Fico me perguntando o que será que aconteceu com ele. O que você acha?

Rabia não sabia o que achar. Porém se questionou se deveria contar à polícia que, além das discussões entre Lucy e o Sr. Still, ela uma vez tinha ouvido a voz do Sr. Fortescue no andar de baixo. *Avalon Clinic* era um dos poucos programas a que ela assistia. Thomas dormia na hora em que ele passava, e Rabia gostava de sentar com as meninas para ver. Era sobre curar as pessoas e fazer o bem. Aquela voz familiar poderia significar que Rad Sothern estivera na casa várias vezes. Montserrat deveria saber. Rabia perguntaria a ela antes de contar à polícia, de quem tinha um pouco de medo. Ela deu mais uma olhada na cigarreira de prata e mais uma vez ficou pensando no que fazer com ela.

Montserrat se indignou com a insinuação de Rabia. Ela devia estar enganada. Era possível que Lucy e o Sr. Still tivessem conhecido Rad em alguma das festas da Princesa, mas nunca teriam motivo para convidá-lo ao número 7. Não, Rabia estava equivocada. Ela poderia ter ouvido a voz de Rad na televisão, mas aquela era uma voz de ator, disse Montserrat muito séria, uma que fingia ser a de um excelente médico especialista da classe alta e que nada tinha a ver com o tom normal dele, que, francamente, era um inglês de alguém da classe baixa.

Ela achou que tivesse convencido Rabia. A moça era bem ingênua. Montserrat encheu a cabeça dela com os problemas que a polícia lhe causaria se mencionasse Rad e a voz dele, além dos problemas ainda piores que Lucy poderia impor a ela.

— Ela é capaz de te pôr no olho da rua, né?

— Olho da rua?

— Mandar você embora.

Preston Still havia entrado em contato com ela apenas uma outra vez desde que lhe passara aquele cheque. Ser usada dessa maneira e depois ignorada era difícil. Começou a atender as ligações de Ciaran novamente, foi ao cinema com ele e uma vez o deixou passar a noite com ela. O rapaz perguntou se ela podia lhe dar uma chave da porta do subsolo e ela não viu por que não. Preston tinha aparentemente feito um apartamento para si no último andar. Rabia sabia que ele geralmente saía para fazer as refeições. Uma ou duas vezes, Montserrat viu Beacon abrir a porta do carro para o patrão e Preston subir a escada da entrada principal. Desde o incidente, nunca mais esquecera as chaves.

A Princesa sempre fora mais afeiçoada a Rad do que sua tia-avó. Contou a June que ficara acordada à noite, preocupada com ele, e disse que queria que June convidasse Rocksana Castelli para um chá.

— Um drinque seria mais o estilo dela, madame — sugeriu a outra.

— Você não deveria falar coisas assim. A pobrezinha vai estar com o coração partido.

June a reconheceu da fotografia. Quando a moça chegou de táxi, ela a observou subir a escada da frente, prestando atenção nos arredores. De calça jeans apertada e um suéter igualmente justo, com uma jaqueta de couro dourado-clara sobre ele e botas de salto alto, era impressionante o quanto se parecia com Lucy. June se perguntou se ela estava usando peruca, já que com certeza ninguém poderia, naturalmente, ter tanto cabelo, com trancinhas brotando da raiz e listrado em vários tons de louro.

A Princesa pediu a June para abrir uma garrafa da Bebida Que Sempre Cai Bem, pois a pobrezinha devia precisar se animar, e Rocksana mostrou às duas uma enorme safira que disse ser seu anel de noivado. A namorada de Rad bebeu mais champanhe que as duas juntas e June teve que abrir uma segunda garrafa. Ela falou que tinha se apaixonado pela casa e gostaria que June lhe mostrasse os cômodos. O desapontamento de Rocksana ficou visível logo depois que subiram o primeiro lance de escada, pois um quarto decadente sucedia o outro: a mobília estava com uma grossa camada de poeira e o ambiente fedia a cachorro e a perfume francês rançoso. Ninguém decorava aqueles quartos desde que a Princesa se mudara para lá mais de meio século antes, e Zinnia reiteradamente dizia que elas precisavam contratar uma equipe para realizar uma faxina geral no lugar, pois só depois disso ela conseguiria dar conta de tudo.

— Você podia alugar os dois andares de cima para alguém — sugeriu a moça.

Ela provavelmente estava de olho em um deles para o caso de Rad não voltar, pensou June. Desceu com a garota novamente e colocou o champanhe de volta na geladeira. Invisível para June atrás da janela do porão, Montserrat observava Rocksana andando para cima e para baixo à procura de um táxi. Nunca havia táxis por ali — Montserrat só os tinha visto trazendo pessoas para as casas em Hexam Place. Depois de aproximadamente dez minutos de uma caminhada que se transformou em passos mancos, Rocksana tirou os sapatos e se pôs a andar de meia em direção à Sloane Square.

— VAI DAR MUITO problema — disse Thea, passando os olhos na lista de convidados para a cerimônia de união civil. — Deem uma olhada no que vocês têm aqui. Digam o que chama a atenção de vocês, o que salta aos olhos.

— O que você quer dizer? — perguntou Damian.

— Deem uma olhada no tipo de pessoas que vocês colocaram na lista. Melhor, no tipo de pessoas que não colocaram na lista.

— Anda logo, não faz suspense

— Olha só, vocês colocaram aqui os Still, Simon Jefferson, lorde e lady Studley, a Princesa e eu, mas não colocaram nenhum dos criados. Não colocaram Jimmy, nem Beacon, nem Henry, nem Rabia, nem Montserrat, nem Zinnia, nem Richard e Sondra, nem *June*

— Não nos ocorreu convidá-los

Thea largou a caneta.

— E isso combina com vocês, mas como é que fica a igualdade? Talvez não a Rabia, que é um amor, mas é uma muçulmana rigorosa e não viria. A Zinnia... bom, ela é um pouco grossa e de qualquer maneira trabalha na quinta-feira. Mas a Montserrat? O pai dela estudou com o pai da Lucy, alguma coisa assim. E a June é mais *lady* que a própria Princesa... que, de qualquer maneira, não viria sem ela.

— Com as pessoas que estão aí, já temos bastante gente na lista. Não é esnobismo, juro pra você, Thea. Com mais dez convidados a gente não vai ter como colocar todo mundo na sala

— Bom, a festa é de vocês. Mas ouçam o que estou dizendo: vai dar problema.

Em seu papel de secretária e apesar de seus receios, Thea escreveu todos os convites como foi instruída. Ela já estava pensando se conseguiria manter as omissões em segredo. Se Jimmy descobrisse, seria um inferno, mas a mesma coisa aconteceria se ela contasse. Talvez, contudo, devesse contar a Montserrat. De todas as pessoas na lista, a *au pair* dos Still seria a menos desapontada. Damian e Roland a entediavam, e uma vez ela dissera a Thea que não gostava de casamentos e nunca mais iria a um. Uma união civil era um casamento de verdade, não era simplesmente um casamento com outro nome? Jimmy teria que se virar sem ela nessa noite. Pegou o telefone e ligou para Montserrat.

ATÉ MESMO NO coração de Londres há vendavais. O vento sopra de arrebentar as próprias bochechas e arrancar telhas dos telhados. Mesmo em um pequeno bar protegido pela Leicester Square, estrépitos tempestuosos e trovoadas penetram as paredes quando irrompe uma tempestade de novembro. Essa tempestade havia sido prevista, mas ninguém tinha acreditado até que começaram as rajadas de ventos de cem quilômetros por hora e a chuva despencou violentamente de um céu negro.

Thea e Montserrat estavam sentadas no pequeno bar, bebendo chardonnay, comendo batatas Pringles e grandes azeitonas pretas. O telefone celular de Thea tocou no momento em que ela sentou. Obviamente era Jimmy, querendo saber se podia juntar-se a elas.

— É melhor ficar em casa numa noite destas — disse Thea.

Montserrat pediu mais daquilo que o barman chamava de "belisquete".

— Perdi três quilos no mês passado, então acho que posso me fazer um agrado e comer umas duas batatinhas.

— Ninguém come só duas batatinhas — disse Thea.

Muito magra, daquelas que se vangloriam por não ter que se preocupar com o peso, Thea olhou de modo crítico para a amiga e admitiu que a aparência de Montserrat dera uma boa melhorada recentemente. As manchas haviam sumido, e a gordura ao redor da cintura do tamanho de um pneu de bicicleta tinha desaparecido.

— Você está bonita — disse ela. — Isso aí foi por causa do Ciaran? — Ao perceber que Montserrat não responderia mais nada além de um sorrisinho, ela mudou de assunto para a questão da lista de convidados: — Eles vão convidar umas cem pessoas.

Montserrat tragou o resto de seu vinho.

— Não imaginava que eles tivessem cem amigos. Eles não são muito simpáticos. Você não vai, né?

— O que quer dizer, acha que eu tenho que fazer algo tipo "se vocês não convidarem meus amigos, eu não vou"? O fato é, Montsy, que não me enquadro na categoria. Eu não sou uma criada.

— Você é quase tão criada quanto eu e eles não estão me convidando.

— Achei que você não fosse ligar — comentou Thea. — Achei que até fosse gostar. Afinal, você não vai com a cara deles. Não ia se divertir.

— É uma questão de princípios. Pra ser totalmente honesta com você, não ia ligar caso você ficasse do meu lado e não fosse.

Determinada a apaziguar Montserrat e tentando fazer outras coisas antes de ceder, Thea pegou as taças vazias e ofereceu outra bebida à amiga:

— Vou tomar uma vodca agora, por que você também não toma uma? Eu pago.

Montserrat aceitou com um frio gesto de cabeça e Thea foi ao bar, desejando nunca ter falado nada sobre uniões civis e listas de convidados. Teria sido melhor deixar a *au pair* descobrir por si mesma. Jimmy ligou novamente enquanto estava pegando as bebidas e ela quase não atendeu. Mas mesmo que ainda não tivesse obtido sucesso em amá-lo, não conseguia se levar a fazer isso.

— Você tem certeza de que não quer que eu vá me encontrar com vocês? A tempestade já passou e está parando de chover.

— Jimmy, acho que é melhor pra nós que de vez em quando a gente saia separado, você não acha?

Nunca se soube de alguém realmente apaixonado que tivesse feito esse comentário.

— Olha só, me liga quando estiverem indo embora que vou buscar vocês.

A vodca arrancou um chateado obrigado de Montserrat, que disse:

— Não posso simplesmente deixar pra lá. Vou ter que levantar o assunto na próxima reunião da Sociedade Santa Zita.

— Isso não vai acontecer tão cedo. Acabamos de ter uma.

— Aquela foi uma assembleia geral *extraordinária*. A de novembro ainda está pra acontecer. Vou falar com a June e colocar na agenda.

Ela se animou um pouco depois disso. As duas voltaram ao chardonnay, que continuaram a beber muito mais.

— Vamos pegar um táxi pra casa — afirmou Thea. — Eu pago.

Jimmy ligou novamente, mas dessa vez ela não atendeu. Teve que ir a pé até o alto da Regente Street com Montserrat, porque, no meio da rua, só passavam táxis ocupados. O lugar estava dominado por adolescentes bêbados; uma revelação para Thea, mas nada de novo para Montserrat. Enquanto esperavam pelo ônibus — ou por um táxi, caso aparecesse algum —, um dos garotos começou a insultar um homem de cabelo avermelhado.

— É o que eles fazem — disse a *au pair*. — Tanto faz se é ruivo claro ou ruivo escuro, é o que está na moda. Acho melhor você cobrir a cabeça para não começarem com você.

Ao garoto, que estava agora berrando obscenidades, se juntara uma menina de visual gótico. Thea não tinha nada com que cobrir a cabeça, e, quando Montserrat ofereceu o cachecol que estava enrolado em seu pescoço, já era tarde demais. Se tivesse sido Montserrat o alvo dos "cenouras filhos da puta" e "laranja cabeça de merda", conseguiria ter resistido e devolvido os insultos, mas Thea era feita de um material mais tenro.

— Vamos, vamos embora — disse ela, quase às lágrimas, com o cachecol enrolado na cabeça, apesar de inadequado para cobrir todo o seu cabelo. — A gente pode ir andando, vamos.

— Só Deus sabe por que você não aceitou a carona do Jimmy.

Gritos e berros as perseguiam. Logo depois de partirem, determinadas a percorrer todo o caminho a pé, sob o vento e a chuva já não mais tão fortes, um táxi parou no semáforo.

— Lei de Murphy — disse Montserrat.

Elas entraram, suspirando de alívio.

Havia uma edição do dia anterior do *Evening Standard* largada no banco de trás. Montserrat estava muito afetada pelas três vodcas e pelos vários chardonnay — apesar de dizer que era cansaço — para notar a manchete da primeira página. Thea se viu tremendo por causa dos insultos dos adolescentes, um ataque que ela nunca havia imaginado ou sequer considerado possível. Ela leu a notícia no jornal para se distrair, mas sem muito interesse no assunto. Corpos encontrados na Epping Forest não despertavam preocupação alguma nela. Parecia que aquele ali havia sido encontrado por um labrador amarelo. Como não possuía uma foto do cadáver, o jornal usou uma do cachorro.

A raposa perambulava por Hexam Place. Enquanto o táxi parava, ela passou pelas grades do número 8 e desceu a escada que levava ao porão do número 6, na vã esperança de encontrar algo comparável ao que achara na lata de lixo da Srta. Grieves. Pedaços de galho, folhas de plátanos do tamanho de pratos e sacolas plásticas rasgadas cobriam toda a via, espalhados pela tempestade. Thea pagou ao motorista. Ela tentou ajudar Montserrat a chegar até a porta, mas sua oferta foi recusada com indignação. Mesmo assim, Thea a ficou observando, sentindo-se satisfeita pelo controle que a amiga mais ou menos aparentava.

O número 7 estava em silêncio, todas as luzes apagadas. Montserrat, em estado de embriaguez, mas bem capaz de andar, se deixou entrar no apartamento e desmoronou na cama. Uma sede atroz a levou até o banheiro, onde ela primeiro bebeu água direto da torneira, depois a usou para preencher uma garrafa de vinho vazia com a qual passaria a noite. Engraçadas as coisas que se pensa sem nenhuma razão no meio da noite. A mãe dela sempre lhe dizia que independentemente do que se fizesse antes de ir dormir devia-se sem falta escovar os dentes e tirar a maquiagem com demaquilante e loção adstringente. Montserrat não tinha loção adstringente, nunca tivera, e o demaquilante estava vazio. Ela jogou as roupas no chão e desmoronou na cama pela segunda vez, caindo imediatamente num sono profundo.

De acordo com os dígitos verdes no relógio digital, eram 2h37 quando acordou. Podia ter sido a sede que a acordara ou, quem sabe, um ruído de passos do lado de fora. Ela bebeu sem acender a luz, pensou *deve ser o Ciaran, ele pode ter falado que ia vir*, e rolou para o lado, meio dormindo. A escuridão era densa, espessa como veludo negro. Ciaran se deitou na cama ao lado dela, com um cheiro de colônia masculina cara diferente do dele. Era uma mudança tão agradável que ela se virou para os braços dele.

Nenhum dos dois falou por meia hora, tempo durante o qual Montserrat flutuava para dentro e para fora do sono. O que quer que tenha acontecido foi muito envolvente e complicado e era diferente de suas experiências anteriores, pelo menos das do último ano. Ela sentiu o rosto próximo ao seu, os braços ao redor de si, em seguida enfiou as mãos dentro da gola aberta da camisa. A pele era densamente peluda, uma floresta de cabelo, um completo contraste com o peito liso de Ciaran.

— Ai meu Deus, Preston — disse Montserrat, imediatamente caindo no sono mais uma vez.

CAPÍTULO QUINZE

Os Studley no número 11, os Neville-Smith no número 5 e Arsad Sohrab e Bibi Lambda do número 4 recebiam seus jornais em casa. Os outros os buscavam na banca do Choudhuri, conhecida como a banca da esquina, apesar de ser depois da esquina, no meio da Ebury Lane, ou simplesmente não compravam. Thea buscava os jornais para Roland e Damian (o *Sunday Times* e o *Sunday Telegraph*); June, para a Princesa e para si mesma (o *Mail on Sunday*); Jimmy, para Simon Jefferson (o *Observer* e o *Independent on Sunday*); e Montserrat, para os Still (também o *Sunday Times*), quando estava em condições de sair para caminhar.

Naquela manhã de domingo ela estava com dor de cabeça, mas nada além disso. Levantou em dúvida a respeito de a visita de Preston na noite anterior ter sido ou não um sonho. Mas não, ela ainda sentia aquela fragrância de Hugo Boss. Além disso, viu dois grossos fios de cabelo escuro no travesseiro ao lado. Hexam Place estava deserto como era habitual no domingo. O inverno chegara. Havia geada no para-brisa do Mercedes dos Neville-Smith. Gussie, visível na janela da sala de estar do número 6, usava seu casaco acolchoado. Montserrat foi até Ebury Lane, onde o Sr. Choudhuri tinha colocado os jornais do lado de fora, na rua: os de qualidade, discretos na prateleira de cima do rack; e os sensacionalistas, chamados de *red tops*, embaixo. Apesar de dizer que ela jamais daria atenção para o *Mirror* e o *Star*, foi uma das suas manchetes que primeiro atraiu seu olhar: O CORPO NA EPPING FOREST É DO SR. FORTESCUE? Ela ficou parada onde estava, lendo a manchete e a história que se seguia. Então virou a folha e se deparou com uma foto de página inteira com a cena de uma floresta com o solo revirado, policiais e uma viatura.

— Imagino que vai comprar esse jornal, senhorita Montsy — disse o Sr. Choudhuri, que estava em pé bem à entrada da porta, observando-a —, não só dar uma olhada.

— Vou. É lógico que vou. E um *Sunday Times*.

— Se for para o Sr. Still, não tem necessidade. Ele veio aqui já e comprou o dele — informou o Sr. Choudhuri, que em seguida olhou para seu relógio. — Já são, afinal de contas, 11h50.

Como se fosse da conta dele que horas ela acordava ou ia buscar o jornal. A história que começou a ler assim que voltou era igualzinha a todas as histórias de corpos encontrados em florestas e espaços abertos. Suspeitava-se de crime. Haveria um inquérito. A diferença era que a maioria dos outros corpos não era de celebridades tão familiares aos espectadores de televisão quanto seus próprios parentes. Em uma página dentro do jornal havia uma fotografia de Rad Sothern de casaco branco com um estetoscópio pendurado no pescoço, embora o corpo ainda não tivesse sido confirmado como dele.

Do outro lado da rua, no número 8, Damian e Roland estavam sentados tomando um xerez antes do almoço e lendo sobre a descoberta do corpo, o primeiro com o *Sunday Times*, o segundo com o *Sunday Telegraph*. Thea trouxera os jornais e estava prestes a sair com Jimmy no Lexus.

— Você já viu essa série ou seja lá o que esse tal de Sothern faz? — Damian perguntou a Roland.

— Santo Deus, não.

— Posso ter visto *o sujeito*. Em carne e osso. Ao que parece, ele tinha alguma conexão familiar aqui ou era um "ente querido", como supostamente devemos falar hoje em dia, de alguém por aqui. Mas vou negar tudo caso haja algum tipo de inquérito policial.

— Melhor ficar completamente fora desse tipo de coisa — disse Roland. — E você também, Thea. Não deixa aquela sua amiga, a Manzanilla ou qualquer que seja o nome dela, arrastá-la pra esse assunto.

— Montserrat — corrigiu Thea. — Manzanilla é o xerez.

— Que seja. Vamos tomar mais uma taça?

A buzina musical de Simon Jefferson ecoou lá embaixo na rua, uma cadência parecida com a de "Last Post". Ela desceu a escada correndo para se encontrar com Jimmy. Não, ele não tinha visto nenhum jornal de domingo, nunca lia jornal. Para que se incomodar se tinha televisão? Thea estava se dando conta do quanto uma pessoa podia ser diferente daquela que se pensava que era quando se decide que vai se apaixonar por ela. Deveria contar sobre os adolescentes da noite anterior na Regent Street? Se pretendia se comprometer com Jimmy, teria que ser capaz de fazer confidências, contar as coisas que a preocupavam.

— Foi porque eu sou ruiva — disse ela.

O conselho dele a decepcionou:

— Ignora isso, querida.

A capa da edição de sexta-feira do *Evening Standard*, engordurada de comida Tailandesa para viagem, flutuou sobre as grades durante a noite e pousou em cima da lata de lixo na área do número 8. A Srta. Grieves o viu da janela da frente e leu a manchete, mas esperou até que o Lexus cor de manteiga tivesse ido embora antes de vestir seu roupão e sair para pegá-la. Pessoas desaparecidas sempre a interessaram, especialmente quando o evento, de maneira improvável, mas possível, envolvia celebridades. Jornais não estavam entre suas compras regulares, mas naquele momento ela decidiu comprar um. Levou, como sempre, muito tempo para se vestir e colocar o casaco de pele de castor que havia sido de sua mãe e a bota da Ugg que ela pedira a Thea para comprar-lhe no inverno anterior. Praticamente morara naquelas botas, cujas vendas haviam sido reduzidas por serem cor-de-rosa, durante todo o mês de fevereiro e março. Agora, retornava a elas com alívio.

Sem Thea para ajudá-la a subir os degraus, teve que dar um jeito sozinha. Fazia dez anos que não ia à banca de jornal e quando chegou lá — levou quinze minutos — descobriu que ela não pertencia mais ao Sr. e à Sra. Davis, mas a um homem que não conhecia. Teria achado as coisas menos desconcertantes se na loja estivessem penduradas fitas indianas e estatuetas de deuses de muitos braços produzidas em massa, porém estava cheia de decorações de Natal, cartões, papel de presente, árvores coníferas artificiais. Por outro lado, o homem a chamou de madame, do que ela gostou, e buscou o jornal escolhido, o *Sunday Telegraph*. O preço a escandalizou, mas ela não disse nada. O custo de tudo tinha disparado desde que saíra do mundo.

Em casa novamente, leu a história, usando, além dos óculos, uma lupa. A foto de Rad Sothern não deixou a menor dúvida. O fato de informarem que a identidade do corpo não havia sido confirmada não significava nada para ela. Ele era quem era, o mesmo homem que a Srta. Grieves vira na televisão e também entrando sorrateiramente pelo porão do número 7.

NÃO HAVIA NADA na televisão que dissesse que o corpo era de Rad Sothern. June se sentou ao lado do telefone com Gussie no colo, esperando um telefonema da polícia, provavelmente do detetive-sargento Freud, pedindo-a para comparecer a esta ou aquela delegacia ou ao necrotério para fazer a identificação. Deviam chamá-la; afinal, era a tia-avó de Rad. A Princesa passava sua tarde assistindo a uma reprise da segunda temporada de *Avalon Clinic*, os episódios picantes em que o Sr. Fortescue se envolvia de maneira bastante erótica com a enfermeira Debbie Wilson.

Quando o relógio marcou 21h e ninguém havia ligado, June voltou para a sala de estar com duas doses de gim. Ela tirou o casaco de Gussie para o resto da noite, mas a Princesa disse:

— Não faz sentido isso aí. Você vai ter que colocar de novo quando for sair com ele.

June suspirou. Tinha decidido que estava frio demais para sair, mas a Princesa disse que independentemente do tempo os cachorros tinham que fazer a sua caminhada.

— Não sei por que você pensou que a polícia ia te ligar, é óbvio que aquela Rocksana é a parente mais próxima.

— Não a chamaria de parente mais próxima — retrucou June. — Isso eu é quem sou.

Virando a esquina da ruazinha St Barnabas, ela se encontrou com Montserrat guardando o carro.

— Eu sinto muitíssimo, June.

— Por quê?

— Acabou de passar no jornal. *Era* o seu neto.

— Meu sobrinho-neto.

— Dá no mesmo, não é?

— A polícia vai infestar este lugar amanhã — falou June. — Mas não precisa se preocupar. Não vou contar a eles nada sobre vocês dois.

— Nós dois? Só falei com ele uma vez.

— Essa é a melhor posição a se tomar, minha querida. O que eu acho é que é melhor pra todo mundo que ninguém saiba de nada. É diferente pra mim e pra a Princesa, é claro. Nós éramos *amigas* deles. Éramos muito próximas à Srta. Castelli, pra dizer verdade.

June deu boa-noite e voltou caminhando, rebocada por Gussie, que começara a tremer. Uma figura descendo os degraus da área do número 7 a assustou um pouco. Era como ver um fantasma, porém de túnica preta, não branca. Mas o semblante que se virou para espreitá-la de dentro do tecido escuro não era o de uma caveira, mas do belo rosto de Rabia, que chegava de seu fim de semana de folga. A babá dos Still levantou uma mão, cumprimentando-a com um gesto educado, abaixou a cabeça e continuou a descer os degraus para chegar à porta do subsolo.

Do outro lado daquela porta, Montserrat aguardava Preston. Ele simplesmente chegaria novamente sem avisar? A identificação do corpo como sendo de Rad fazia alguma diferença? Logo antes das 23h ele telefonou. Queria conversar com ela sobre negócios. Agora?, perguntou Montserrat. É, agora. Ela tinha tirado a roupa, mas a colocou novamente, suas leggings — engraçado como tinham voltado a ficar na moda — e um apertado suéter vermelho-escuro. Esperando por Preston, Montserrat se perguntou o que possivelmente queria dizer com negócios, mas não chegou a uma conclusão. Dessa vez, ele bateu na porta.

Estava pálido e preocupado. Negócios ou não, ela tinha certeza de que traria uma garrafa de vinho consigo, mas Preston chegou de mãos vazias. Montserrat estava sentada na cama.

— A Lucy está num estado deplorável — contou ele. — Não para de gritar e chorar por causa daquele homem.

— Está gritando e chorando com você?

Ele se sentou na única cadeira do quarto.

— Quem mais ela tem? Mas eu não vim aqui pra contar isso. Agora eles já sabem que é Rad Sothern, como acredito que você já tenha ficado ciente. Nós dois não vamos dizer uma palavra se a polícia nos interrogar. Não o conhecíamos, nunca o vimos, e isso é tudo. Mas e a Lucy?

— Ela não vai contar que andavam trepando.

— Ah, por favor. Você tem que usar esse vocabulário? Não, Lucy não pretende contar que estavam tendo algum tipo de... é, relacionamento, mas teme que *ele* possa ter contado a alguém sobre *ela*. Afinal de contas, Lucy é uma socialite bem conhecida. Há duas semanas mesmo, saiu uma foto dela no *Evening Standard*. Não sei do que é que você está rindo.

Montserrat se recompôs.

— Os homens fazem isso mesmo? Eles contam para os amigos?

— Não me pergunte. Eu não faço esse tipo de coisa.

Dessa vez ela gargalhou com entusiasmo.

— Ah, tá bem. O que é que você estava fazendo aqui ontem à noite? Ou você é sonâmbulo?

Ele ficou vermelho de uma maneira que ela nunca vira um homem de 40 anos ficar. Todo o rosto e pescoço ficaram da cor do suéter dela. Montserrat balançou a cabeça, sorrindo para ele.

— Agora escuta. Você não foi doido suficiente pra contar pra Lucy alguma coisa sobre a gente levar o Rad lá pra Essex e aquela coisa toda, foi? Não? Tem certeza?

— É lógico que não.

— Então não conta. Se a polícia vier aqui pra conversar com qualquer um de nós, a gente simplesmente fala que não o conhecia, que nós nunca o vimos. A June do número 6 era a avó ou tia-avó dele, sei lá, mas falou que não vai contar que me viu conversar com o Rad. Ela quer que continue parecendo que ele era fiel àquela tal de Rocksana. Certo?

— Certo.

— Ninguém mais viu nada. Você não vai voltar pra Lucy, vai?

Ele negou com a cabeça e disse:

— É tarde demais para isso. Nunca vou perdoá-la.

— O que ela está fazendo agora?

— Foi dormir. Dei a ela um comprimido.

— Então por que você não vai achar uma garrafa de vinho em algum lugar e volta pra passar a noite aqui?

Saindo do Tesco com compras para a Srta. Grieves, sua habitual tarefa de segunda de manhã antes da primeira aula às 11h30, Thea quase trombou com Henry, que saía da Homebase. Ele comprava uma tranca, ou melhor, duas trancas, para seu quarto (ou quitinete, como o chamava seu patrão) no número 11. O motorista sorriu, disse oi e que o dia estava maravilhoso, mas nada sobre as trancas. Convencido de que era uma boa ideia colocar uma tranca na porta para que ficasse mais seguro, também o preocupava o fato de que lorde Studley descobrir poderia fazer um estardalhaço devido ao estrago na madeira. Todas as portas nos quartos superiores do número 11 eram feitas de madeira de lei tropical e as do subsolo eram de material similar; tinham uma pintura de cor marfim e suporte de maçanetas de bronze. Mas, para a sua tranquilidade, não podia mais arriscar a ida de Huguette ao seu quarto ou, pra falar a verdade, a ida da mãe dela ao quarto enquanto a filha estivesse ali, sem que algumas medidas de segurança fossem tomadas.

Não faria mal algum Thea saber, mas, ainda assim, melhor prevenir do que remediar era uma máxima excelente. Tinha ido a pé de Hexam Place até a loja. Deixara o BMW no estacionamento para moradores. Outra coisa pela qual lorde Studley fazia estardalhaço era saber que seu carro estava sendo usado para outra finalidade que não transportar sua família. Como Henry, com pesar, pensava frequentemente, lorde Studley não era nenhum Simon Jefferson. O motorista também usaria as poucas horas de que dispunha, antes de ter de retornar para pegar Sua Senhoria na Entrada de Nobres, para colocar as novas trancas na porta. Em seguida, mais tarde, haveria outra assembleia geral extraordinária da Sociedade Santa Zita.

Seu propósito, relembrava Thea enquanto batia com força na porta do subsolo, era discutir o que deveria ser feito a respeito da exclusão dos "assistentes" da lista de convidados de Damian e Roland. A Srta. Grieves veio, arrastando as botas da Ugg que não tiraria novamente até a primavera, talvez nem à noite, pensava Thea. Ela entregou a sacola de supermercado mais leve e carregou a outra.

Como de costume, a Srta. Grieves tinha uma pergunta para a qual esperava que a resposta fosse não.

— Você não quer uma xícara de chá, quer?

O estado das xícaras, lascadas, rachadas e, quando a assistente social fazia uma de suas raras visitas, manchadas de batom carmesim escuro, sempre assegurava a recusa de Thea. Ela se sentou brevemente na ponta da cadeira.

— Não teve uma vez que você me disse que foi criada, Srta. Grieves?

— Espero que não tenha nada de errado com isso. Esse pessoal daqui é um bando de malditos esnobes.

— Nada de errado, de jeito nenhum. Muito pelo contrário. Eu pensei em convidá-la pra entrar na Sociedade Santa Zita

Thea explicou, descrevendo-a como um tipo ae combinação entre um sindicato e um clube social. A Srta. Grieves disse que não tinha nada contra, sua costumeira réplica quando gostava muito de uma ideia. Em seguida ela perguntou:

— Como faço para contatar a polícia? Quero reclamar das malditas raposas.

Thea sabia que ela estava mentindo.

— Procura no catálogo telefônico — respondeu, como não podia ficar sem dar uma resposta.

Ela inclusive pegou o catálogo para a Srta. Grieves, desenterrando-o debaixo de uma pilha de revistas velhas. A data da que estava por cima era abril de 1947.

CAPÍTULO DEZESSEIS

A conspiração em Hexam Place de que nenhum dos "assistentes" diria coisa alguma sobre terem visto Rad Sothern entrando secretamente no número 7 deu confiança a Montserrat. Caso não houvesse nenhum acontecimento desfavorável, se nenhum interesse policial fosse demonstrado pela residência dos Still, Preston iria adiante com o divórcio. Logicamente, o processo não seria tão simples quanto o seria caso não houvesse crianças, mas Preston teria ajuda por ser muito rico. Dinheiro sempre acelerava essas coisas. Seria um divórcio sem culpa, para que assim não fosse necessário inserir o nome de Rad no processo.

Seria melhor para o Sr. Still que saísse de casa e se mudasse para aquele apartamento de que tinha falado. Montserrat não confiava muito nele perto de Lucy. Embora tivesse dito na noite anterior que nunca conseguiria perdoar Lucy, já demonstrava sinais de empatia por ela. Montserrat decidira que se casaria com ele. Ela não o amava e nem sequer gostava muito dele. Era peludo demais para ser-lhe atraente, além de muito pomposo e enfadonho, com suas palavras compridas e citações de *Macbeth*. Mas se casaria com ele. Preston devia ser grato a ela, pois lhe salvara a vida e o livrara de anos de prisão. Lucy era considerada bonita por muita gente, mas estava começando a ficar acabada. Além disso, ela tinha 36 anos, e Montserrat, 22.

Lucy tinha seu próprio dinheiro por causa de seu pai rico, então Preston não teria que dar muito a ela. Além disso, ficaria com as crianças, o que Montserrat acreditava ser uma boa ideia. Provavelmente deixaria Preston vê-las sempre que quisesse. Era melhor encarar os fatos de frente: esse casamento que estava contemplando naquele momento dificilmente duraria muito. Poderia inclusive estabelecer uma duração para ele — quatro anos, digamos. Ela ainda teria 26 e seria tão bonita quanto Lucy na mesma época, devido a todas as cirurgias cosméticas, tratamentos faciais, tonificação corporal e roupas de marca que conseguiria com o dinheiro de Preston.

Seu próximo passo seria promover uma mudança no tipo de encontros que tinham. Relacionamentos permanentes não se fundamentavam em entradas sorrateiras no quarto um do outro depois do anoitecer e em saídas tão sorrateiras quanto ao amanhecer. Ela teria que fazer com que ele a levasse a restaurantes caros e, em seguida, para viagens aos finais de semana. Um lugar a que nunca iriam era Gallowmill Hall.

A amizade dela com Thea, antes tão enriquecedora (como colocara Thea) para ambas, havia minguado até a quase inexistência. Sua amiga estava sempre em algum lugar com Jimmy. Montserrat decidiu que, se o relacionamento de Jimmy e Thea perseverasse, ela e Preston não os incluiriam entre seus amigos. Preston não iria querer conhecer o motorista de alguém, ou "chauffeur", como ele dizia. Era um dia bonito e ensolarado, porém frio, e Montserrat estava decidindo se faria compras em Kensington High Street — a Sloane Street estava além de sua realidade financeira presente —, arrumaria o cabelo e compraria algumas roupas e maquiagem, quando o telefone tocou. Não podia ser Preston. Ele teria ligado para o celular. Outra daquelas premonições que ela sabia não significarem nada lhe ocorreu.

A voz, muito diferente da de Preston ou de qualquer homem com quem intentasse se associar no futuro, disse:

— Srta. Tresser?

— Sim.

— Aqui é o detetive Colin Rickards. Eu gostaria de ir até aí e conversar com você, se possível.

Montserrat perguntou do que se tratava, indignada consigo mesma por falar com uma vozinha esganiçada.

— Por que não deixamos isso pra quando eu me encontrar com você? — disse Rickards, e Montserrat não teve a coragem de falar que queria saber naquele momento.

De qualquer maneira, tentou falar com Preston. A mulher que atendeu ao telefone dele sabia que ela não era Lucy, pois reconhecia a voz. O Sr. Still estava em uma reunião, disse ela, e, quando Montserrat falou que era urgente, ela respondeu que era uma reunião *do conselho*. Ela não acreditava que o tal de Rickards pudesse chegar tão rápido quanto chegou e tocar a campainha da porta principal, apesar de ela ter pedido que chamasse na do subsolo. A chance de Lucy atender à porta da frente era altamente improvável, mas Rabia, sim, e apesar de Montserrat subir correndo a escada do subsolo, a babá *já tinha* atendido. Thomas estava em seus braços, e Rickards, um homem baixo e de cabelo avermelhado, o louvava e elogiava muito.

— Seu caçula? — perguntou ele a Montserrat.

Sua negação com um gesto de cabeça foi quase um estremecimento. Mas era um erro natural. Seria difícil pensar que Thomas, com seus cachos dourados e pele branca como leite, fosse de Rabia. Mas a partir de então ele passaria a saber da existência de Lucy. Isso importava?

Ela desceu com ele a seus aposentos.

— Você é a locatária deste apartamento? — foi a primeira coisa que ele perguntou.

— Sou *au pair* — disse Montserrat — e amiga da família.

Ele olhou seu caderninho.

— É também amiga de Rad Sothern, ao que me consta.

— Quem te falou isso?

Ela estava certa de que nenhum dos "empregados" da rua tinha dito uma palavra. Thea prometera que não diriam. Com certeza Lucy não seria tão traiçoeira, já que era ela a amante que Rad estava...

— Não posso lhe dizer isso — respondeu Rickards. — Posso afirmar que foi vista falando com ele e o deixando entrar nesta casa.

Negar pura e simplesmente era o que deveria fazer.

— Falei com ele uma vez — afirmou Montserrat com firmeza. — Eu estava saindo da porta do subsolo — ela apontou naquela direção —, ele estava passando e me perguntou onde era a Sloane Square.

— É mesmo?

— É, é isso mesmo. E se isso for tudo...

— Isso não é tudo, Srta. Tresser. Qual é o seu primeiro nome, a propósito?

Ela lhe disse.

— Nunca ouvi esse nome antes. De onde é? Da Ásia, é?

— É espanhol. Tenho descendência espanhola.

— Impressionante, não é mesmo? Hoje as pessoas vêm de tudo quanto é lugar, não vêm? De todos os quatro cantos do mundo, pode--se dizer. Quando esse encontro com o Sr. Sothern aconteceu, então? Quando ele lhe pediu informação sobre o caminho?

— Não sei. Não consigo me lembrar de uma coisa assim.

— Deixe-me ajudá-la. Teria sido no dia 5 de novembro, na Noite das Fogueiras?

— Pode ter sido — respondeu Montserrat, usando a frase preferida de bandidos de última categoria.

— Estou perguntando, veja bem — disse Rickards no momento em que um repentino raio de sol rompeu a janela transformando seu cabelo avermelhado em vermelho-ouro —, porque essa foi a última vez que o Sr. Sothern foi visto vivo. Ele tinha visitado a tia-avó no número 6 e depois atravessou pra cá. É por isso que me parece estranho que ele tivesse que perguntar a você em vez de à tia onde ficava a Sloane Square. — Momentaneamente, ele fechou os olhos por causa da forte claridade e tirou sua cadeira do sol. — Parece-me ainda mais estranho o Sr. Sothern não saber onde ficava a Sloane Square, já que antes de se mudar para a Montagu Square ele morou dois anos na King's Road.

Montserrat disse desafiadoramente que não podia ajudá-lo com aquilo. Isto foi o que ele respondeu:

— Olha só, você tem certeza de que não gostaria de pensar por alguns minutos e depois me contar o que realmente acontecia entre você e o Sr. Sothern?

— Eu contei o que realmente aconteceu — disse Montserrat.

— Porque, veja bem, o Sr. Sothern nunca mais foi visto por alguém depois de ter falado com você e, de acordo com a nossa informação, entrou nesta casa pela porta do subsolo.

— Não posso ajudar com isso.

— Então talvez você possa me dizer se o Sr. Sothern tinha amizade com mais alguém que mora aqui.

— Não sei mais nada além do que já te contei — respondeu Montserrat. — Posso perguntar uma coisa?

— Depende da pergunta.

Ela perguntou se as pessoas mexiam com ele, "zoavam" foi a palavra que usou, por causa do cabelo avermelhado.

— É claro que não — respondeu com firmeza, completando de um jeito ominoso que iria querer encontrá-la de novo.

Montserrat tentou mais uma vez falar com Preston, que dessa vez atendeu.

— Você não contou nada pra ele, contou?

— Disse que tinha falado com o Rad uma vez, mas o cara não acreditou em mim. Quem acha que pode ter contado que me viu falar com ele e o deixar entrar na casa?

— Não sei por que você algum dia concordou em fazer o que a Lucy queria e o conduzia pela casa até o quarto dela. Isso foi traição comigo.

— Fui uma psicopompo — disse Montserrat, que se recordou da palavra. — A Lucy era minha amiga, não você. Antes de começar a me culpar é melhor se lembrar de que não fiz nada errado. Eu não empurrei ninguém escada abaixo, só ajudei você.

— Está bem, Montsy, está bem. Eu sei. A polícia vai me procurar?

— Eles não falaram. Não mencionei você, é claro. Acho que sei bem qual é o significado de lealdade.

Preston disse que sabia disso. Tinha plena consciência de que não teria conseguido sem ela.

— Quero que saiba que vou me mudar esta noite para o meu novo apartamento em Westminster. Me encontra lá, sim? Vamos sair pra jantar. É na Medway Manor Court, 25.

LUCY CHORAVA MUITO. Ela passava uma grade parte do dia lamentando e choramingando. Rabia escutava do andar do berçário e se preocupava, porque Thomas também ouvia e falava:

— Mamãe chora.

O que ela podia dizer?

— Coitadinha da mamãe, ela cortou o dedo.

Depois que aquilo se prolongou intermitentemente por dias, Rabia desceu enquanto Thomas tirava a sua soneca da tarde e encontrou Lucy na sala de estar. Não parecia nada consigo mesma. As lágrimas tinham borrado a maquiagem, e o cabelo definitivamente não fora lavado.

— Posso trazer uma xícara de chá para a senhora? Ou fazer algo mais necessário. Talvez preparar um bom banho?

— Não quero nada. Meu coração está partido.

— Thomas está triste. Eu falei pra ele que a senhora cortou o dedo.

— Ele não tem motivo nenhum pra ficar triste. Eu é que estou triste. — Lucy esfregou os olhos com os pulsos. — Meu marido foi embora. Ele planeja vender a casa. Vou viver de quê?

Rabia sentiu algo revirar dentro de si, como se houvesse uma criança se mexendo dentro do útero. Ela disse o inverso do que pensava e daquilo em que acreditava.

— Vai ficar tudo bem. As crianças vão ficar com você aconteça o que acontecer.

— Como eu vou cuidar delas sozinha?

Radia ousou dizer:

— Estarei com vocês — e completou —, não estarei?

— Como é que eu vou saber? Posso não ter dinheiro pra pagar seu salário. A única coisa que ele me fala é que eu o traí e que nunca mais vai confiar em mim. Ele nunca pensa em como ficava fora uma noite atrás da outra, que nunca estava em casa comigo. O que esperava que eu fizesse?

Rabia sabia a resposta, mas não podia proferi-la. Ela ouviu o ônibus escolar parando lá fora e pediu licença para correr até a entrada e despachar Hero e Matilda. Uma náusea se erguera até a sua garganta e ela se sentiu terrivelmente cheia, embora não tivesse comido nada o dia todo a não ser um sanduíche com Thomas na hora do almoço. Tinha consciência o tempo todo do peso daquela cigarreira em seu bolso.

Matilda fixou o olhar na porta da sala de estar.

— Graças a Deus que ela acabou com aquela safadeza — disse, como uma mulher com três vezes a própria idade.

QUANDO FOSSE A segunda Sra. Preston Still, pensou Montserrat enquanto subia a escada rolante da estação St James Park, nunca precisaria andar de metrô. Só viajaria de táxi ou, quem sabe, trocaria o Volkswagen se morassem em um lugar onde o estacionamento para moradores fosse satisfatório. Ela se viu de relance refletida na vitrine de uma loja e ficou satisfeita. Que cabelo bonito ela tinha, um brilhante manto marrom escuro descendo em ondas sobre seus ombros. Não havia dúvida de que deveria usar maquiagem com mais frequência, especialmente batom carmesim. Quem acreditaria que os cílios eram dela mesma, completamente naturais? Não havia mal nenhum nisso. Sua perda de peso era evidente. Ela deveria continuar sem comer e a evitar os destilados. Ao passar por uma pilha de exemplares do *Evening Standard*, pegou um e seguiu em frente lendo a primeira capa e fumando um cigarro. Outra foto de Rad com Rocksana, uma foto nova de Rad com sua namorada anterior, mas nada, felizmente, sobre Rad e Lucy.

O aguardado beijo de Preston nunca chegou a acontecer. O oi dele foi espontâneo ao extremo, mas depois de um tempinho olhando-a de cima abaixo afirmou que ela "estava muito bonita". O apartamento era minimalista, para não dizer simples, com parte do piso de laminado e parte de mármore. Estava quente, mas parecia frio. Preston já tinha feito um estoque de destilados e aperitivos e, apesar de sua resolução, ela aceitou um Campari com soda. Campari não era destilado, era?

— Entrei em contato com a polícia. Achei sensato. De fato foi. Eles foram muito corteses. Eu disse que ficaria feliz em falar com eles, e eles vieram aqui. Um camarada com cabeça de cenoura. Não faz muito tempo que ele foi embora, para falar a verdade.

— O que você falou sobre o Rad?

— Que nunca o encontrei. Que ele nunca esteve lá em casa. Que não sei nada sobre os seus amigos, foi o que eu disse. Contei também que o seu pai era amigo do pai da minha esposa e isso era tudo o que eu sabia sobre você.

— Muitíssimo obrigada — disse Montserrat.

— Certamente não há nenhum mal nisso. Não é melhor deixarmos parecer que mal nos conhecemos? Especialmente agora que estou morando aqui? Este rapaz, o Rickards, não parecia que ia querer falar comigo novamente. É bem possível que a esta altura eles já tenham conversado com pessoas que alegaram ter falado com ele depois de você.

— Mas não falaram — contestou Montserrat. — Ninguém pode ter falado com ele. Rad não saiu da sua casa vivo, saiu? Lembra? Você o chutou escada abaixo e isso o matou.

— Pelo amor de Deus — disse Preston, olhando para os lados como se temesse espiões da polícia espreitando atrás das iridescentes cortinas que se estendiam até o chão. — Pra que falar esse tipo de coisa? Foi um acidente, você sabe disso. Vamos sair para jantar?

Não no Shepherd's, na Marsham Street, como ela desejava, mas em um cubículo de restaurante italiano perto da Horseferry Road. Não havia tentação para se comer muito. Assim que exauriram o assunto sobre o desaparecimento de Rad Sothern e o veredicto dos jornais sobre ele, Montserrat se deu conta de que não tinham nada para falar um com o outro. Ela não estivera apaixonada por Ciaran nem por nenhum de seus predecessores, mas conseguiam se comunicar, dar umas risadas, conversar sobre um filme que tinham visto ou uma música de que gostavam. Preston ficava simplesmente sentado ali, com o semblante fixo, sisudo, os cantos da boca curvados para baixo. Ela tinha ouvido a expressão *cara de bunda* em algum lugar e não entendera o significado dela. Naquele momento, finalmente entendia. Mas ainda assim se casaria com ele. O processo já tivera início e continuaria todos os dias. Fora do restaurante, temeu que ele sugerisse que ela fosse para casa e que a colocasse em um táxi, mas, não, Montserrat voltaria com ele, não? Quando chegaram, Preston abriu uma garrafa de vinho e colocou um CD. Ela não reconheceu a música, mas, por sua desarmonia túrgida e ausência de qualquer tipo de batida, conseguia identificá-la como música clássica. Ele começou a falar novamente sobre a polícia, do que eles poderiam suspeitar e se voltariam, mas quando ela lhe perguntou sobre Lucy e se ela confessara o caso com Rad, ele a esnobou.

— Nós não temos que discutir isso.

Às 23h em ponto, Preston disse que, se ela quisesse ir para a cama, ele se juntaria a ela em dez minutos. Nunca antes um homem falara com Montserrat daquele jeito. Queria dizer que não acreditava naquilo e perguntar em que planeta ele vivia, mas em vez disso afirmou para si mesma uma vez mais que se casaria com ele e foi embora, bem obediente. À noite, ele acordou, sentou-se e começou a conversar sozinho. Quase tudo o que falou foram murmúrios, com exceção de uma frase.

— Foi um acidente!

CAPÍTULO DEZESSETE

Sem considerar o jantar do Dia de Ação de Graças organizado na última casa da rua pelos Klein, que eram americanos, o dia em Hexam Place não teve nada de especial a não ser pela reunião de novembro da Sociedade Santa Zita, no Dugongo. O principal item da agenda era a ausência na lista de convidados de Damian e Roland de todos os "empregados". Thea fora convidada, é claro.

— Mas eu não sou criada — afirmou Thea.

Jimmy a pedira em casamento mais cedo naquele dia durante o almoço, mas ela lhe dissera que não sabia, teria que pensar no assunto. Ele aparentemente alimentara a certeza de que ela aceitaria na mesma hora, portanto estava enormemente chateado. Levara o anel de noivado de sua falecida mãe, assim como fizera o príncipe William, e agora teria que guardá-lo novamente.

— Não tem por que você ficar desse jeito. Não gosto da ideia de casamento, mas vou pensar no assunto. E agora você tem que ir, porque preciso me encontrar com a Srta. Grieves lá embaixo.

Orgulhosa do que tinha feito, a Srta. Grieves, acendendo um cigarro para ela e outro para Thea, contou como tinha relatado à polícia quantas vezes vira Montserrat falando com Rad Sothern e o deixando entrar no número 7. Ela concordou em ir com Thea à reunião da Sociedade Santa Zita e parecia considerar isso uma recompensa por sua realização como informante da polícia. June assumiu a presidência, e Montserrat também estava presente, alheia ao papel da Srta. Grieves na descoberta sobre as visitas de Rad à área do número 7. Beacon não compareceu por estar ocupado levando a Sra. Still de casa até a Medway Manor Court. Sondra estava lá, bem como Henry e Dex, este em silêncio em um canto, o único membro da Sociedade a beber Guinness, o copo alto preto com sua coroa de espuma cremosa particularmente apropriado naquela noite em que, com sua cabeça e rosto forrados com luxuriantes cabelo e barba, ele usava uma esbranquiçada boina escocesa de tricô.

Depois de Thea ter dado à sociedade uma entusiástica descrição dos anos pregressos da Srta. Grieves como criada na casa de lady Pimble em Elystan Place e o novo membro ser unanimemente aceito, eles discutiram o que June chamou de "assunto lamentável": a conduta esnobe e exclusivista de Damian e Roland.

— Vocês podiam boicotar o evento — Jimmy falou para Thea. — Você e Montserrat.

— Um boicote não fará com que convidem todo o resto — disse Thea de maneira áspera, como se quisesse inserir um "seu idiota" no final, o que não fez. Jimmy ficou magoado, um sentimento que começava a lhe ser familiar. Estava pensando nos seus primeiros dias de namoro, não mais que semanas antes, e imaginando o que tinha feito de errado com exceção de agir naturalmente. Talvez isso fosse o problema e ela estivesse simplesmente tomando consciência daquilo. Thea era muito mais inteligente do que ele. Na concepção de Jimmy, ela era uma intelectual.

— Mesmo que fôssemos um sindicato — disse June com uma voz bem triste —, não poderíamos fazer pessoas convidarem outras para uma festa. — Ela expeliu a frase que tinha aprendido à risca: — E ainda que pudéssemos, estaríamos apenas criando precedentes.

A agenda não estava indo a lugar algum. O item Outros Assuntos às vezes era uma área fértil para discussões, mas nesse dia o único item com algum interesse era a diminuição de trabalho de Dex. Ele era muito tímido para levantar o assunto, mas tinha feito um acordo prévio com Jimmy para comentar na reunião como ele tinha sido ameaçado de demissão pelos Neville-Smith e despedido pelo Sr. Sohrab e pela Sra. Lambda. Não havia nada de errado com o trabalho dele. Só que a recessão atacava com tanta voracidade que o dinheiro andava curto para todo mundo naqueles dias.

— Pra mim também — interrompeu Dex. — Não está curto pra mim?

June interviu para dizer que a Sociedade Santa Zita não era um sindicato. Jimmy franziu o cenho de tal maneira que sua testa ficou parecida com um campo arado tamanha era a quantidade de rugas que nela surgiu, depois continuou dizendo que Dexter também tinha um "acordo de cavalheiros" com os supostos vendedores do número 10, deserto fazia seis meses, para manter o jardim e o gramado nos trinques.

— Que eles não cumpriram — disse Jimmy.

— É, vocês sabem o que eu sempre falo — comentou Richard —, um "acordo de cavalheiros" não vale o papel em que está escrito.

Quando as risadas de quem não tinha ouvido a velha piada antes diminuíram, foi acordado que Dexter deveria anunciar seus serviços na vitrine da loja do Sr. Choudhuri. Enquanto isso, Thea sugeriu que ele trabalhasse algumas horas por semana para ela e os outros moradores do número 8. Assim que as palavras saíram, ela começou a se preocupar com o que Damian e Roland diriam. E se eles se recusassem a pagar e deixassem tudo nas costas dela? Quando os membros da sociedade saíram para Hexam Place, os convidados do Dia de Ação de Graças estavam indo embora em táxis ou em seus próprios carros. Caminhando alguns passos atrás, Dex seguiu Montserrat até a estação de metrô mais próxima. Montserrat deveria ter esperado por ele para que pudessem andar juntos, mas ela não queria, não queria que os transeuntes a vissem com ele e, quem sabe, pensassem que eram amigos ou até coisa pior.

Preston não a tinha convidado; Montserrat se convidara por conta própria, ao que ele respondera:

— Pode ser.

Ela queria que ele lhe desse uma chave.

— É para o caso de você ainda não ter chegado.

— Eu espero já ter sempre chegado — disse ele. — Você não precisa de chave.

Não tardaria para ele a convidar para que morassem juntos. Aí ela teria uma chave. Talvez devesse pedir a Preston que contratasse Dex para trabalhar para ele — quer dizer, trabalhar para Lucy e as crianças, cuidar do jardim do número 7. Afinal, os dois viviam falando que o jardim estava uma bagunça, mas nunca faziam coisa alguma a respeito.

— E por que eu deveria? — foi a resposta inicial de Preston. — Não estou sequer morando lá mais. Não me importo que fique parecido com um campo de feno. Além do mais, o sujeito é louco. Alguém me disse que ele tentou matar a mãe.

— Mas ele foi liberado — disse Montserrat. — Não pôde ir a julgamento ou alguma coisa assim.

Ela achou que seria insensato dizer que ele, Preston, tinha não apenas tentado matar Rad Sothern, como também obtido sucesso.

O olhar dele se desviou. Preston analisava o *Evening Standard* que trouxera consigo. Por vários dias não houve nada sobre Rad Sothern com exceção de um artigo prevendo os planos dos produtores para o futuro de *Avalon Clinic*. Mas naquela noite havia mais uma recapitulação do passado de Sothern; de onde ela estava sentada parecia uma análise da infância e do início da adolescência, os papéis anteriores na televisão.

— Ele tinha um harém de mulheres — disse Preston repentinamente. — Foi você que o trouxe para dentro da minha casa. Deve ter sido uma delas, suponho. E então o trouxe para dentro da minha casa. Para conhecer a minha mulher.

— A Lucy o conheceu numa festa na casa da Princesa.

— Isso é o que você diz.

Montserrat não disse nada. Brigas deviam ser evitadas. Ele levantou e se serviu outra taça de vinho. Em seguida, como se tivesse pensado melhor, encheu também a taça dela.

— Você não ia pra Barcelona?

— Eu ia. Mudei de ideia.

Ela não contaria a ele que achava insensatez ir até lá, já que as coisas tinham chegado naquele estágio entre eles.

— Você acha que a polícia vai te deixar em paz agora?

— Assim espero. Não fiz nada, e eles sabem muito bem disso.

A qualquer minuto Preston a pediria para ir para cama e diria que a acompanharia. Estava longe de ser romântico, mas não se deve esperar romance de alguém com quem se associa da maneira como eles haviam se associado. Ela aguardou, meio sorridente, jogando para trás seus longos cachos escuros com uma mão de unhas cuidadosamente feitas. Ele disse:

— Você deve me garantir que não falará com a polícia se um detetive aparecer aqui novamente.

— Não quero falar com eles.

— Não fale. — Ele dobrou o jornal. — Se a questionarem, diga simplesmente que não sabe de nada. Você já contou tudo o que sabia.

Ele se levantou, deu um passo em direção a ela. Iria *beijá-la*? Não.

— Vou chamar um táxi para você — informou ele. — Suponho que não queira pegar o metrô a esta hora da noite.

As ÁRVORES DE Natal do Viveiro Belgrave custavam um pouco mais que o dobro do que as de uma floricultura típica, mas a maioria dos moradores de Hexam Place não se incomodava com assuntos dessa natureza. Nesse ano o Sr. Siddiqui estava colhendo os pedidos no início de novembro e prometeu à filha que Khalid iria pessoalmente entregar a árvore do número 7.

— Não me importa quem vai entregar a árvore, pai. O negócio é que a Sra. Still gostaria que a dela fosse bem bonita e grande pra fazer um agrado para as crianças. Mais ninguém na rua tem filhos pequenos. Então ela devia ficar com a melhor.

A verdade era que Lucy não expressara opinião alguma sobre o tamanho ou a qualidade da árvore de Natal. Nem sequer disse se queria uma ou não, na verdade. Rabia a perguntara se queria que comprasse uma dessas coníferas festivas e Lucy respondera:

— Ah, faz o que quiser. Não estou nem aí.

Ela nunca entendeu por que crianças cristãs gostavam de olhar para abetos da Noruega cheios de ornamentos de vidro e rodeados de presentes, festões prateados entrelaçados em seus galhos e com uma fadinha no alto. Isso não tinha importância. A única coisa que importava era que Thomas pudesse admirar, bater palmas e dar risadas.

Lucy completara seu comentário indiferente sobre a árvore de Natal com outro igualmente desdenhoso:

— Vai ser a última que eles terão, eu suponho. O tipo de apartamento que a gente vai conseguir pagar não vai ter espaço para luxos como esses.

Rabia empurrou Thomas em seu carrinho para que ele fosse ver seus peixes tropicais favoritos. Khalid estava lá, arrumando vasos cheios de poinsétias vermelhas e brancas no mostruário. Apesar do que acabara de falar para seu pai, ela se pegou olhando adequadamente para aquele homem talvez pela primeira vez. Ele era muito bonito e, o que para ela era mais importante, tinha um rosto gentil, uma boca vermelha e firme sempre pronta para sorrir. Seus olhos eram brilhantes e penetrantes.

— Bom dia para você, Sra. Ali, como está hoje?

Não havia necessidade de esnobá-lo. Que mal ele lhe fizera?

— Bom dia, Sr. Iqbal.

Suas reflexões ela nunca poderia colocar em palavras, mas podia pensá-los. Se eu fosse me casar e ter um bebezinho meu, um saudável, sem problemas que o levassem a uma morte precoce, eu seria capaz de esquecer Thomas? Haveria substituto para alguém tão amado? Talvez. Mas não se o substituto ainda não existisse, se fosse apenas um sonho duvidoso.

Ela não precisava se comprometer com nada. Fazer amizade com um homem — na presença do pai, é claro — estava muito longe de prometer se tornar sua esposa. Assim que começou a empurrar Thomas de volta para o edifício principal onde estava seu pai, ela pensou em Nazir, seu marido, que fora gentil e exigente, mas a memória em relação a ele estava cada vez mais vaga, apesar de conseguir ver seus filhos diante de seus olhos como se estivessem ali, andando por aquele caminho na frente dela — seus dois filhos mortos com Thomas no meio deles, agora que tinha aprendido a andar tão bem. Lucy sempre fora gentil com ela, mas, ao passo que Khalid era confiável e honesto assim como provavelmente o Sr. Still, Lucy poderia dizer em uma terça-feira que ela, Rabia, era tão boa com as crianças que não poderiam ficar sem ela e, em uma quarta-feira:

— Ah, querida, estamos nos mudando amanhã e você vai ter que ir embora.

Ela seria capaz de fazer isso? Seria. Em frente à porta do lado de fora do escritório do pai, ela pegou Thomas, abraçou-o apertado, em seguida o carregou para dentro onde Abram Siddiqui estava sentado atrás de sua mesma.

— Esse garotão está muito pesado para você, minha filha. Coloca no chão. Deixe o menino andar pela sala.

— A gente não deve demorar, pai — disse Rabia, porém colocou Thomas no chão e o observou, ainda de maneira desequilibrada, percorrer seu caminho pelo carpete até um mostruário de pacotes de sementes de coloridos violentos, felizmente fora de seu alcance. — Vim pedir ao senhor pra convidar o Sr. Iqbal para um chá quando eu for visitá-lo no sábado. Não, o senhor não precisa ficar desse jeito. Não é nada, é só pra eu conhecer alguém um pouquinho melhor.

Os jornais não mencionavam interrogatório de suspeitos que "estivessem ajudando a polícia nas investigações". Talvez não houvesse investigações. Sondra afirmou que vira o detetive sargento Freud e o detetive Rickards visitarem a Srta. Grieves duas vezes em seu apartamento, mas essas visitas não tiveram consequências perceptíveis.

Ao pedir orientação a Montserrat sobre se devia aceitar o pedido de Jimmy (cuja resposta que recebeu foi um assertivo "Não se atreva!"), Thea, talvez por não ter gostado de receber uma ordem de maneira tão violenta, disse que a Srta. Grieves tinha mais uma vez visto o detetive ruivo conversando com Montserrat à porta do porão do número 7.

— Em primeiro lugar, isso é uma mentira do caralho — bravejou Montserrat, com mais selvageria do que a declaração justificava.

— Tá bom. Calma aí. Olha a boca. Posso estar enganada. Sem dúvida você conhece dezenas de caras ruivos de mais ou menos 30 anos.

— Sem dúvida aquela bruxa velha é uma doente mental. Ela deve ter uns 100 anos.

Então a relação entre elas ficou muito tensa. Thea poderia aceitar o conselho da amiga e dizer não a Jimmy, mas a reação violenta de Montserrat a um simples comentário a fez mudar de ideia, e, durante um passeio de Lexus naquela tarde, ela disse com muita má vontade que não se importaria de ficar noiva. O anel que Jimmy vinha carregando para lá e para cá em seu bolso naqueles dias era muito mais bonito do que ela esperava.

Thea precisava que algo a animasse depois de ter sido tratada com desdém por Roland. Ao contar a ele que tinha sugerido a Dex fazer algum trabalho no número 8, deparou-se com um frio:

— Você fez o quê?

— Ele é muito bom no que faz e está precisando de dinheiro.

— Damian e eu não somos instituições de caridade — disse Roland, enquanto a Thea faltou coragem para lembrá-lo que no presente ela fazia o serviço de jardinagem de graça.

MAS A SRTA. Grieves não havia mentido. O detetive Rickards estivera no número 7 não apenas à porta, mas lá dentro. Montserrat se lembrou do que Preston lhe dissera e falou ao policial que não sabia de mais nada e que não tinha mais nada a declarar.

— Me diga uma coisa — pediu Rickards como se ela não tivesse dito nada. — Se o Sr. Sothern vinha a esta casa e não era para se encontrar com você, por que ele usava a porta do subsolo?

— Para entrar — respondeu ela, esquecendo-se de que ele supostamente não tinha entrado, apenas ficado do lado de fora e perguntado onde ficava a Sloane Square.

— Então ele entrou, mas não para se encontrar com você. Se vinha para se encontrar com outra pessoa, por que não usar a porta principal?

— Ele não entrou e não usou porta nenhuma, e eu não tenho mais nada pra falar.

Ela percebeu que tinha ido longe demais, falado mais do que devia, apesar de ter prometido a Preston que não diria nada. Não o via ou sequer falava com ele já fazia quatro dias. Deveria procurá-lo? Talvez fosse uma boa ideia contar sobre a conversa que acabara de ter com Colin Rickards. Isso poderia amedrontá-lo. Ele teria que aprender que não podia tratá-la dessa maneira, dormir com ela quando bem quisesse, levá-la para jantar uma comida de merda e depois ignorá-la por dias.

Montserrat teve que deixar uma mensagem de voz para ele. Quantas pessoas mais a ouviriam? Ela não se importava com isso. Preston levou vinte e quatro horas para retornar a ligação.

CAPÍTULO DEZOITO

Ficar noiva era uma coisa, deixar que todos soubessem era outra bem diferente. O anel da mãe de Jimmy acabou sendo grande demais para ela. A mulher devia ter tido mãos enormes. Thea disse que não seria certo Jimmy mandar reduzi-lo, pois sem dúvida o anel de uma mãe era sagrado e não deveria ser adulterado.

— Não precisamos de um anel para que sejamos noivos.

Era o tipo de coisa que se falava para uma criança. Ela teve um *déjà vu* e se lembrou de que uma ocasião em que ganhou um jogo de chá novo aos 9 anos, quando disse à amiga que ela não precisava de chá de verdade nas xícaras. Jimmy pareceu contente.

— Vou comprar uma superaliança de casamento pra você.

Ela sentiu um pequeno aperto no coração, mas melhorou um pouquinho quando ele disse:

— Eu sinto muito mesmo por não poder ir à cerimônia de união civil de Damian e Roland. Tenho ingresso pro jogo do Arsenal, que vai jogar em casa.

Assim como os outros "criados", eles não o tinham convidado. Ela não teria que dar explicação. Imaginou a reação dos futuros esposos se tivessem escutado Jimmy chamá-los pelo primeiro nome. Mais cedo ou mais tarde um ou outro (talvez ambos) receberia um título de nobreza, pois era o que acontecia com homens da posição deles. A partir de então, coitado daquele que não o chamasse de *sir.*

Ela algum dia se casaria com Jimmy? Muito provavelmente, simplesmente para evitar problema, da maneira que evitava problema executando para Damian e Roland todas as suas pequenas tarefas, fazendo compras para a Srta. Grieves, pagando o Viveiro Belgrave pelo plantio de todas aquelas flores para dar uma aparência adorável à casa e não recebendo nenhum reembolso ou agradecimento por nada disso.

No DOMINGO PRESTON ficou com as crianças durante o dia e, quando ele as devolveu de táxi às 18h, Montserrat, fazendo uma inteligente suposição em relação ao horário em que isso aconteceria, o estava aguardando. Ela o deixou entrar antes que pudesse sacar sua chave e, depois que Preston já tinha deixado os filhos com a mãe — Thomas berrando por Rabia, que ainda estava na casa do pai —, pediu a ele que descesse até o apartamento dela.

Desde o início, Montserrat manejou mal a situação. Tinha se aprontado para ele com uma minissaia e um top decotado, saltos demasiadamente altos e aquele batom vermelho-escuro que ela achava tão lisonjeiro. Com brincos que pareciam lustres e um colar de pérolas de três fios comprado na Portobello Road, estava vestida para uma festa, não para uma noite de domingo em frente à televisão. E se manteve com os nervos à flor da pele enquanto o esperava chegar, inquieta, andando para cima e para baixo. Ele entrou sem bater. Mas talvez bater fosse formal demais. Ela teria gostado que ele colocasse os braços ao redor dela e falasse de maneira carinhosa, embora soubesse muito bem que não deveria ter essa expectativa.

Ela abriu a garrafa de vinho que se esquecera de colocar na geladeira.

— Preston — começou —, acho que não vi suas ligações. Na verdade, tinha uma chamada perdida no meu celular, mas não reconheci o número.

— Não fui eu.

Ele deu um golinho no vinho, fez uma careta e o afastou alguns centímetros sobre a mesa, sinal evidente de que não queria bebê-lo mais.

Ela tentou reunir coragem. Apesar de saber que inconscientemente devia ter sempre se sentido dessa maneira, tomou consciência de que tinha medo dele. Era necessária muita coragem para dizer o que iria dizer. Uma ânsia para tirar aquelas estúpidas pérolas tomou conta dela, mas Montserrat a sufocou. Ele ia só pensar que ela estava tirando a roupa para ele.

— Achei que estávamos tendo um relacionamento — disse ela enfim. — Achei que dormir comigo fosse o início dele.

Ele não parecia sequer constrangido, nem indignado, nem furioso, nem outra coisa qualquer. Simplesmente a encarava com seus pálidos olhos acinzentados. Ela notou pela primeira vez que o branco de seus olhos era visível ao redor de toda a íris. Aquilo definitivamente não era comum, ela não conhecia mais ninguém assim.

— Ainda sou casado — argumentou ele.

— Você era casado quando dormiu comigo. Você era casado quando me convidou para ir ao seu apartamento.

— Ao que me concerne — disse ele, vendo-a beber o vinho quente —, eu e você somos associados em um tipo de empreendimento. Você sabe a que me refiro. Sou grato pela sua ajuda.

— É só isso?

— O que mais poderia ser? Não preciso entrar em detalhes, nós dois sabemos o que aconteceu. Houve um acidente. Você me persuadiu, francamente, contra a minha opinião, a não ligar para a polícia. Não há dúvida de que você tinha as melhores intenções. Eu tenho minha própria visão sobre aquilo. Qualquer relacionamento, como você está chamando, entre nós deve acabar, se é que algum dia começou.

Raiva pulsou dentro dela.

— Se não fosse por mim, você estaria preso agora, percebe isso?

— Ah, eu duvido — respondeu ele. — Foi um acidente. Parece que você se esquece disso.

Por que ele parou de chamá-la pelo primeiro nome? Na última vez em que se encontraram, ele a chamara de Montsy. Por alguma razão, ela sabia que nunca mais a chamaria assim, a não ser que ela fizesse alguma coisa, tomasse providências.

— Não está tarde demais para eu ir à polícia.

Ele abanou a cabeça, levantou da cadeira e caminhou até a janela. Uma vez mais ele pareceu muito grande, alto, corpulento e forte. Talvez fosse apenas na imaginação dela que ele tinha ficado pálido.

— E contar o que pra eles? Você está tão envolvida quanto eu, lembre-se disso.

— Eu nunca encostei nele. Não o empurrei escada abaixo. É bom você lembrar que eu posso fazer uma delação premiada. — Podia mesmo? Será que isso existe? — Posso dizer que você me forçou, me ameaçou. Posso fazer um acordo com a acusação.

Existia esse tipo de coisa fora dos Estados Unidos e dos filmes?

— E que prova você teria para qualquer uma dessas possibilidades?

Ela praticamente não tinha pensado nesses detalhes, mas de repente vieram à tona como se estivessem repousando logo abaixo da superfície de sua mente, aguardando serem utilizados.

— Imagina se eu falar pra eles irem a Gallowmill Hall e procurarem o bagageiro maleiro de teto de carro no quarto de bagagem. Eles iam achar o DNA de Sothern dentro dele todo, cabelos e fibras das roupas dele. — Que dádivas de Deus eram as situações como aquela nos programas de detetives e mistérios na televisão, que ensinavam sobre procedimentos policiais, mandados de busca e ciência forense. — Eles iam achar sangue onde ele bateu a cabeça e quem sabe restos mortais ou outra coisa qualquer naquele chão.

Ela o arrastara para dentro daquilo contra a vontade dele.

— E como eles saberiam que o maleiro era seu?

— Posso provar. Henry Copley, que dirige pro lorde Studley, o vendeu pra mim.

— Olha, Montsy, nada disso que você está falando é sério, você sabe que não é. Foi uma brincadeira, não foi?

Parecia que as providências tinham dado retorno, mas ainda assim ela se sentia a ponto de chorar.

— Não foi brincadeira, mas pode ser. Não quero ir à polícia. Odeio essa ideia.

As lágrimas não vieram. Ela as estancara sem tocar nos olhos, com a força de sua vontade.

— Me leva pra jantar, Preston. Por favor. A gente pode conversar. Nunca conversamos de verdade sobre isso. Aí depois a gente pode voltar pra cá.

— Está bem — concordou ele —, se é isso o que você quer.

DESDE QUE COLOCARA as trancas na porta, Huguette foi várias vezes ao quarto de Henry. Era fácil para ela, quase tão fácil quanto recebê-lo em seu apartamento, porque tudo o que tinha que fazer era escolher um dia em que estivesse visitando os pais e, depois de despedir-se deles e deixar a casa, escapulir pela escada da área de serviço e ser recebida por Henry. Depois ele metia a tranca.

O motorista ficou totalmente em choque quando ouviu passos no espaço ladrilhado do lado de fora e viu a maçaneta da porta girar. Quem quer que fosse (como Huguette colocou) foi embora depois de tentar novamente.

— Meu pai não bate na porta? Ele acha que pode simplesmente ir entrando?

Henry não podia dizer que não era o pai dela, mas a mãe.

— Se você pelo menos me deixasse contar pra ele que estamos noivos.

Não estamos, pensou Henry.

— Não gosto nem de pensar no que ele podia fazer se a encontrasse aqui.

— Não entendo por que você não pode ter a sua privacidade. É medieval simplesmente entrar aqui sem bater, é tratar você como escravo.

Henry começou a dar risada.

— É por isso que ele não vai deixar você casar comigo. Porque eu sou um escravo. — O celular dele estava tocando. Ele esticou o braço para pegá-lo. — Esta bem, milorde. Em dez minutos na Entrada de Nobres.

Huguette pareceu não ter se dado conta de que, se o pai dela estava ligando da Câmara dos Lordes, não poderia ter sido ele do lado de fora da porta cinco minutos antes.

A CASA GEMINADA em Acton, propriedade de Abram Siddiqui, com seu financiamento agora liquidado, era um lugar muito mais confortável para se estar do que o número 7 em Hexam Place. Mas o número 7 tinha Thomas e o número 15 na Grenville Road, em Acton, não. Ficava preocupada com Thomas quando ele estava longe dela, com a mãe ou o pai. Não havia dúvida de que o Sr. Still amava seus filhos, mas parecia a Rabia que a única maneira que ele conhecia para demonstrar esse amor era encontrando manchas no rosto deles.

Ela não teria gostado se Khalid Iqbal tivesse demonstrado qualquer coisa que se aproximasse de amor, mas seu comportamento fora exemplar. Ele chegara no exato horário em que disse que chegaria, conversara com ela com notável polidez e não, e claro, tentara dar um aperto de mão. Nenhum homem jamais a tocara a não ser seu pai e seu falecido marido. O Sr. Iqbal aceitou uma xícara de chá e apenas um dos bolos açucarados providenciados pelo pai de Rabia, recusando-se a pegar o segundo. Talvez o Sr. Siddiqui tivesse lhe contado o quanto ela detestava cobiça. O Sr. Iqbal falou de forma bem agradável sobre a comercialização e árvores de Natal no Viveiro Belgrave e sobre as novas linhas que estavam oferecendo pela primeira vez: poinsétias rosa, uma inovação, guirlandas de azevinho e amarílis, plantas altas com flores improvavelmente audaciosas e bonitas que nasciam aos pareces em ramos.

A conversa se voltou para a família e uma explicação foi dada, bem clara e fácil de compreender, sobre as ramificações do clã Siddiqui--Iqbal-Ali e exatamente qual era o preciso parentesco entre Khalid e Rabia. Não muito próximo, alegrou-a saber, e assim que tomou conhecimento disso, perguntou a si mesma o que estava pensando. Serem primos de terceiro grau não significava nada para ela. Ele se levantou para ir embora depois de 45 minutos, fez uma pequena reverência a ela e se foi, comentando sobre o prazer que havia sido encontrá-la fora do ambiente de trabalho.

— Acho que você gostou dele, minha filha — comentou o pai dela enquanto observavam a figura alta e aprumada passar pela janela e seguir em direção ao ponto de ônibus.

— Ele é muito agradável, pai. Sempre soube que ele era muito agradável.

— Estou com um pressentimento de que ele daria um bom marido. Eu tenho o dom de detectar esse tipo de coisa, você sabe disso.

— Para alguma outra mulher de sorte — disse ela, sorrindo.

Como sempre fazia quando ela o visitava em casa, seu pai a levou de carro de volta a Hexam Place. Ela entrou pela porta do porão, ouviu a voz do Sr. Still vindo do apartamento de Montserrat, mas não pensou nada a respeito daquilo. Não era do tipo desconfiada. As crianças estavam com Lucy, as meninas vendo televisão na sala, Thomas deitado no sofá e quase dormindo de maneira inquieta. Eram 22h.

Foi uma sensação agradável perceber que quatro pessoas ficaram contentes por vê-la. Hero e Matilda estavam cansadas e entediadas com o programa. Rabia era uma pessoa nova com quem conversar e estava sempre interessada nas atividades delas. Thomas acordou, pulou do sofá e correu em sua direção. Lucy estava simplesmente aliviada.

— Meu Deus, você não sabe como estou feliz em te ver. Foi um pesadelo. Esse demoniozinho transforma a minha vida num inferno.

— Não se preocupe — disse Rabia. — A gente vai lá pra cima para você ficar em paz.

— Veio um homem aqui pedindo pra trabalhar na limpeza do jardim. Eu lhe falei que tinha que pedir ao Sr. Still, mas ele pareceu não entender que o Preston não está mais morando aqui.

Rabia não falou nada sobre ter ouvido a voz de Still lá embaixo.

— Eu conheço o Dex. Montserrat sabe mais sobre ele do que eu. Quer que eu pergunte a ela?

— Ai, por favor, querida. Você é um anjo. O que eu faria sem você? Nem me atrevo a pensar nisso.

Aquelas eram palavras muito bem-vindas. Como um feitiço elas baniram seus medos, ainda que ela soubesse o quanto Lucy não era confiável.

— Eu vou falar com o Dex, ou então a Montserrat vai, e dar a ele o endereço do Sr. Still. É o melhor a fazer?

— É claro que é. Com certeza. E agora eu estou tão exausta, preciso descansar.

Rabia sentira o peso da cigarreira a tarde inteira. Colocou a mão no bolso, fechou os dedos sobre ela e a retirou. Entregou-a a Lucy e disse:

— Isto estava aqui na casa, no alto da escada do porão.

Segurando-a com a mão trêmula, Lucy a olhava.

— O que é que eu devo fazer com isso?

Rabia não sabia. Ela não falou nada e deixou a sala juntamente com as crianças enquanto Lucy olhava para as iniciais na prata.

No dia seguinte, tendo a oportunidade de se encontrar com o Sr. Still quando ele deu uma passada lá antes do trabalho para pegar documentos importantes, Rabia comentou sobre Dex. Estava com um humor melhor do que o costumeiro para aquela hora da manhã e disse que ela podia dar-lhe o seu número de telefone. Por coincidência, naquela noite, Montserrat também disse a ele que Dex estava procurando trabalho. Esse apelo não foi tão bem acolhido. Preston foi ríspido com ela, disse que estava enjoado do nome daquele homem e que não queria mais ouvir falar nele. Se esse Dex aparecesse na Medway Manor Court, ele falaria para o porteiro dizer que ele não estava disponível.

A DESTREZA DE Dex em ler e escrever não era das melhores e, embora conseguisse atender ao telefone quando tocava, não sabia armazenar um nome e um número de telefone nele para uso futuro. O que conseguiu escrever do endereço de Preston Still foi Meddymankurt, mas ele sabia o que significava e encontrou Medway Manor Court sem problema. Não havia ninguém em casa, disse-lhe o porteiro na recepção de maneira altiva e desdenhosa. Seria inútil esperar. O Sr. Still não estaria disponível. Contudo, Dex ainda assim se sentou no amplo lance de escadas que se elevava até a porta de vidro dupla e resignou-se a uma longa espera, usando o tempo para ligar para números que pudessem colocá-lo em contato com Peach. Tentava uma combinação após a outra na esperança de ter sorte ou, na verdade, de Peach decidir que aquele fosse o número a atender. Conseguiu na quarta tentativa, quando uma voz que devia ser a de Peach lhe disse para pressionar um se quisesse falar com atendente, dois se precisasse de alguma informação, três se quisesse falar sobre sua conta ou quatro se soubesse o ramal em que queria falar. Dex não sabia o que os últimos dois números significavam e o segundo o amedrontou, então pressionou um. O telefone chamou e chamou e ele ainda estava ouvindo, desejando que parasse ou que uma voz atendesse quando o porteiro saiu pela porta principal e disse a ele para ir embora, pois era inútil esperar pelo Sr. Still.

As trancas que foram compradas e parafusadas para deixar Henry mais tranquilo tinham falhado em executar seu serviço. O atentado à sua porta, apesar de malsucedido, o amedrontou tanto quanto — bom, quase tanto quanto — se a mãe de Huguette tivesse aberto a porta e entrado. Levando Huguette de carro ao Palácio de Westminster dois dias depois, disse a ela que no futuro seria ele quem iria visitá-la. Só assim era seguro.

— Se a gente fosse casado, todos os lugares seriam seguros.

— Seu pai nunca vai concordar com isso.

— Ele não precisa concordar. Eu tenho mais de 16... mais de 18 anos. Se você não me deixar pedir... quer dizer, *contar* a ele... ele vai me fazer casar com outra pessoa. Sabe por que eu estou indo lá agora? É para tomar alguma coisa com ele e com o deputado da Câmara dos Comuns mais jovem do Partido Conservador. Podre de rico e, desnecessário falar, solteiro.

— Por que você não negou, então?

Huguette não deu nenhuma resposta direta.

— Quero ver se ele é tão bonito quanto você ou se, quem sabe, até melhor. Sabe de uma coisa? Você nunca disse que me ama, Henry Copley.

Transpondo o trânsito agarrado, os semáforos, os pedestres imprudentes na Parliament Square, Henry ficou em silêncio por um breve momento. Na passagem que constituía uma barreira policial, conhecida como pista de segurança, onde havia espaço para apenas um carro passar, quando Huguette mostrou à policial o seu crachá, ele disse:

— É claro que te amo. Você sabe que amo. Eu vou até lá vê-la amanhã à tarde e vou mostrar, aí você vai poder me fazer ciúme com esse deputadinho qualquer.

— Henry querido — disse Huguette, soando assustadoramente como a mãe, inclusive com a nuance característica do sotaque de Oceane.

CAPÍTULO DEZENOVE

O Sr. Still não gostava de fazer servicinhos cotidianos; muitas vezes era Beacon quem tomava conta dessas coisas. Falar com Zinnia, por exemplo, quando a faxineira anterior fora embora e uma reposição se fizera necessária. A Sra. Still nunca fazia coisa alguma, o que era de conhecimento de todos. Beacon tinha até encontrado Rabia, apesar de ter sido o próprio Sr. Still quem a entrevistara. Naquele momento, o patrão estava perguntando a Beacon sobre Dex Flitch.

— Ele é doido, senhor — disse Beacon. — Ele enfiou uma faca na mãe, só que pra sorte dele ela não morreu.

— O Dr. Jefferson arranjou emprego pra ele, bem como o Sr. Neville-Smith.

— Com todo o respeito, senhor, apesar de o Dr. Jefferson ser um verdadeiro santo, a gentileza em pessoa com todo mundo, ele contrata pessoas que o senhor não gostaria que pusesse os pés na sua casa.

— Está certo. Eu acredito em você. O que mais você me diz sobre esse Dex?

— Ele parece um duende, mas caça espíritos malignos. Tem um deus que mora dentro do celular dele, e o sujeito faz o que esse deus manda. Chama isso de Peach, como aquele pessoal da empresa de comunicação. Eu chamo de blasfêmia. Desculpe-me, mas o senhor me perguntou.

— Certo — disse o Sr. Still. — Obrigado, Beacon. Vou manter distância dele.

Mas o Sr. Still não manteve. Beacon soube disso porque, quando estava na ruazinha de trás lavando o Audi no dia seguinte, Jimmy saiu do quintal do número 3 e disse que tinha ouvido falar que Dex estava indo cuidar do jardim do número 7.

— Não que ele não precise — disse Jimmy. — E eu falei pro Sr. Still pensar com calma. Ele deu uma passada aqui quando o Dr. Jefferson estava trabalhando e pediu o número do celular dele. Do Dex. Eu tinha que passar pra ele, não tinha? Mesmo contra a minha vontade, mas tive que passar.

— Eu mesmo avisei o Sr. Still, não me importo de contar a você.

— Talvez eu devesse ter contado pra ele o negócio do Peach.

— Eu fiz isso — falou Beacon. — Porcaria irreligiosa nojenta.

— Canapés — disse Roland. — Nada de abacaxi e queijo nem de aipo com falso caviar, nada de porcaria. Estamos pensando em ovos de codorna e *foie gras*, esse tipo de coisa.

— Já pensaram no serviço de bufê? — perguntou Thea. — O Natal está chegando.

Olhando pela janela, ela viu que os primeiros flocos da prevista neve caíam. Neve em novembro! Sem precedentes.

— Você quer dizer que todos eles já vão estar reservados? Bem, minha querida, o negócio é que pensamos que você poderia fazer isso.

Canapés para cinquenta convidados, de alguma maneira trazer todos os ingredientes e subir as escadas com eles, porque mais ninguém faria isso. Casando-se com Jimmy, nunca mais teria que fazer isso — com exceção, quem sabe, para o seu próprio casamento.

— Está bem — respondeu ela —, se é o que vocês querem.

A neve começou a cair enquanto o Dex trabalhava no jardim do Dr. Jefferson. Usando sua estreita espátula pontiaguda e afiada, ele estava retirando de vasos de cerâmica as plantas que a geada matara, primeiro murchando suas folhas, depois as escurecendo. Dex tirava o solo ao redor das plantas mortas, jogando as raízes e os galhos murchos dentro de um saco plástico preto fornecido por Jimmy. Quando o último vaso estava pronto, os primeiros flocos desceram flutuando do céu cinza. Primeiro eles se espalharam como pétalas no solo e em seguida o cobriram com um fino lençol branco. Dex começou a guardar suas coisas. Ele as lavou debaixo da torneira do lado de fora, colocou-as em sua sacola de ferramentas e bateu na porta de trás para avisar a Jimmy que nenhum trabalho podia ser feito com um tempo daqueles.

— Fala com o Dr. Jefferson que eu fiz o meu melhor, mas começou a nevar. Ele ainda vai me pagar?

— Ele deixou o seu dinheiro — disse Jimmy mostrando e entregando-lhe um envelope. — *Ele* está te pagando. Eu não pagaria e não me importo de falar isso pra você, mas ele é assim.

O telefone de Dex tocou quando ele estava virando para a Ebury Bridge Street. Esse era um acontecimento raro. Atendeu apenas dizendo o nome, assim como o Dr. Mettage lhe ensinara. Dessa maneira, as pessoas sabiam que tinham ligado para o número certo.

— Dex — disse ele.

— Peach — pronunciou uma voz.

Parecia vir de muito longe, mas era uma voz bonita, a voz de um deus que morava no pôr do sol. Mas Peach possuía muitas vozes.

Dex disse o próprio nome novamente. Não sabia mais o que dizer. Não conseguia continuar andando enquanto seu deus falava com ele. A neve estava caindo nas suas mãos e no telefone. Havia um ponto de ônibus alguns metros adiante. Entrou vagarosamente nele e se encurvou no banco estreito.

— Peach — disse a voz novamente. — Você ainda está aí, Dex?

Dex fez que sim com um gesto de cabeça, depois, ao tomar consciência de que Peach não podia vê-lo, disse:

— Estou, sim.

— Escute-me. Há um espírito maligno que você precisa destruir — disse Peach, e quando Dex falou que sim e perguntou o que deveria fazer, a voz continuou. — É uma mulher. Quer dizer, parece uma mulher. O espírito tem mais ou menos a sua altura e um volumoso cabelo escuro, longo. Mora no número 7 em Hexam Place e você deve segui-lo. Segui-lo e destruí-lo. Não conte a ninguém.

— Não vou contar a ninguém.

— Faça isso rápido — disse Peach. — Eu o recompensarei.

Dex não tinha certeza sobre o que *recompensarei* significava, o que essa *palavra* significava. Talvez uma daquelas mensagens que apareciam e diziam que Peach lhe daria dez ligações grátis. Ele sabia muito bem que não valia a pena contar para ninguém. Tentara conversar sobre seu deus no passado, com Beacon, por exemplo, que falou furioso com ele e disse uma palavra comprida que começava com b e que ele nunca tinha ouvido antes. Jimmy não ficou com raiva quando falou a ele de seu deus, mas disse que aquilo era loucura e que Dex era louco. Ele já sabia disso, desde quando foi para aquele lugar onde todo mundo era louco. Nem Beacon nem Jimmy entenderam. Dex se levantou e saiu para a calçada, apreciando a sensação dos frios flocos caindo em seu rosto e suas mãos, com seu telefone seguro no bolso.

DEZEMBRO CHEGOU ACOMPANHADO de um frio glacial. O lago se cobriu de gelo no St James's Park e todos os pelicanos se amontoavam na sua ilha. Durante um período ensolarado em que a neve deu uma trégua e o céu estava azul, Rabia levou Thomas até a Harrods pelas viscosas calçadas com degelo e areia vermelha e comprou para ele um casaco escarlate acolchoado com capuz. Tinha um acabamento felpudo cinza, não branco, para evitar que ficasse parecido com um Papai Noel bebê.

Por ter deixado o carro passando a noite do lado de fora em Hexam Place, Montserrat encontrou as maçanetas travadas pelo gelo. Assim, foi a pé comprar botas para a neve. Como não tinha dinheiro para um par da Ugg, comprou uma imitação barata de camurça, azul-clara com a borda superior de lã, em uma loja de sapato na Victoria Street. Pegou um ônibus para voltar, foi para o andar superior e, olhando por sobre o ombro, viu que Dex subiu depois dela. Talvez tivesse conseguido aquele trabalho de jardineiro com o Preston no final das contas. Ele não estava mais em nenhum lugar visível quando ela desceu. Beacon, que passava por ali, sugeriu usar um secador de cabelo nas maçanetas congeladas, o que só seria possível, é claro, se ela tivesse uma extensão comprida o suficiente para sair de uma tomada dentro do apartamento dela, passar pela escada da área e chegar à rua. Montserrat perguntou a que horas ele achava que traria o Sr. Still para casa naquela noite.

— Isso não é da sua conta — disse ele. — Pra que quer saber, afinal de contas? Você pergunta ao Sr. Still se quiser saber esse tipo de coisa.

Montserrat entrou para procurar uma extensão. Zinnia sequer sabia o que ela queria dizer, Rabia estava fora com Thomas, e Lucy tinha saído para almoçar. Montserrat tentou esquentar a chave do carro, mas teve êxito apenas em queimar os dedos. Melhor esperar descongelar e pegar o metrô até a casa de Preston. Depois daquela noite em que ele a levou para jantar a pedido dela e, novamente a pedido dela, voltou a Hexam Place para passarem a noite juntos, não tivera mais notícias dele. Além disso, Preston fora agradável, conversara com ela de maneira muito animada e aprazível durante o jantar e, quando estavam voltando de táxi, a beijou de maneira apaixonada — bom, apaixonada do jeito dele. Somente quando estavam virando para Hexam Place é que ele começou a se comportar de maneira cautelosa. Fez o motorista deixá-lo em frente ao Dugongo e levá-la para o número 7. Lá ela o esperou na área de serviço, mas ele entrou na casa pela escada principal. Cinco minutos mais tarde, ele chegou ao apartamento. Montserrat achou que estavam suficientemente íntimos para que ela pudesse lhe perguntar o porquê, mas o que ele disse, retornando à sua antiga postura, foi que aquela casa era dele e que estaria danado se passasse pela entrada dos criados. Era a primeira vez que ela ouvia alguém falar a palavra *danado* desde o seu avô tê-la dito quando era uma menininha.

Esperara uma ligação dele no dia seguinte. A essa altura já deveria ter se acostumado com a falta de ligações quando qualquer outro faria o contrário, mas não era o caso. Estava com medo de telefoná-lo no trabalho, e, quando deixava mensagens no apartamento em Medway Manor Court, ele nunca as respondia. Era hora de Preston conversar sobre seu divórcio, pensava Montserrat, e sobre morarem juntos, até quem sabe mencionar um casamento como algo a se pensar. Ela tinha que vê-lo; preferencialmente naquela noite. Uma conversa cara a cara era necessária. Montserrat o conduziria em direção ao planejamento do futuro.

Talvez tivesse sido bom ela não ter obtido êxito em descongelar as maçanetas, porque estava nevando de novo e seu telefone celular a informava que a previsão era de que haveria uma pesada geada durante a noite. O carro pareceria um iglu de manhã. Suas botas novas não eram glamorosas nem elegantes o bastante para um encontro com Preston. Então ela colocou um scarpin preto, mas de couro em vez de camurça, com um salto de apenas três centímetros. Aquela não era a hora para se quebrar o tornozelo. Seu único casaco grosso, de lã preta com lapela de pele de carneiro falsa, estava surrado, mas era o mais quente que tinha. A primeira coisa que faria Preston comprar para ela quando estivessem morando juntos era um casaco de peles de verdade.

A calçada dali até a Estação Victória tinha sido coberta de areia. A neve que ali caía se transformava em um tipo de sopa avermelhada. Seus sapatos chapinhavam no líquido arenoso, e ela lamentou não ter ido de bota. Havia poucas pessoas por ali, por isso ela achou estranho ver Dex pela segunda vez no mesmo dia. Virou-se antes de atravessar a rua para verificar se não vinha ninguém e lá estava ele, aparentemente fazendo o mesmo caminho que ela. O sujeito morava em algum lugar por ali, não morava? Também devia estar indo pegar o metrô.

Dentro da estação ela parou e ligou para o telefone fixo de Preston. Tinha que ser o telefone fixo, pois ela não sabia o número do celular dele. É claro que a ligação não foi atendida, mas isso não significava nada. Naquela hora era bem provável que estivesse em casa. Montserrat desceu a escada rolante e, na metade do caminho, escutou o sistema público de informações pronunciar que havia atrasos na linha Circle. Nada, porém, sobre os trens não estarem funcionando. A plataforma estava lotada, densamente abarrotada de pessoas. Montserrat sabia que o melhor era ficar no final do lado esquerdo ou direito, porque geralmente havia assentos vagos nos carros das extremidades.

Avançou com dificuldade, forçando caminho em direção à ponta esquerda. O letreiro informava que um trem chegaria em um minuto. A ideia daquela parte da plataforma, assim como a extremidade do trem, estar menos lotada naquela noite acabou não sendo verdade. Alguém na beirada da plataforma se virou e lhe disse:

— Não empurra.

Ao que ela respondeu:

— Desculpa.

Mas continuou empurrando até chegar à beirada da plataforma, calculando exatamente onde a porta dupla do último vagão abriria. Era possível ouvir o trem a certa distância, uma espécie de troar trepidante nos trilhos logo antes do feixe de seus faróis. Algo pressionou suas costas, um toque leve, depois uma pressão mais forte. Ela gritou, tropeçou na beirada, mas se segurou em um homem de um lado e em uma mulher do outro, agarrando-se e soltando um berro. Teria caído se não fosse pelos dois que a seguraram e puxaram de volta.

O trem chegou, preenchendo o espaço letal onde a morte por eletrocussão aguardava. A maioria das pessoas entrou no trem, mas não os dois que a tinham segurado. Deram-lhe apoio até um assento, o último na plataforma, e ela ficou meio sentada, meio deitada, fazendo uns sonzinhos chorosos. O homem perguntou a ela o que aconteceu.

— Eu não sei, alguém me empurrou.

— Você viu quem foi?

— Não olhei.

Montserrat olhou para cada um deles.

— Obrigada, eu quase caí. Teria caído se não fossem vocês.

A mulher a ajudou a subir a escada rolante novamente e a colocou em um táxi. Montserrat pediu que fosse para Hexam Place, mas quando o carro já estava em movimento mudou de ideia e pediu para ir para Medway Manor Court. Precisava desesperadamente de alguém que cuidasse dela, que a abraçasse e a consolasse. O que ela realmente precisava era de alguém para amá-la, porém duvidava que Preston faria isso.

— Foi imaginação sua — disse ele, depois de tê-la deixado entrar no apartamento. — Só pode. Essas coisas não acontecem.

— Essa aconteceu.

Ele não a abraçou ou demonstrou qualquer compaixão, mas lhe deu brandy, o que era um tipo de cuidado.

— Por favor, Preston, me deixa ficar aqui? Vou estar bem de manhã. Só estou com medo de ir lá fora à noite

— Gostaria que você não falasse comigo como se eu fosse um monstro. "Por favor, Preston, me deixa ficar aqui?" É claro que você pode ficar aqui.

— Obrigada — disse ela de maneira com um tom humilde, perguntando em seguida: — O Q no seu nome é de quê?

— Nem queira saber — respondeu ele, porém sorrindo.

— Eu quero. Quero mesmo.

Teria que estar pronta para pronunciá-lo quando se casassem.

— Quintilian — informou ele.

A NEVE QUE caiu deixou uma camada de aproximadamente cinco centímetros.

— Você quer dizer de duas polegadas — falou June.

Ela era a criada mais antiga em Hexam Place e a única a limpar a calçada do lado de fora da casa que ocupavam ou em que trabalhavam.

Zinnia se recusava a limpar do lado de fora em todo e qualquer lugar e falava para quem quisesse ouvir que isso não era trabalho dela. No número 11, Richard e Sondra concordaram em não tocar no assunto a não ser que um dos patrões pedisse. Simon Jefferson disse a Jimmy que nem em sonho esperava que o rapaz executasse tal tarefa, limpando por conta própria seu pedacinho de calçada. Em todo o restante a neve permanecia intocada, era pisoteada pelos pedestres que se aventuravam a sair, derretia em um dia mais brando e congelava novamente durante a noite, criando lâminas de gelo.

Foi em um dia de renovado frio que June escorregou quando estava empurrando a Princesa em sua nova cadeira de rodas. June caiu, a cadeira capotou e a Princesa foi derrubada. Esse infortúnio foi testemunhado por Lucy, descendo de um táxi, Roland subindo a escada do número 8 e, olhando pela janela da frente, Thea, que também viu Lucy e Roland "passando pelo outro lado", como ela mesma disse. A descida da moça pela escada, falando ao telefone e dando o seu melhor para colocar as duas mulheres de pé, foi a encenação da Parábola do Bom Samaritano.

A Princesa estava gritando que tinha quebrado o quadril, sem muita evidência para fundamentar a alegação. June, por sua vez, havia de fato quebrado o pulso ao esticá-lo em uma vã tentativa de amortecer sua queda. Uma ambulância chegou e levou ambas embora. Um paramédico perguntou a Thea, sob a equivocada impressão de que era filha de uma das duas senhoras, se ela gostaria de ir com eles e, embora não quisesse, disse que queria, é claro.

A vida se tornou uma espécie de inatividade. O único trabalho que restara a Dex eram as três horas semanais para o Dr. Jefferson. Todos sabiam que ele só o tinha devido à bondade do coração do médico. Dex considerou bater de porta em porta, oferecendo-se para limpar a neve, já que havia caído mais no fim de semana. Mas era somente uma camada fina, que derreteu no sábado à tarde. Beacon dissera a ele que, por receber aquele pagamento do governo que tinha um nome que ele não conseguia pronunciar, Dex não deveria ganhar mais dinheiro trabalhando. Mas o Dr. Jefferson lhe dava dinheiro, então isso deveria estar correto. Dex estava mais perturbado por ter falhado com Peach e se perguntava se deveria tentar um segundo ataque.

A FASE DE iogurte da Princesa havia durado mais do que o usual, tendo cedido enfim em um momento em que transtornos nos hábitos alimentares no número 6 eram completamente desnecessários. Ela disse que nunca mais ia querer um pouquinho de iogurte nem pelo resto da vida. Era *muesli* o que ela desejava, algo que experimentara no hotel em Florença e novamente em um daqueles sonhos com os quais ela presenteava June quando seu café da manhã era servido no quarto. No sonho seu marido Luciano fora envenenado por um pote de iogurte por uma camareira que dava a impressão de estar servindo a ele uma poção do amor.

Não mais capaz de carregar uma bandeja, June transportava o bule de café, a torrada, manteiga e mel e o não mais desejado iogurte em um carrinho de compras que tinha que ser carregado degrau por degrau. O gesso em seu braço direito se estendia desde as juntas dos dedos até o cotovelo. Então havia muitas tarefas das quais teve que desistir. Não podia empurrar a cadeira de rodas nem passear com Gussie. A Princesa tinha de ficar em casa cuidando de suas contusões enquanto Gussie perambulava de cômodo em cômodo, choramingando. Se ao menos Rad ainda estivesse vivo, June o faria assinar seu gesso, mas Rocksana Castelli estava disposta a fazer isso e a levar ao número 6 diversas outras celebridades de segunda que ela conhecera durante a sua associação com o ator. A ideia de June era conseguir uma quantidade de nomes famosos suficiente para transformar o seu gesso em um item valioso para então leiloá-lo no Dugongo. Ted Goldsworth, o dono do pub, administrava uma instituição de caridade para levantar dinheiro para os órfãos de Moldovan, e June chegou à conclusão de que, se ela quisesse receber a aprovação em Hexam Place, teria que dar a quantia do leilão a ele, embora ela preferisse muito mais guardá-la para si. O médico que colocara o gesso havia prometido cortá-lo com o maior cuidado quando chegasse a hora, de forma a não danificar os autógrafos.

BEACON FICOU SURPRESO e um pouco perturbado com a solicitação (ordem) do Sr. Still para que deixasse o Audi com ele durante a noite. O ônibus ia de uma porta à outra, então não doeria pegá-lo para ir para casa à noite e voltar de manhã. Qual, afinal de contas, era o propósito, disse o Sr. Still, de se pagar o enorme custo de um estacionamento para moradores se ele nunca era usado? Como a maioria dos motoristas empregados por homens ricos, Beacon chegara a considerar o Audi, se não propriamente seu, um veículo que parcialmente lhe pertencia. Mais da metade, de toda forma. O direito de dar ordens era do Sr. Still, contudo, e Beacon, é claro, era obediente.

Ultimamente o Sr. Still estava indo para casa bem mais cedo do que no passado. Desaprovando de forma generalizada quase tudo que fazia seu patrão, a esposa de seu patrão e de certa forma os filhos de seu patrão e seu estilo de vida, Beacon supôs que chegar em casa em Medway Manor Court era mais agradável do que em Hexam Place, pois a Sra. Still estava presente nessa e não naquela. Nessa noite, entretanto, era para Hexam Place que ele estava indo às 19h, e o carro deveria ser estacionado nos sulcos de neve derretida atrás de um Golf muito velho, propriedade de Montserrat. A *au pair* estava ali, derramando água quente com uma leiteira nas maçanetas das portas. Beacon disse a si mesmo que, se eles tivessem entrado juntos na casa, ele entregaria ao Sr. Still seu pedido de demissão no dia seguinte. Presenciar tal imoralidade era mais do podia suportar, quanto mais arriscar contaminar Dorothee, Solomon e William por associação. Ele foi poupado da necessidade de ter que abrir mão de seu emprego nesses tempos difíceis, porque, enquanto Montserrat descia a escada que dava na área de serviço, o Sr. Still subia a da porta principal. Beacon foi embora, então, para pegar o ônibus para casa.

Montserrat serviu duas taças de vinho, sentou-se para esperar Preston e contemplou seu reflexo no espelho. Era uma imagem a ser admirada, o longo e decotado vestido vermelho-escuro — comprado com as cinco notas de vinte libras que ele havia inesperadamente pressionado na mão dela —, o cabelo arrumado pela irmã de Thea e o batom vermelho-escuro que combinava com o vestido. O dinheiro, ela supôs, era uma recompensa por não ter contado à polícia e a mais ninguém sobre o "acidente" de Rad. Por que contaria? Não ganharia nada com isso.

Preston entrou cinco minutos depois. Ela não se importava mais com o fato de ele não bater. Tinham atingido um estágio íntimo demais em sua relação para que se incomodasse com coisas desse tipo. Ele a beijou e disse:

— Nada de táxi hoje à noite. Nós vamos de carro, e eu vou dirigir.

Ela gostou do "nós", mas a ideia de ir de carro a um restaurante distante era menos aceitável.

— A neblina hoje vai estar gelada, querido.

Ele não protestava mais quando ela o chamava dessa maneira.

— A gente pode comprar o nosso jantar e levá-lo pra sua casa ou trazê-lo pra cá.

— Odeio comida pra viagem — afirmou ele retornando à sua antiga postura.

— Então tá, se tem certeza. Vou só guardar o meu carro.

Ele se levantou e disse:

— Deixe que eu faço isso pra você.

Esses favores, *qualquer* favor, eram novos.

— Obrigada, querido.

Ela passou as chaves do carro para ele.

— Quem sabe você abre a porta da garagem.

Ela saiu pela porta do porão depois de tê-lo visto subir novamente para o térreo e a porta principal. A neblina estava começando e, branca e muito gelada, pairava no ar sem vento. Não havia ninguém por ali a não ser Thea, indo para o número 6 cuidar de June e da Princesa. Montserrat acenou para ela, escorregou e quase caiu sobre uma lâmina de gelo que, cobrindo metade da calçada, descongelava. Preston já estava sentado no carro dela, com o motor ligado e os faróis acesos. Ele não demonstrou ter reparado a sua presença, apesar de ser bem provável que a tivesse visto. Era um homem estranho, frio e duro, como o clima. Mas ela se casaria com ele. Mais cedo, no telefone, ele falara sobre o iminente divórcio, a venda da casa e o que ele chamava de "uma divisão de espólios". Ela se casaria com Preston e ficaria com alguns desses espólios como compensação pelo que seria viver com ele.

Montserrat destrancou a porta da garagem e a abriu. O interruptor estava do lado de dentro à esquerda; porém, quando ela o pressionou, a luz não acendeu. Os faróis do carro seriam suficientes. Ela foi para o fundo da garagem, ficou em pé ali e começou a gesticular para que ele entrasse. Era uma garagem de tamanho padrão, estreitada por coisas empilhadas ao longo das paredes dos dois lados: uma cama dobrável que ela estava guardando para um amigo do pai dela, quatro malas de vários tamanhos, sacolas plásticas contendo roupa de cama.

Ela não esperava que ele acendesse o farol alto enquanto dirigia em direção a ela. Gesticulando com as duas mãos, recuou e se afastou uns dois passos, cega por aquelas luzes cujo brilho a forçou a fechar os olhos. Tentou pará-lo dando tapinhas no carro com as mãos, mas soltou um berro quando em vez de frear ele acelerou. Ela se jogou com os braços e as pernas abertos no capô do carro e se agarrou aos limpadores de para-brisa.

Não havia mais necessidade de gritar. Estava viva. Mas continuou, pelo alívio que gritar lhe dava, deixando em seguida escapar os resquícios de terror com gritos agudos curtos e gemidos.

CAPÍTULO VINTE

A primeira coisa que ele fez foi afirmar que a culpa era dela.

— Você só pode culpar a si mesma. O que deu em você para ficar lá gesticulando pra mim? Você acha que eu não sei colocar um carro na garagem?

Se ela tentasse falar, começaria a chorar. Desceu do capô do carro deslizando da melhor maneira que pôde, passou escorregando pela grade, por aquelas luzes flamejantes e rasgou seu vestido. Ele seguiu, fazendo sua arenga.

— Eu sempre tive como princípio não ter nada com mulheres assertivas demais. E, quando eu vou contra ele, isso é o que acontece. Eu lhe disse que guardaria o carro para você e, em vez de me deixar dar prosseguimento a essa tarefa perfeitamente simples e objetiva, você se intromete e quase se mata.

Esfregando os braços e as coxas, girando o pescoço para um lado e para o outro, Montserrat ficou tão perto de Preston que sua testa quase tocou o queixo dele. Ela levantou a cabeça e disse:

— Você quase me matou, é isso o que você está falando.

Então ele gritou para ela:

— Não seja boba!

— Era isso o que pretendia?

Estavam de pé entre a ponta da cama dobrável e uma sacola de cobertor e lençol. Ele a pegou pelos ombros e começou a sacudi-la. Montserrat se debateu, berrando e gritando no rosto dele, e nesse momento um homem entrou pela porta aberta da garagem, passando apertado entre o carro e as malas. Era Ciaran.

— O que está acontecendo aqui?

— Não é da sua conta — disse Preston.

— Se você está agredindo uma mulher, isso é da conta de qualquer pessoa. Em primeiro lugar, é da conta da polícia. Agora tire as mãos dela.

Para surpresa de Montserrat, Preston tirou.

— Está bem, Montserrat. Vamos embora.

— Ela não vai a lugar nenhum com você — afirmou Ciaran.

— Quem é essa pessoa, Montsy?

Preston a chamara com aquele apelido duas vezes seguidas. Talvez o que acontecera na garagem tivesse sido culpa dela, no fim das contas.

— Um amigo meu — respondeu ela.

— Sou o namorado dela — disse Ciaran.

— Isso é verdade?

— E se for? Você não tem nada a ver com isso.

— Você sabe onde vou estar se precisar de mim — Ciaran falou para Montserrat. — É só me ligar que eu venho. Qualquer hora. Vou adorar poder ajudar.

Ele se afastou, caminhando pela ruazinha. Montserrat o seguiu por alguns metros, depois parou quando Preston fechou a porta da garagem. Ele tentou pegar o braço dela.

— Você não está mesmo se encontrando com aquele sujeito, está?

— Estava. Posso voltar a me encontrar. Vou pra casa agora e quem sabe dou uma ligada pra ele. Preciso de alguém pra me proteger de pessoas como você.

— Presta atenção, Montsy, o que foi que eu fiz? Se você tivesse uma luz naquela garagem eu não teria que acender o farol. Eu teria conseguido ver você, não ficaria cego pela claridade. Foi um acidente, você sabe disso.

— Tudo pra você é acidente. Sei que você tentou me machucar. Você tentou, Preston. Não estou falando que tentou me matar, mas me machucar para eu saber quem é que manda, para que eu não queira ser assertiva demais. Você mesmo falou, deve ter sido isso o que você queria dizer.

Ele a segurou pelo braço, não gentilmente, mas agarrando-o com força.

— Vem comigo, vamos no meu carro para Medway Manor Court. Há um ótimo restaurante italiano na esquina, vamos lá.

— Não vamos, não — disse ela sacudindo o braço para se livrar dele. — Vou ficar cheia de hematomas. Conheço seus restaurantezinhos italianos. Eu vou pra casa.

Juntas e trancadas o dia todo, a Princesa e June implicavam uma com a outra incessantemente. Gussie não passeava até que Rocksana aparecia com chocolates e flores e se oferecia para sair com ele. Ela acabou se mostrando uma garota muito gentil, no final das contas. Assinou o gesso de June com caneta verde e no dia seguinte levou uma cantora pop cujo nome e cuja foto mais tarde estariam em todos os jornais e revistas. Rocksana disse a June que, se ela entrasse na internet, a primeira imagem que veria seria dessa cantora anunciando sua nova autobiografia e dando conselhos sobre como perder peso sem sofrimento. A cantora também assinou o gesso e prometeu que seu marido, um famoso apresentador de TV, faria uma visita no dia seguinte para autografar com caneta roxa. Isso era tudo o que June mais desejava, mas ia diretamente contra os desejos da Princesa, que reclamava que todos aquelas visitas estavam acabando com todo o estoque de gim da casa.

Durante a discussão, Thea chegou com comida chinesa para viagem, torradas do Dr. Karg e um pedaço de queijo Shropshire Blue. Ela admirou os autógrafos, realmente impressionada por alguns dos nomes particularmente mais celebrados, e fez um pedido:

— Posso assinar?

Isso era o que June temia.

— Receio que não. Veja bem, é somente para celebridades, personalidades televisivas e gente assim. É, eu sei que a Princesa assinou, mas ela *é* uma princesa.

As duas tinham resolvido suas diferenças e por hora pareciam melhores amigas.

— Acho que isso faz dela uma exceção, você não acha?

Thea não achava. Ficou muito magoada, muito mais magoada do que teria imaginado ficar caso tivesse conseguido prever essa situação. Mas não falou nada; simplesmente ficou parada de pé ali, observando a Princesa examinar o interior dos vários potezinhos de plástico de arroz, carne de porco, frango, vegetais.

— Na verdade, não gosto muito de comida chinesa.

— Nossa, pensei que gostasse.

— A gente pode comer os biscoitos e o queijo — disse June. — Você se importa de levar o Gussie pra dar uma volta na quadra?

Thea não era capaz de recusar. Ela raramente negava. Pediriam para ela empurrar a cadeira de rodas da Princesa em seguida. Era preciso, antes, colocar o casaco de Gussie, um exercício que geralmente resultava em mordidas. Levando a comida com a certeza de que ela mesma teria que comê-la — Damian e Roland certamente não iriam querer —, foi até a Ebury Bridge Road com o cachorro e depois voltou, reparando na única coisa com a qual podia se alegrar: estava fazendo muito menos frio do que antes.

O Viveiro Belgrave era diferente da maioria dos outros centros de jardinagem, visto que eles plantavam suas árvores de Natal em vasos antes de entregá-las. Tais vasos, como dizia Abram Siddiqui, eram obras de arte por si só: papais-noéis, renas, fadas de tutu, tudo pintado em um cenário de montanhas nevadas e céu azul marinho com estrelas cintilantes. Khalid assumiu a responsabilidade de entregá-las, sobretudo, com o intuito de levar a mais bonita para o número 7 em Hexam Place e com isso ver Rabia.

Era verdade que o Natal e suas árvores não significavam nada para nenhum dos dois. As pinturas nos vasos, apesar de não deixar de admirá-las pela habilidade do artista e pelo sucesso comercial, considerava quase blasfêmias; elas retratavam animais e, pior, a figura humana em várias formas. No entanto, aqueles vasos pintados eram um grande atrativo de vendas e levaria a um aumento nos pedidos para o Natal seguinte.

Rabia viu a van dele ser estacionada do lado de fora pela janela do berçário. Estava sentada em uma poltrona acolchoada em linho azul com bolinhas brancas e, para ver pela janela, suspendeu Thomas, que, com seu macacão listrado de azul e branco, estava de pé em seu colo. Uma bela imagem.

— Olha, Thomas, a van do Sr. Iqbal chegou e lá está o Sr. Iqbal tirando dela a árvore que vai trazer para nós.

Aquela imagem provocou um grande entusiasmo. Thomas pulava para cima e para baixo com força nas coxas de Rabia, mas ela não deu sinal algum de que ele a machucava. O prazer dele compensava-lhe a dor. A árvore de Natal em seu vaso pintado era um objeto bonito mesmo antes de ser decorada. Khalid Iqbal estava subindo a escada da entrada principal. Ela mesma descer para deixá-lo entrar era desnecessário, Rabia decidiu; o encorajaria demais. Zinnia poderia fazer aquilo. Ainda assim, enquanto cobria a cabeça apressadamente, colocando Thomas no chão e ensinando-lhe as coisas educadas a serem ditas quando Khalid chegasse à porta do berçário, ela tentou em vão conter uma pequena onda se não de muita excitação, de feliz expectativa por aquele belo e gentil homem que a admirava estar fazendo-lhe uma visita.

Thomas, cuja habilidade com a língua tinha se desenvolvido a passos largos, soltou o verbo no momento em que a porta se abriu:

— Oi, Sr. Iqbal, tudo bem?

Khalid disse que estava bem, obrigado, e que esperava que Thomas também estivesse, mas seus expressivos olhos escuros permaneceram sobre Rabia enquanto colocava a árvore no chão e perguntava a ela onde gostaria que a pusesse. Thomas dançava para lá e para cá, apontando para um lugar depois do outro.

— Aqui, aqui, aqui... não, aqui.

— Sra. Ali?

— Acho que entre as janelas, Sr. Iqbal. Assim, quando as cortinas estiverem fechadas, vão fazer um belo pano de fundo para ela.

— A senhora está certa — disse ele, com um tom que deixava implícito que ela sempre estaria certa. — Gostou da árvore? Está satisfeita com ela?

Não queria encorajá-lo demais.

— Tenho certeza de que a Sra. Still ficará encantadíssima. É exatamente o que ela queria.

Com isso ele deveria ficar satisfeito. Ela pegou Thomas e o levantou para que conseguisse colocar uma mão no galho mais alto do abeto.

— É aí que a fadinha de Natal vai ficar. No ano passado você estava muito novo para entender.

— Grande agora — gritou Thomas. — Cresci!

Khalid disse com seu tom gentil e respeitoso:

— Minha mãe escreveu um bilhete e me pediu para entregá-lo a você, Sra. Ali. Creio que seja um convite.

Rabia pegou o envelope rosa-claro, consciente de que estava ficando profundamente ruborizada. De olhos negros, mas com uma pele clara como a de uma mulher branca, ela sabia que ele devia notar como o sangue se amontoava em suas bochechas pálidas. O cartão no envelope que ela abriu quando ele já tinha partido a convidava para um chá no domingo seguinte. O pai dela também estaria lá, e a assinatura era de Khadiya Iqbal. Ela escreveu um bilhetinho muito educado aceitando. Seria no fim de semana em que o Sr. Still ficaria com as crianças, e ele queria que ela os acompanhasse à Gallowmill Hall no sábado. É claro que ele não conseguiria dar conta delas sozinho; Rabia entendia isso. Arranjou coragem e perguntou ao Sr. Still se seria possível estarem de volta no domingo à tarde, pois havia sido convidada para um chá. Rabia teve a impressão de que o patrão se alegrou bastante com a possibilidade de retornar cedo. Não haveria problema, disse ele; estariam de volta na hora do almoço e ele tinha ciência de que Rabia estava abrindo mão do dia de folga dela para acompanhá-los.

PERMANECIA FRIO, PORÉM não caíra mais neve em Londres. Seguiram-se dias secos e então um dia de chuva chegou para lavar o resto da neve pousado sobre os carros e as calçadas. Thea evitava a Oxford Street nos fins de semana, mas tirou uma manhã de folga no trabalho para fazer compras de Natal para June e a Princesa. Os presentes que queriam eram de uma para a outra, chinelos para June da Princesa e uma caixa de presente de colônia e creme de corpo produzida por um caro *perfimier* de June para a Princesa. June demonstrou muita incredulidade quando Thea disse a ela quanto custou e, ao pagá-la com notas de vinte libras, deu-lhe três, em vez de quatro, o que depois negou. Não adiantava argumentar, de forma que Thea se conformou com a perda. Ela comprou um cachecol para Jimmy que, por ficar ao volante do carro na maior parte do tempo, ele nunca usaria.

Depois de sua última aula antes do feriado de Natal começar, ela saiu às 19h e se aventurou na multidão em West End. Tinha esquecido que na quinta-feira as lojas ficavam abertas até tarde da noite, mas ainda tinha que comprar os presentes para Damian e Roland. Eles também deveriam dar algo a ela. Estava olhando vitrines, procurando inspiração, quando se pegou no meio de um grupo de garotos adolescentes de capuz saindo de um pub. Como os atormentadores anteriores, estavam empenhados a ridicularizá-la por causa de seu cabelo ruivo. Um deles, inclusive, puxou e tirou o cachecol que cobria metade dele. Às lágrimas, em parte por exaustão, Thea escapou subindo em um ônibus e ligou para a irmã, a cabeleireira. Ela poderia tingir seu cabelo de castanho escuro ou preto?

— Mas o seu cabelo tem uma cor linda.

Thea estava relutante em dizer a Chloe a razão.

— Estou cheia dele. Quero mudar.

Chloe iria, naquela noite se Thea quisesse.

— Mas não vai combinar com você.

— Quem se importa com isso?

Mais uma vez foi necessário dizer a Jimmy que eles se beneficiariam de mais uma noite separados.

TOMANDO UMA XÍCARA de chá com Rabia no sábado de manhã, Montserrat disse que era uma ideia esquisita levar as crianças para Gallowmill com um tempo daqueles. O que eles fariam lá? Os campos ainda estariam cobertos de neve. Ela se esqueceu por um momento de que supostamente nunca estivera lá e sequer deveria saber onde era a casa, mas a babá pareceu não notar. Rabia estava fazendo as malas, uma para cada criança, e ansiava estar pronta e com tudo arrumado quando o Sr. Still chegasse às 10h.

— Fico me perguntando por que ele chamou você — disse Montserrat.

— Pra cuidar das crianças. Esse é o meu trabalho.

— É, é isso mesmo.

Ela se considerava uma escolha mais apropriada, sobretudo, por ele ter se desculpado várias vezes desde o acidente de carro, além de explicado e falado repetidamente que não sabia o que tinha acontecido com ele. Até porque, se as coisas dessem certo, e elas com certeza dariam, ela e as crianças teriam que se conhecer.

— É, bom, espero que você não congele até a morte.

Rabia lavou as xícaras delas, educadamente dispensou Montserrat e desceu para buscar as garotas no quarto de Lucy, onde elas estavam brincando com a maquiagem da mãe.

— Estou tão aliviada por não ter que ir — foi o comentário de despedida de Lucy.

Beacon fora persuadido a levar o Audi a Medway Manor Court e voltar para casa, para seu desgosto, de ônibus. Uma boa quantidade de seus vizinhos achava que o carro era dele e, embora ele mesmo fosse correto demais para ter mentido sobre isso, Dorothee não negava quando as pessoas falavam sobre "o seu carro". O Sr. Still chegou ao número 7 em Hexam Place às 10h05, trazendo consigo uma cesta da Harrods para evitar ter que parar no supermercado no caminho. Rabia sorriu e disse que era uma boa ideia, apesar de seu verdadeiro temor ser o de que a comida fosse do tipo não muito apropriado para crianças — empadão de caça, perdiz assada, pêssegos em conserva, entre outras coisas — e torcer para que o caseiro de Gallowmill Hall tivesse estocado a geladeira com o básico.

Por mais que quisesse ficar confortável no colo de Rabia, Thomas tinha que se sentar na cadeirinha de bebê. Essa era a lei, disse o Sr. Still. Houve lágrimas, pirraça e muito chute no banco da frente, mas, depois que já estavam a caminho e Thomas viu e ouviu um carro de bombeiros percorrendo com a sirene ligada o seu caminho para um incêndio, ele se acalmou e começou a se divertir. O Sr. Still estava de bom humor ou talvez somente fazendo uma boa encenação, não muito para seus filhos, mas para Rabia. Antes de partirem, pediu a ela o número do telefone de Dex. Já o pegara uma vez, mas o tinha perdido e ouvira falar que ela possuía uma extraordinária memória para números. Deveria sabê-lo de cabeça. Rabia sabia e o anotou para ele. O Sr. Still sorriu, agradeceu e insistiu para que sentasse na frente ao lado dele, apesar de Matilda ter reivindicado que aquele lugar era da filha mais velha. Mas não, devia ser de Rabia.

— É muita bondade da Rabia abrir mão do dia de folga dela para vir conosco — disse ele. — Nós não nos sairíamos muito bem sem ela, sairíamos?

As meninas estavam mal-humoradas.

Thomas disse:

— Quer Rab, quer sentar nela. — E começou a fazer um barulho como o do carro de bombeiro.

Estava muito frio, embora o interior do carro tivesse esquentado rapidamente. Os campos, como Montserrat previra, estavam cobertos de neve. Veados ficavam amontoados sob as árvores peladas alimentando-se de feixes de feno. Uma luz estava acesa na entrada de Gallowmill Hall, prova da recente presença dos caseiros, assim como o calor do interior da casa que os envolveu quando o Sr. Still abriu a porta da frente. Rabia esperava ela mesma carregar as malas para dentro, mas o Sr. Still ordenou:

— Espera, deixe-me fazer isso.

E se transformou em um porteiro muito eficiente enquanto ela entrava com Thomas.

As crianças Still não eram do tipo que gostavam de brincar na neve. Talvez um dia Thomas acabasse sendo, mas Matilda e Hero tinham tanta aversão à natureza quanto sua mãe. Elas ficaram no calor em frente à televisão, e Thomas disse que iria ajudar Rabia na cozinha. A geladeira, como ela havia desejado, estava bem estocada com pão e queijo, salada em sacolas de celofane e frutas em embalagens plásticas. O Sr. Still havia desaparecido. Ela conseguia ouvir, ao longe, marteladas e um som como o de algo pesado sendo arrastado pelo chão.

A escuridão chegaria cedo. Muito em breve seria o dia mais curto do ano, com alvorada às 8h e a noite chegando às 16h. O Sr. Still chamou a atenção para tudo isso quando se sentaram para almoçar. Sendo assim, eles deviam certificar-se de sair ao ar livre enquanto ainda estivessem em plena luz do dia.

— Por que é plena, papai? — indagou Hero. — Por que não completa ou total?

Ele não sabia.

— Eu tenho uma surpresa para vocês — disse o Sr. Still, dando um sorriso que deixava evidente seu máximo empenho para se mostrar um pai afável e amoroso. — Nós não comemoramos a Noite das Fogueiras e vocês não foram a nenhuma festa. Perderam a celebração, o que é uma pena. Então pensei que podíamos improvisar uma aqui, esta tarde. Vamos fazer uma fogueira; eu trouxe um monte de fogos de artifício. O que vocês acham?

— Eu odeio fogos de artifício — afirmou Matilda depois de tirar um pedaço de empadão de caça da boca e o colocar do lado no prato. — Tem uma garota na minha escola que queimou a mão com um e foi tão feio que tiveram que amputar o dedinho dela.

— Ai, eca — reclamou Hero. — Não consigo comer mais. Isso acabou com o meu almoço. É nojento.

— Ela é americana e os americanos chamam o dedinho de *pinkie*, mesmo ele não sendo rosa. Aí ela pediu ao médico para ficar com o *pinkie* queimado, mas não deixaram.

Rabia quis repreender as garotas, mas não gostava de fazer isso com o Sr. Still presente. Ele era quem deveria fazer isso e de repente o fez, gritando:

— Agora chega. Não quero ouvir mais nem uma palavra de vocês até terem limpado os pratos. Escutaram?

Hero se levantou e saiu da sala. Matilda começou a gargalhar, o que entusiasmou Thomas. Ele jogara a maior parte de sua comida no chão, felizmente um tipo de madeira laminada.

— Por favor, me dê licença, Sr. Still — pediu Rabia —, para levá-lo à cozinha e dar o almoço a ele lá.

Ela conseguiu alimentá-lo, limpar seu rosto e mãos, e levá-lo juntamente com suas irmãs, duas rabugentas, ao gramado e para os campos além do portão. Lá, um sol espasmódico e a temperatura um pouquinho acima de zero derretera a neve remanescente. O Sr. Still, determinado a ser divertido, tinha montado uma fogueira que ela imediatamente pôde ver que não queimaria. Usara gravetos úmidos da mata, empilhados com tábuas maciças, e ao lado havia uma lata de algo que ela tinha quase certeza ser gasolina.

— Desculpe, Sr. Still, mas não acredito que aquilo vá pegar fogo. Será que eu posso... reorganizar as coisas um pouco? Você acha que a gente consegue um pouco de jornal? E, me desculpe, mas se o senhor colocar gasolina naquilo é provável que incendeie as árvores.

E o senhor também, ela pensou, mas não falou em voz alta.

Em vez de ficar irritado como ela esperava e temia, ele saiu para buscar pilhas de jornal e uma garrafa plástica de querosene. Sujando as mãos — isso era inevitável —, Rabia se agachou e refez a fogueira. O que ele estava queimando além de galhos e troncos? Ela agora sabia o que tinham sido aqueles barulhos de marteladas e coisas sendo arrastadas. Havia muita madeira e pedaços de plástico que haviam sido cortados por alguém que dificilmente cortara alguma coisa antes. O Sr. Still tinha rachado, quebrado e despedaçado uma coisa que a princípio ela considerou ser um barco e depois identificou como uma daquelas caixas de bagagem que as pessoas carregam no teto dos carros. Bem, ele sabia muito bem o que fazia, ela teria gostado de acreditar, mas não foi capaz. A fogueira estava pronta para ser acesa. Rabia andou para trás, afastou-se muito dela, tomando Thomas nos braços e mantendo as meninas consigo. O Sr. Still espalhou o querosene e jogou um fósforo na fogueira.

Rabia estremeceu quando pensou no que poderia ter acontecido se o tivesse deixado usar gasolina. O fogo firmou e as chamas aumentavam cada vez mais até chegarem a lamber a parte inferior envernizada daquela espécie de maleiro. O Sr. Still soltou o primeiro dos seus rojões, um verde e cinza que explodiu em fontes esmeralda.

— Estou entediada — disse Matilda.

— Eu lembro quando o meu pai quebrou o pulso — comentou a Princesa no domingo de manhã. — Levou três meses até ele conseguir usar o braço de novo.

— Aquilo foi diferente — respondeu June contemplando os ilustres autógrafos. — Não importou muito. Você me falou que ele era canhoto.

— Ele conseguia usar as duas, era ambidestro. Só estou te contando porque isso quer dizer que você não vai recuperar o uso do seu braço até março e é terrível um pobre cachorro ter que depender da gentileza de visitantes o tempo todo.

June disse que tudo bem, ela sairia com Gussie, mas se caísse e quebrasse o outro pulso não seria para a Princesa dizer que ela não tinha avisado. Ela o levava lentamente, com Gussie na frente dando puxões. O Sr. Still, dessa vez na direção, teve que parar repentinamente para evitar atropelá-la em frente à casa do Dr. Jefferson. A freada fez os pneus cantarem e, para completar, ele buzinou. Estava abrindo a janela para falar algo com ela, mas June o açambarcou. Seu tom era azedo.

— Melhor deixar a direção com o Beacon da próxima vez.

Ela observou o carro estacionar em frente ao número 7 e aquelas filhas mal comportadas saírem. Em seguida — surpresa, surpresa — saiu Rabia. Nenhum sinal de Lucy, é claro. Rabia estava carregando Thomas. Adorava aquela criança. Seria difícil para ela quando o número 7 fosse vendido, o Sr. Still comprasse aquele lugar que estava à venda ao lado da casa da irmã dele e Lucy levasse as crianças para a casa de campo dos seus pais. Havia rumores de que a babá da própria Lucy ainda morava lá, e Rabia não seria necessária. June continuou a dar a volta na quadra e escorregou uma vez, com o coração na boca, mas afinal sem nenhum dano.

CAPÍTULO VINTE E UM

Desde que se tornara namorada de Jimmy, Thea vinha fumando muito mais. Damian e Roland notaram e comentaram sobre o cheiro nas roupas dela.

— Espero que não se entregue ao vício enquanto estiver preparando a comida para a nossa festa — disse Roland.

— É estresse — comentou Thea com a irmã enquanto ela arrumava seu cabelo. — Ficar noiva não combina comigo.

— Você quer dizer ficar noiva do Jimmy não combina com você — disse Chloe, pintando uma atrás da outra as mechas de cabelo ruivo com uma tintura viscosa.

— Não há nada que eu possa fazer sobre isso. Essa coisa dá coceira? Preciso coçar minha cabeça, mas não quero esse treco nos meus dedos. Você não acha que eu sou alérgica, acha?

— A cabeça de todo mundo coça quando a tintura faz efeito.

Chloe deu a Thea uma escova para que se coçasse.

— Por que você não acaba com isso? Por que não termina com o Jimmy?

— Isso o magoaria terrivelmente.

— Você se preocupa demais com magoar as pessoas — falou Chloe.

— Na verdade, não. Me preocupo com o que vão pensar de mim.

Chloe deu uma gargalhada.

— Você vai colocar aquelas velas na janela da frente deles este ano?

— Eu as comprei hoje à tarde — disse Thea. — Acho que nunca mais vou ver as dezenove libras que gastei com elas.

Tinha se tornado uma tradição, quase um acordo de fideicomisso secreto. O pai de lorde Studley, que morara no número 11 antes dele, tinha lhe dado início, resultado de férias passadas na Noruega, em uma cidadezinha na qual conhecera o costume. Ele voltou para casa transbordando entusiasmo para começar algo similar em Hexam Place. Então, naquele dezembro, alguns dias antes do Natal, cinco pequeninas velas atarracadas apareceram na janela de sua sala de estar. Ele persuadira os vizinhos do número 9 a fazerem o mesmo e no ano seguinte acossara a maioria dos outros proprietários a colocar velas nas janelas da frente. Apenas a velha Sra. Neville-Smith, mãe do atual ocupante da metade inferior do número 5, os Collin, à época no número 2, e a Princesa se recusaram a obedecer.

June era a única criada a acompanhar esse costume desde o início. Isto é, a prestar atenção nos que o acompanhavam. Quando recebeu lorde Studley em casa para que usasse o seu poder de persuasão com a Princesa, já estava preparada para comprar as velas para o número 6 e arrumá-las na janela da sala de estar. Por alguma razão, porém, sua patroa fora inflexível. Não, ela não as colocaria. Gussie gostava de se sentar no parapeito da janela e as derrubaria. A casa pegaria fogo. June observava os vizinhos, um a um, cumprindo a exigência de lorde Studley. No ano seguinte, ela comprou doze velas (não havia restrição quanto ao número) em jarras de vidro com garantia de serem à prova de fogo e foi a primeira na rua a começar a iluminação. O próprio lorde Studley lhe prestou uma visita para parabenizá-la pela exibição. Quanto à Princesa, ela nunca notou, e, quando isso aconteceu, em algum momento perto da virada do século, ela já tinha colocado na cabeça que a ideia fora dela, que ela mesma havia inclusive dado início à tradição.

Lorde Studley estava morto e seu filho era um dos poucos nobres a ainda ter herdado uma cadeira na Câmara dos Lordes. Ele e sua esposa Oceane mantiveram com entusiasmo a tradição das velas. Os únicos proprietários que não a mantiveram, June observou, foram os Still no número 7 e o casal asiático na parte inferior do número 4, uma verdadeira surpresa, já que June esperava que hindus, o que ela supôs que fossem, apreciassem com fervor tudo que envolvesse luzes. No ano anterior, lorde Studley escrevera várias cartas para aqueles residentes, admoestando-os por não manterem a tradição e incitando-os a lembrar das velas daquela vez. Como todos já sabiam, Preston Still havia deixado sua casa, um divórcio era iminente e parecia que a família era mantida unida por Rabia, a babá. Havia sido ela que, por ter recebido uma indiferente permissão de Lucy ("Ah, faz o que quiser. Não estou nem aí"), saíra com Thomas para comprar velas e castiçais e unira o número 7 às outras casas da rua. O casal asiático fez pouco caso da carta de lorde Studley e assumiu uma postura desafiadora ao encher o parapeito da janela da sala de estar com sete potes de ponsétias vermelhas e brancas do Viveiro Belgrave.

Como Simon Jefferson não possuía interesse algum em velas ou sequer no Natal propriamente dito e foi ficar com a irmã em Andorra, o número 3 foi deixado aos seguros cuidados de Jimmy. Com sua usual generosidade, o Dr. Jefferson disse ao motorista para se divertir, convidar os amigos para a casa, fazer uma festa. Jimmy colocou mais velas na janela da sala de estar do que qualquer outro na rua e teria ateado fogo nas cortinas se Thea não tivesse capturado o castiçal agressor na hora H. Ela esperava que Jimmy criticasse sua nova cor de cabelo, mas parecia que ele amava tudo nela mesmo que a apreciada característica passasse por uma mudança dramática.

— É como se você tivesse nascido com ele nessa tonalidade — elogiou Jimmy. — Parece mais natural do que o ruivo.

— Minha mãe conta que eu não tinha cabelo nenhum quando nasci.

Thea já estava se arrependendo de ter mudado a cor. Montserrat a dera um chapéu grande da Accessorize de presente de Natal antecipado.

Sob suas abas, nenhum cabelo avermelhado ficaria exposto para provocar adolescentes mal-encarados.

— O que você acha de 27 de janeiro para a data do nosso casamento?

— Ah, Jimmy, não posso. Esse é o dia da celebração da união civil do Damian e do Roland e eu vou preparar a comida.

Nenhuma palavra áspera ainda havia sido trocada entre eles. Jimmy até então fora infalivelmente sensível, amoroso e tranquilo. Mas, naquele momento, explodiu.

— Não acredito! Não estou escutando isso! Não podemos nos casar porque você tem que fazer sanduíches para um casal de veadinhos de merda. Uma farsa de casamento, se me perguntarem.

— Eu não perguntei. Nunca fale coisas assim de novo. É nojento. Eu não sabia, não acredito que você seja homofóbico.

A maneira tradicional dos amantes resolverem suas diferenças é fazendo amor, e Jimmy a instigou a essa solução levando-a para o andar de cima até a cama com dossel do Dr. Jefferson. Isso foi um tanto contra a vontade de Thea, que protestou, mas, sem convicção nem demora, cedeu. Nada mais foi dito sobre o casamento no dia 27 de janeiro. Ao ganhar o cachecol, seu presente de Natal antecipado, Jimmy reagiu como se se tivesse sido presenteado com um tesouro pelo qual ansiara a vida toda. Thea, por sua vez, estava genuinamente contente por ele a ter presenteado com uma jaqueta preta de pele falsa, muito parecida com a de Montserrat, que sempre havia admirado.

No parapeito da janela da sala de estar no andar de baixo, as chamas queimavam tanto quanto as das velas da casa de lorde Studley, mais extravagantes do que quaisquer outras. Os Klein tinham ido passar o Natal em Nova York, de forma que não havia velas na casa da esquina. A própria Thea tinha levado, organizado e acendido seis velas amarelas no número 6, porque o braço ruim de June tornava qualquer atividade como aquela impossível. Morando no andar superior e sem uma janela no nível térreo, Thea também acendera velas na janela de Damian e Roland e ganhara uma boa dose de crítica devido à cor e ao formato delas, mas nenhum "obrigado". E no número 4, por sua vez, Arsad Sohrab e Bibi Lambda tinham pela primeira vez cedido ao assédio de lorde Studley, removeram as ponsétias e puseram duas magras velas em pires atrás das cortinas, onde brilhavam debilmente.

JIMMY, NA COZINHA do número 3, planejava a ceia de Natal que intencionava fazer para si e Thea. Tinha encomendado um pato no açougue da Pimlico Road, que iria buscar na véspera do Natal. As ervilhas estavam congeladas, e as batatas *maris piper* descansavam em uma tigela à espera de serem descascadas e jogadas em água fria. Ralava casca de laranja quando a campainha tocou. Era Dex, que foi buscar a sua sacola de ferramentas onde a tinha guardado da última vez que estivera ali. Na noite anterior recebera uma ligação da Sra. Neville-Smith, presa em Gales por causa da neve, pedindo que retirasse o gelo e a neve remanescentes na escada do número 5, bem como do jardim frontal e da entrada, de forma que estivesse tudo pronto para o retorno deles. Ela o pagaria no dia seguinte. Houve uma outra ligação quase imediatamente depois. Era Peach, a bela voz agora soando severa, zangada e determinada.

— Lembre-se de que você tem que destruir o espírito maligno, o psicopompo. Você tem que fazer isso logo. Agora, o mais rápido possível.

Jimmy era um estranho para ele, seu rosto uma máscara inexpressiva assim como o de quase todo mundo, e sua voz, ríspida e irreconhecível.

— Eu poderia arrumar as coisas na frente desta casa aqui também — sugeriu Dex —, depois que eu pegar as minhas ferramentas.

— Não sei, não. O Dr. Jefferson está viajando. Não posso falar por ele. A máscara ficava cada vez mais escura e feia.

— Ok, quem sabe você pode telefonar pra ele. — Dex tinha uma fé infinita em telefones celulares. O dele era a casa do seu deus, assim como também poderiam ser o de outras pessoas. — Antes da neve ir embora.

Não havia cômodos que servissem de depósito nos quintais em Hexam Place, apenas um armário na área de serviço. Jimmy mandou

Dex descer a escada que dava nessa área e aguardar à porta do porão, então também foi até lá pelo interior da casa e encontrou a sacola de ferramentas dentro do armário. Dex conferiu se estava tudo certo, gesticulando afirmativamente com a cabeça para cada objeto que tirava dela: podadeira, tesoura de jardim, uma espátula pontiaguda como uma adaga, um pequeno garfo, uma faca de podar e uma variedade de outros instrumentos. A pá que usava quando arrumava o jardim do Dr. Jefferson ele deixou no armário junto com uma vassoura, um ancinho e uma enxada, o garfo e a tesoura de jardim, preparados para uso ali e talvez para outros jardins em Hexam Place. A sacola de ferramentas estava bem mais leve.

— Não sei se posso permitir que você deixe essas coisas aqui — disse Jimmy. — Pra começar, você nem devia ter deixado antes.

— O Dr. Jefferson não ia se importar.

— Isso a gente vai ver. Se ele falar pra tirar isso daqui, você vai ter que voltar aqui pra buscar o resto, sendo ou não sendo Natal.

Dex saiu caminhando pela rua, as luzinhas tremeluzindo dos dois lados dele, velas brancas e vermelhas. Em uma janela, um cachorro estava sentado ao lado de algumas velas rosas. Não gostava de cachorros, mas das luzes, sim. Percorreu todo o caminho e depois voltou.

PRESTON STILL TINHA ido ver o filho e as filhas. Não para dar a eles os seus presentes de Natal — as crianças deviam receber seus presentes somente no dia do Natal, essa era a regra —, mas para entregá-los aos seguros cuidados de Rabia. Os presentes foram embalados nas próprias lojas em que os comprou e isso ficava claro para a babá, que presumia acertadamente que Preston era incapaz de fazer um embrulho com papel-presente e amarrá-lo com barbante brilhante. Nunca esqueceria sua inaptidão no episódio da fogueira. Ela colocou os presentes na prateleira mais alta do armário do seu próprio quarto, fora do alcance das crianças, ao lado das três meias compridas que tinha preparado. Isso era algo que ela nunca fizera para criança alguma, mas leu em uma revista como fazê-las, os tipos de brinquedinhos e doces que se colocava dentro, e achou bem simples. Estava na expectativa para ver o rosto principalmente de Thomas quando acordasse na manhã do Natal e encontrasse aquela cintilante cornucópia de presentinhos na ponta da cama.

Lucy tinha levado as meninas para patinar no gelo. Thomas estava tirando um cochilo. Rabia observava Preston atenciosamente enquanto ele se inclinava sobre o filho vendo-o dormir. O rosto dele não mudou. Ela frequentemente procurava finais de ternura e amor nas expressões daqueles pais, mas raramente via um indício do que desejava encontrar.

— Voltarei para pegá-los no dia do Natal — informou ele. — Vou levá-los para a casa da minha irmã em Chelsea. Talvez a Lucy também, mas quem sabe?

Rabia saiu com ele e do corredor o observou descer um lance de escadas, depois outro, com alguma expectativa de que ele fosse em direção ao porão e à Montserrat. Mas ele marchou sem olhar para trás até a porta principal e a bateu depois de sair, um hábito que tinha adquirido nas últimas semanas.

THEA PASSARA O dia de Natal do ano anterior com a Srta. Grieves. Como era o caso da maioria de suas boas ações, ela não quisera fazer aquilo, mas sucumbira ao que achava que era seu dever. Isso foi antes de Jimmy. Quando disse a ele que intentava cozinhar para si e para a Srta. Grieves e que iria cear com ela, o noivo ficou quase tão furioso quanto no fiasco sobre a data do casamento.

— Eu não posso simplesmente abandoná-la.

— Arranja outra pessoa pra fazer isso. Desse jeito, você depois vai querer levá-la na nossa lua de mel.

A única pessoa possível era Montserrat. Às 10h do dia 23 de dezembro, o dia de compras mais movimentado do ano, ela desceu a escada até a porta do porão do número 7 e tocou a campainha de Montserrat. Ninguém atendeu, mas, por haver uma luz fraca visível pela janela, Thea bateu no vidro e falou baixinho:

— Sou eu.

A resposta foi um gemido:

— O que foi?

— Por favor, me deixa entrar. Quero pedir uma coisa.

Após outro gemido, um bom tempo depois, a porta foi aberta. Montserrat estava de calça de malha e com uma blusa de moletom que pertencia a Ciaran.

— É melhor você entrar, mas estou com a mãe de todas as ressacas.

— O Damian fala que foi só depois que todos esses asiáticos vieram morar aqui que a gente começou a falar da mãe das coisas. Porque eles falam assim. A gente costumava falar do pai. E isso é muito esquisito porque eles supostamente são misóginos.

Sentada na cama desgrenhada de Montserrat, Thea pensou no quanto iria gostar se Jimmy falasse coisas como aquela. Se ele observasse as pessoas, seus discursos e hábitos e tecesse comentários perspicazes. Mas ele não tecia e nunca o faria. Montserrat se afundou em um amontoado do outro lado da cama.

— Quer que eu faça um café pra gente?

— Se você quiser. Eu não quero.

Thea lhe contou sobre a Srta. Grieves e a ceia de Natal. Ela providenciaria os ingredientes e um pudim e deixaria empadinhas de carne prontas.

— Desculpa, mas eu estou fora. Devo passar com o Preston. Ele vai levar os filhos para a casa da irmã e depois vai me levar pra almoçar no Wellesley.

Thea não acreditava nela, mas dificilmente conseguiria dizer isso a Montserrat. Por uma razão, ela duvidava que aquele exclusivo e elegante restaurante estaria aberto no dia de Natal.

— Vou ter que tentar achar alguém.

— Deixa ela ficar por conta própria, por que não? Nem inválida ela é. Eu a vejo perseguindo raposas escada acima quase todo dia. Isso vai acabar de qualquer maneira quando você estiver casada.

Thea também fora perguntar a Montserrat se ela queria ir fazer compras de última hora com ela na Oxford Street, mas mudou de ideia. O ressentimento não faria dela uma boa companhia. Montserrat também preferia ficar sozinha até a hora de se encontrar com Ciaran, pois iriam para a balada naquela noite. A mentira que contara sobre o jantar com Preston a perturbava não porque *era* uma mentira, mas porque podia muito facilmente ser descoberta. No que se referia às compras, ela quem sabe se aventuraria no caos e tumulto da Oxford Street mais tarde naquele dia.

— Caso eu não me sinta em condições de ir lá, você podia ir à HMV e comprar pra mim um DVD pra eu dar pra Rabia? Tenho que dar alguma coisa pra ela. Acha que ela vai gostar de *Doutor Jivago*?

— Não sei — respondeu Thea —, mas vou comprar.

Percorrendo Hexam Place pela terceira vez naquele dia, alimentando-se da sensação que as luzes das velas lhe davam, Dex viu o espírito maligno subir a escada da área no número 7. Deu um tempo onde estava, deixando-a ficar bem à sua frente e começou a segui-la. Passaram pelas bruxuleantes luzes do número 9, passaram pelas vibrantes e inflamadas luzes do número onze e seguiram em direção à Sloane Square.

Ele queria evitar o metrô. Mas, se ela entrasse em um trem, ele a seguiria, não faria como da última vez, quando falhara. Ela evitou a situação. Estava indo pegar um ônibus. Dex a deixou procurar um pouco de calor sobre o ponto de ônibus e ficou de pé do lado de fora. Como às vezes agia quando queria orientação, ele digitou uma série de números em seu telefone, oito dígitos começando com o sete, na esperança de ouvir a voz de seu deus, mas foi em vão, apenas a voz de uma mulher informando-lhe que o número não havia sido reconhecido. Poderia ser o espírito maligno falando, mas ele não tinha muita certeza.

O ônibus chegou e ele entrou. O espírito maligno subia a escada enquanto ele ia para os bancos do fundo. Dali teria uma boa visão. O psicopompo, como Peach o chamara, o guia que leva os espíritos malignos para o inferno.

CAPÍTULO VINTE E DOIS

Quando há uma liquidação popular na Oxford Street ou a inauguração de uma loja mito badalada, ou chega o dia 23 de dezembro, as aglomerações de pessoas ali não são como as das outras cidades. Estão mais próximas de uma gigantesca multidão reunida para uma cerimônia religiosa ou uma revolta política. A diferença é que são compostas predominante, mas não exclusivamente, por mulheres que ficam sempre em movimento.Um movimento lento e esporádico, interrompido por hesitações do lado de fora de vitrines de lojas ou interceptado por semáforos, onde a impaciência para atravessar é intensa e riscos à vida e à integridade física de cada um são assumidos. Pessoas regularmente caem e se machucam ao tentar atravessar a rua com o sinal verde, algumas até chegando a morrer ao serem atropeladas por ônibus, mas, na maior parte das vezes, a multidão segue em frente, um moroso rio de mulheres e raros homens que vêm para ajudar a carregar as sacolas. É impossível estipular um plano individual, dar um tempo em algum lugar ou mesmo mudar a direção da rota ou a escolha da loja. O melhor é manter-se distante. Cada um se junta à multidão por onde consegue, movendo-se em um ritmo estabelecido horas antes, seguindo os que vão à frente e sendo seguido pelos de trás.

Foi assim para Dex, que conseguiu, por trás, aproximar-se muito do denso aglomerado de cabelos negros e do casaco preto quando o espírito maligno saiu do ônibus e segui-lo no momento em que deslizou para dentro do comboio de compradores, arrastando-se na direção da Circus. Ela não olhava ao redor. Ninguém fazia isso; olhava-se para a frente, sempre adiante, com esperança de encontrar uma brecha pela qual visualizar uma porta a que se poderia chegar às cotoveladas e empurrões, quase sem fôlego. O espírito maligno não parecia ter em mente uma loja em particular, nenhuma porta a ser reconhecida e para a qual avançar. Ele dedilhava a espátula em seu bolso, a longa espátula pontiaguda, a afiada faca de podar. Qual delas escolher? Qual delas usar? Talvez a espátula não estivesse tão amolada, mas a faca de podar estava suficientemente afiada para qualquer coisa.

Algo à frente, talvez na própria Circus, uma banda tocava e alguém estava cantando, todos cercados por faixas amarelas e grandes banners verdes e brancos sob as prateadas luzes de Natal. Das pessoas ao seu redor e à frente, muitas estavam em seus celulares, falando e escutando, rindo, divertindo-se. Dex digitou um número no seu e dessa vez ele chamou. A voz que atendeu era de um homem, uma voz suave, não a do deus dele, mas parecida. Era raro isso ocorrer, mas maravilhoso quando acontecia. A voz que não era exatamente a de Peach disse:

— Número errado, mas feliz Natal mesmo assim.

Dex respondeu:

— Obrigado. Feliz Natal. — E assim que desligou, tomou consciência de que nunca proferira aquelas duas palavras para ninguém ou as teve proferidas para si.

A música estava muito alta; a voz gritava e lamuriava. Dex via somente a parte de trás das cabeças, principalmente a cacheada cabeleira negra à sua frente. Ele levantou a sacola de ferramentas até que a estivesse segurando bem em frente ao peito. Ela o impedia de ficar muito próximo do espírito maligno, de tocá-lo. Em sua outra mão, ele segurava a faca de podar. Ninguém estava olhando; todos voltavam a vista apenas para a frente, arrastando os pés, movendo-se ao ritmo dos passos da multidão. Dex ergueu a faca de podar, a fez atravessar com força o casaco preto e a enfiou e enfiou e enfiou. O som que o espírito maligno fez foi sufocado pela bateria, pelo saxofone e por um CD em reprodução, tudo ao mesmo tempo. Dex ficou parado e deixou a multidão passar por ele, agrupando-se ao redor da garota caída. Havia muito pouco sangue para ser visto; o casaco de pele devia tê-lo absorvido. O espírito maligno se transformou em um amontoado de pele felpuda negra jogado no chão como um urso morto. Iniciou-se então uma constante asfixia de gritos da multidão e houve um repentino cessar da música. O canto parou e a banda no tablado silenciou. O som foi substituído pelo falatório e pelos gritos das pessoas que repetiam sem parar: "O que aconteceu? O que está acontecendo? O que foi?", e então a voz de um homem se sobressaiu das demais como o badalar de um sino:

— Alguém foi assassinado.

FECHAR A OXFORD Street no dia de compras notoriamente mais movimentado do ano era a princípio inacreditável para os varejistas e consumidores. Aquele era o dia mais importante *deles*, o dia das compras de última hora. Mas não havia opção. As entradas das lojas foram fechadas e, embora mulheres desordeiras provenientes da multidão esmurrassem as portas exigindo que lhes deixassem entrar, cederam às ordens da polícia para que se dirigissem para ruas adjacentes, estações de metrô e pontos de ônibus em rotas alternativas. A desocupação do shopping center levou muito tempo.

Era impossível para a polícia estabelecer quem esteve andando nas adjacências da mulher morta quando o esfaqueamento aconteceu. Dex sentiu a espátula, satisfeito por não tê-lo usado. Gostava daquela espatulazinha e nunca tinha visto outra parecida. Usá-la para matar um espírito maligno poderia tê-la arruinado para ele, fazendo com que não quisesse cuidar de canteiros e plantar com ela novamente. Ele limpou a faca de podar na capa de chuva de um homem contra quem foi empurrado durante a fuga e depois a colocou dentro de uma bolsa aberta. Bolsa de quem ele não sabia, apenas uma grande bolsa vermelha que pertencia a uma mulher que a deixara bem aberta enquanto ele se esforçava para seguir em frente. Uma maneira incorreta de se comportar, Dex pensou, porque encorajava o crime, colocava tentação no caminho das pessoas más que queriam pegar o dinheiro que não tinham ganho.

Seu sucesso o alegrou. O mundo fora limpo de outra criatura maligna e ele seria recompensado por isso. As ruas menos importantes de Mayfair estavam estranhamente silenciosas e vazias. Dex não pensava no porquê daquilo. Escutava sirenes de carros de polícia e das ambulâncias, estas mais graves, e supôs que devia ter acontecido um acidente sério em algum lugar. Na Park Lane ele entrou em um ônibus lotado que o levou para Victoria.

O NOTICIÁRIO REGIONAL do meio-dia foi quase totalmente dedicado à punhalada fatal de uma mulher na Oxford Street. A Princesa assistiu a ele com Gussie em seu colo e chamou June quando já era tarde demais para escutar muita coisa além da polícia dizendo que fora um assassinato. A mulher ainda não havia sido identificada. A enorme multidão cuja preferência nesse dia especial era pela Oxford Street fora dispersada com dificuldade. June assistia, fascinada ao ver mulheres jovens e velhas sendo pastoreadas para dentro de ônibus e levadas para estações de metrô. Ela presumiu que o assassinato fora cometido por um daqueles membros de gangues, a única diferença sendo ter ocorrido em uma multidão natalina em West End em vez de em Brixton ou Peckham.

Ela serviu o almoço da Princesa em uma bandeja, um peito de frango com batata frita e ervilhas descongeladas no forno e saiu em direção à sala de jantar com um sanduíche para preparar a agenda da reunião da Sociedade Santa Zita daquela noite, a última do ano velho. Digitar com a mão esquerda tomava muito tempo. Como presidente, tinha a intenção de ser firme com aqueles que quisessem insistir na discussão a respeito do excremento canino. Ela deveria chegar ao fim naquela noite e não ser levantada novamente. A Sociedade Santa Zita havia feito o seu melhor e falhado, como às vezes acontece. Ela definiria com Thea o que preparar para a ceia de Natal da Srta. Grieves e, com muito mais sutileza, que refeição a garota serviria a ela e à Princesa. June tinha que ficar voltando no que já tinha escrito para corrigir os equívocos cometidos por sua atrapalhada mão esquerda.

Ela incluiu a "questão da jardinagem" em sua agenda e a "disponibilidade de árvores de Natal", e com isso a agenda estava pronta. Precisava dar uma olhada nas velinhas rosas. Uma delas havia queimado mais rápido do que as outras. Isso intrigava June, apesar de não ter importância alguma. Ela a substituiu por uma vela nova, juntamente com a que estava ao seu lado. A Princesa estava dormindo, com a bandeja do almoço ainda precariamente equilibrada em seu colo. June a pegou, notou que a garrafa de brandy estava junto à jarra de água com gás que a Princesa nem tocara e, assim, serviu-se generosamente.

As luzes atrás das cortinas da casa de Arsad Sohrab e Bibi Lambda tinham se apagado. Henry, enviado por lorde Studley para supervisionar as velas, tocou a campainha da casa deles e os lembrou da importância de manter a tradição.

— Que importância? Me fala — disse Arsad.

Mas Henry não sabia. Faltava-lhe a mente lógica do patrão.

— Eu não sei. Só sei que é pra você acender — disse ele, saindo para atravessar a rua até o número 3 onde Jimmy não tinha reposto as velas.

— Sua Senhoria confia em você — disse ele com seriedade. — Até agora você fez um bom trabalho com elas.

Jimmy, que sobre a calça jeans usava um avental com um gato de sorriso arreganhado, convidou-o para entrar e deu a ele uma taça de vinho do porto.

— Você viu a Thea?

— Não desde hoje de manhã. Ela estava indo fazer umas compras de última hora.

— Ela não é de ficar sem atender ao telefone.

Ele suspendeu as sobrancelhas para o gato de sorriso arreganhado e disse:

— Você sabe que não tem como mantê-la amarrada na cordinha do seu avental pra sempre, né? — Gargalhou de sua própria piada.

Os Neville-Smith haviam retornado e estavam colocando duas velas em belos suportes de bronze no parapeito da janela quando Henry estava passando. Montserrat e Ciaran subiram a escada da área de serviço e o persuadiram a se juntar a eles para tomarem uma pré-Natal no Dugongo. Quem sabe não ficava na água tônica, pois já havia tomado o vinho do porto com Jimmy. Tinha que estar na casa de Huguette por volta das 14h. Beber mais qualquer outra coisa estava fora de questão. Tinha que levar lorde Studley de carro a uma festa de Natal da coalizão na Spencer House às 18h.

Todos os seus encontros passaram a acontecer no apartamento de Huguette, em Chelsea. Era mais seguro do que no número 11 em Hexam Place e, quando Henry quebrou uma regra e foi com o BMW à Carlyle Square, percebeu que não via razão para esse esquema não continuar assim para sempre — ou, bem, por vários e agradáveis anos. O improvável tinha acontecido. Ela arranjara um emprego em uma empresa de Relações Públicas muito favorecida pelo Partido Conservador. Com a ajuda do papai, sem dúvida, pensou Henry.

O apartamento dela era pequeno, mas luxuoso, consistindo de um quarto bonito, uma sala minimalista, um banheiro opulento e uma cozinha menor do que a despensa da casa do pai dela. Henry teve que negar a garrafa de Chablis que Huguette abriu, e, assim, foram direto para a cama. Graças provavelmente à sua abstinência, ele deleitou-se ainda mais do que o habitual, e Huguette ficou arrebatada com a performance. Se pudesse ser sempre assim, ele não resistiria quando ela falasse em contar ao pai sobre a relação deles e o futuro casamento. O tempo voou como sempre acontecia quando ela estava se sentindo envolta por um clima doce e aconchegante, e foi um detestável choque vislumbrar o relógio dele no criado-mudo e perceber que eram 17h21.

— Meu Deus, eu tenho que ir! Seu pai vai me matar.

Henry nunca ficara entusiasmado a ponto de se esquecer de seu trabalho e sua obrigação, de forma que, em vez de largar suas roupas no chão, ele as tinha dobrado cuidadosamente e deixado sobre uma cadeira. Estava levantando o pé para colocar a cueca quando ouviu o tímido ranger do elevador e passos de salto alto no corredor do lado de fora. Apesar de nenhum dos dois poder dar certeza, ambos sabiam quem era. Huguette abriu de uma vez uma das portas do armário, o empurrou para dentro e jogou as roupas em seguida. A campainha não tocou. Henry ouviu a aba da abertura para a correspondência ser movimentada e uma voz familiar chamar:

— Oi, querida. É a mamãe.

Teria quase sido preferível que a voz de quem chamou tivesse sido do próprio lorde Studley. Dentro do armário estava abafado, e a fragrância das roupas de Huguette era quase avassaladora. Camisas e calças sociais e jeans e lenços e cachecóis pendurados faziam cócegas em seu rosto. Henry temia se mexer muito, pois ficando quieto poderia evitar a possibilidade de Oceane escutá-lo. Ele também estava ciente de que Huguette lhe dera as roupas, mas deixara o sapato debaixo da cadeira. Veio-lhe à memória um filme que vira uma vez sobre o duque de um lugar qualquer em visita à sua namorada ter que entrar em um armário, assim como ele, porque o seu outro amante havia chegado e esse amante era o rei. Carlos II achava, ou talvez fosse ao contrário e o rei tivera que entrar no armário quando o duque chegou. Não era um filme muito bom.

Ele continuou a escutar, na esperança de que Oceane não tivesse visto o sapato nem o BMW — estacionado a certa distância dali, na mesma rua — e que dissesse que não poderia ficar muito tempo. Ela aparentemente tinha levado um sapato e uma bolsa, os presentes de Natal de Huguette, porque a mamãe e o papai partiriam para a França no dia seguinte. Porém, mesmo alegando não poder se demorar ali, acabara aceitando uma xícara de chá e depois um gim-tônica e estava admirando o presente, aparentemente já no pé de Huguette, e comentando que a bolsa era da Chanel. A filha também não entregara a Henry seu relógio, mas ele podia calcular que deveria ser 17h45. Apressada e desajeitadamente, ele dava um jeito de colocar as roupas.

Oceane tinha uma voz limpa e penetrante. Ele a escutou pedir um segundo gim-tônica e comentar que o pai de Huguette em breve iria a uma festa.

— Naturalmente, eu fui convidada e, naturalmente, eu disse não.

— Se eu for colocar uma roupa, você acha que dá pra gente ir ao Ice Bar?

Oceane gargalhou e comentou:

— Como se já não estivesse frio o bastante do lado de fora!

Com uma percepção excepcional, Henry pensou em como a reação dela àquele bar parecido com um iglu, onde tudo era feito de gelo, denunciava a sua idade. Nenhuma pessoa jovem faria aquele comentário.

— E depois a gente vai jantar no Ivy. Eles sempre conseguem uma mesa pra mim.

— Vou ligar pro Henry pra ele levar a gente. O papai pode ir de táxi pra festinha dele.

Huguette foi até o quarto e sussurrou para ele:

— Depois que eu tiver me vestido, vou levar a mamãe pra cozinha. Você pode sair daqui, esperar dois minutos e depois tocar a campainha. OK?

Ela salvara, se não sua vida, boa parte dela. Henry a escutou aplacar o pai dizendo-lhe que já tinha pedido um táxi para levá-lo. A engenhosidade de Huguette foi uma surpresa para o motorista, que decidiu que, na próxima vez que ela o pedisse em casamento, ele cederia. A harmonia e os vários e agradáveis anos ainda seriam os mesmos quando ele fosse um homem casado.

O *Evening Standard* contava a história assim como o noticiário regional da BBC às 19h30. Montserrat dificilmente assistia à televisão, mas buscou o jornal na banca da esquina e caminhou de volta para casa olhando para a foto que ocupava a primeira página. A imagem exibia uma multidão em Oxford Street, que parecia ter um milhão de pessoas, aproximadamente a mesma quantidade de policiais e algo isolado caído no asfalto. Estava escuro demais para se ler qualquer outra coisa além da manchete: PUNHALADA FATAL EM CONSUMIDORA.

A mulher morta ainda não fora identificada ou, caso isso já tivesse acontecido, a polícia não havia comunicado. Montserrat tinha certeza de que não seria ninguém que ela conhecesse. Já em casa, leu uma matéria interessante sobre alguém morto por seu gato de estimação, um animal de tamanho e ferocidade excepcionais, e outra a respeito de uma modelo que quebrara a perna por usar sapato com salto de dezoito centímetros. Em seguida, colocou um vestido e uma estola fina para a sua visita surpresa a Preston Still e decidiu, de última hora, acrescentar o casaco acolchoado vermelho, presente de Natal de Ciaran.

June e a Princesa não jantaram naquela noite. June foi obrigada a abrir uma lata de espaguete à bolonhesa e vasculhar o freezer atrás de sorvete. Ela estava atrasada para a reunião da Sociedade Santa Zita, mas isso praticamente não teve importância, já que o único outro membro que apareceu foi Dex, que, como de costume, sentou-se sozinho e ficou bebendo Guinness e escutando as várias vozes, agradáveis e desagradáveis, que seu digitar de números no celular evocava.

Sozinho no número 3, Jimmy tinha uma geladeira abarrotada de comida e ninguém para comê-la. Enviara três mensagens para Thea, mais duas de voz e três e-mails. Nenhuma resposta. Ela o abandonara, tinha certeza disso; Jimmy meio que estava esperando por isso desde que Thea deixara claro que a união civil de Damian e Roland lhe era mais importante do que a data do seu próprio casamento. Ainda assim, quando o seu telefone celular finalmente tocou, toda essa aflição e todas essas dúvidas foram suplantadas pela certeza de que era ela ligando para dizer que o amava e que estivera completamente sem acesso ao telefone o dia todo.

Não era Thea. Era a irmã dela, Chloe.

— Você está sentado? Isso vai ser um choque — falou como se a voz estivesse presa na garganta — É melhor você se preparar

— O que foi?

Porém ele, de alguma maneira, já sabia.

— Aquela garota que foi esfaqueada na Oxford Street. Aquela era a Thea. A polícia me levou para identificar o corpo. O meu número estava no celular dela e o seu também. Eu era a parente mais próxima

CAPÍTULO VINTE E TRÊS

— Você? — indagou Preston Still, abrindo a porta para Montserrat.
— Quem você achou que fosse?

Ele a fitava como um homem deve fitar um fantasma antes de se dar conta de que aquilo não podia ser verdade, que devia ser uma manifestação da sua imaginação. Ela de repente ficou terrivelmente amedrontada. Pensou no carro e nela estirada sobre o capô, no empurrão no meio de suas costas que quase resultou na queda nos trilhos do metrô. Nesse instante, a ideia de entrar no apartamento de Preston provocou um estremecimento no qual ele reparou.

— O que há de errado com você?

Ela estava com medo do que ele seria capaz de fazer se ela o acusasse abertamente, mas algo a mantinha ali, incapaz de recuar ou de dar um passo à frente. Ao falar, ela gaguejou:

— É a Thea que está morta.

Ela teve medo de dizer que fora Thea que ele matou.

Preston parecia não saber de quem ela estava falando.

— Quem é Thea?

— Minha amiga.

Ela teve a impressão de que a própria voz fosse de outra pessoa ou que estivesse vindo de muito longe.

— A garota do cabelo ruivo que não é mais ruivo. É escuro, igual ao meu.

No momento em que proferiu aquelas palavras, mesmo antes de elas terem saído por completo, ela soube. E continuou traçando os paralelos.

— E usava uma jaqueta preta bem parecida com a minha, e era da minha altura, e estava no mesmo lugar a que eu estava pensando em ir.

Aquilo era demais para ela, que desatou a chorar e gargalhar histericamente, agarrando-se a Preston porque não havia nada em que se segurar e, aos prantos, gritava contra o rosto dele.

Quando uma porta do outro lado do corredor foi aberta, ele a puxou para dentro, sussurrando para que parasse, baixasse a voz, ficasse quieta. Ela caiu no chão e o teria chutado se Preston não tivesse se afastado rapidamente. Ele pegou seu telefone celular na mesa e ela reconheceu os números que ele deu como os de seu cadastro na empresa de táxi que usava.

— O mais rápido possível — disse ele.

Depois, enquanto Montserrat, esgueirando-se dele, lutava para ficar de pé, ele falou:

— Quando aquela mulher foi esfaqueada hoje de manhã, eu estava no meu escritório na Old Broad Street numa reunião do conselho com uma meia dúzia de pessoas. Quando você for à polícia, é melhor contar isso também.

Ela ficou calada. Preston a levou para baixo do elevador, e o táxi estava aguardando do lado de fora. O motorista deve ter achado esquisito ela não ter falado, Preston não ter dito nada, apenas aberto a porta para ela, fechado e ido embora, subindo as escadas sem olhar para trás. Estava frio dentro do táxi, e Montserrat perguntou se ele por favor podia ligar o aquecedor. O motorista parecia ser daqueles que quase não falam. Ligou o aquecedor, manteve seu silêncio e falou apenas quando estacionou em Hexam Place:

— Vai viajar no Natal?

Montserrat abanou a cabeça e, percebendo que ele não podia vê-la, disse:

— Não.

Ela saiu sem responder às palavras de despedida dele, já que nem as ouvira. Antes mesmo de entrar em casa, quando ainda descia as escadas que levavam à porta do porão, ligou para Ciaran. Algo estranho havia acontecido com ela. Tinha perdido a amiga, a amiga tinha sido assassinada por engano no lugar dela, estava com um medo imenso, mas, assim que ouviu a voz de Ciaran e conversou com ele, foi preenchida por uma emoção totalmente nova para ela. Não o queria apenas por sexo ou porque queria a companhia de um homem.

— Ai, Ciaran — disse ela —, por favor, vem ficar comigo. Por favor, vem agora. Eu te amo tanto.

VÉSPERA DE NATAL, Thea estava morta e Jimmy não conseguia acreditar. Ele não tinha visto nenhum jornal. Tudo o que sabia era o que Chloe o dissera, mas ela não era uma pessoa confiável. Uma vez lhe havia dito que Thea tinha ido ao cinema com ela quando na verdade ficara servindo bebidas na festa de Damian e Roland comemorando seus dez anos juntos. Aquela fora uma mentira deslavada, então essa também deveria ser, pois Chloe queria que Thea terminasse o noivado com ele. Jimmy não tinha certeza se acreditava nisso ou se a morte da moça era realmente a realidade. Ela não poderia ter inventado aquilo sobre a polícia, poderia? Nem um esfaqueamento na Oxford Street. Se bem que poderia. Não era assim tão fora do comum. Ele deveria ir à banca do Sr. Choudhuri, mas, em vez disso, começou a andar para cima, para baixo e a dar voltas pela casa, olhando para fora pelas janelas da frente.

Na noite anterior, depois de ter desligado o telefone, fora até o banheiro do Dr. Jefferson e encontrara uma embalagem laminada que pensou ser de comprimidos para dormir. O nome era novo para ele, que nunca o tinha escutado antes, mas tomou dois comprimidos para que pudesse dormir e ser capaz de não pensar no que Chloe lhe dissera. Foi a primeira coisa que lhe veio à cabeça quando acordou ou, mais exatamente, quando conseguiu com esforço atravessar aparentes camadas de uma neblina densa e de algo espesso como uma sopa para então ficar deitado ali contando absurdos a si mesmo sobre Thea estar morta. Foi preciso de mais ou menos uma hora de modorra e recuperação dos sentidos para que recordasse a conversa telefônica e o que exatamente Chloe havia falado. Estava à janela, olhando para Henry lá embaixo, que caminhou e entrou no BMW, e depois para June, com o braço engessado em uma tipoia, passeando com aquele cachorrinho, ambos de jaquetas acolchoadas; a da June vermelha, a do cachorro azul-escuro.

As velas no parapeito da janela tinham derretido completamente e apagado. Ele devia ter ido para a cama e dormido pesado por causa do remédio sem tê-las apagado. A casa poderia ter pegado fogo. O Dr. Jefferson possuía um bom estoque de velas e repor as da janela seria apenas questão de colocá-las nos suportes e acendê-las, mas Jimmy não estava com ânimo para isso. Preparar a ceia de Natal no dia seguinte seria igualmente desalentador — pior, impossível. Ele olhou para o pato. Havia reservado o molho de laranja em uma tigela de porcelana, e as batatas aguardavam para ser descascadas. Pôs o pato em uma sacola de supermercado e o levou para o jardim frontal. Beacon estava fazendo a curva para estacionar o Audi em frente ao número 7. Jimmy seguia pela rua com sua camisa de manga curta, sem notar o frio. Bateu na janela do BMW do lado do motorista.

Beacon saiu e disse:

— Que terrível esse negócio com a Thea. Eu sinto muito.

Então era verdade. De certa maneira, ele sempre soubera.

— Você quer ficar com este pato? Agora não tenho mais uso pra ele.

— É muita bondade sua. Nós temos um ganso, mas a Dorothee vai adorar ficar com essa ave também.

Beacon pigarreou e fez a expressão que Montserrat chamava de cara de vigário.

— Ela está com Deus agora. No local para onde foi, não há mais dor. A tristeza e o sofrimento fugirão. Você tem que se lembrar disso.

— Certo, obrigado — disse Jimmy. — Vou lembrar. Espero que goste do pato.

CONTEMPLANDO O GESSO que revestia seu braço direito, June disse:

— Estive pensando, se isso tivesse acontecido em setembro, eu agora já estaria sem esta coisa e poderia preparar a nossa ceia de Natal.

A Princesa, que estava tentando abrir o zíper do casaco acolchoado de Gussie, já tinha levado uma mordidinha.

— Isso não tinha como ter acontecido em setembro porque não havia nenhum gelo pra você escorregar.

Ela dava umas rosnadas para Gussie muito parecidas com as do próprio cão.

— Não pode morder a mamãe, cachorro malvado.

— Acho que vamos ter mesmo é que comer uma daquelas refeições prontas lá do Waitrose ou de algum outro lugar, madame.

June estava prestes a sair de novo, enfiando vagarosamente o que a Princesa chamava de "braço de pedra" na manga de seu casaco acolchoado vermelho, quando Rocksana chegou com um jovem chinês, que tinha o rosto, como a Princesa colocou, mais cheio de pinos de metal do que a parte de trás de seu sofá. Chamava-se Joe Chou, era guitarrista e o novo namorado de Rocksana.

— Espero que não se incomode — disse a moça, aceitando um gim-tônica para si e outro para Joe Chou. — Assim, não quero que me ache insensível, já que o Rad era meio que sobrinho seu, mas não dá pra discutir com o amor, dá?

— Nós não erámos próximos — disse June, tirando o casaco.

— E agora alguém assassinou a sua amiga Thea. Só pode ser a mesma pessoa, não é mesmo? Isso faz a gente pensar em mais quantas pessoas daqui vão acabar assim. Agora me fala, o que vocês vão fazer no Natal?

— Merda nenhuma — respondeu a Princesa.

— Era isso o que eu queria ouvir, porque assim vocês vão passá-lo com a gente. Eu e o Joe estamos com o carro lotado de rango lá fora, e a gente virá cozinhar pra vocês, peru e tudo quanto é acompanhamento. Dá uma chegada lá fora e traz tudo pra cá, Joe, tem um cordeiro.

Rocksana acendeu um cigarro e esticou o braço com o copo de gim vazio.

— Pra falar a verdade, tive que deixar o apartamento na Montagu Square porque era do Rad e não tenho como pagar por ele. E o do Joe só tem um cômodo, então vocês estão fazendo um favor em deixar a gente passar o Natal aqui. Me esqueci de comentar que o Joe é chef quando não está tocando guitarra; vocês vão fazer uma refeição magnífica.

Ele voltou e foi recompensado com mais gim. June observava as abarrotadas sacolas e caixas de uma pâtisserie muito conhecida.

— Vem mais por aí — disse Joe, arrematando sua bebida em duas goladas. — Já me deram uma multa por estacionar em lugar proibido.

— Não se preocupa, meu anjo. Quando você tiver trazido todas as flores, a gente vai nessa.

Banksias, gazânias e outras multicoloridas variedades. Khalid Iqbal saberia o nome delas assim como, provavelmente, Dex Flitch. June se perguntou se elas teriam vasos suficientes para acomodá-las, de forma que optou por guardar a comida primeiro.

Já tendo levado o pato para Dorothee em casa, às 15h Beacon pegou o Sr. Still no escritório para o qual ele não retornaria até 28 de dezembro e o levou não a Medway Manor Court, mas a Hexam Place. Sua esposa, Rabia dissera a ele, acabara de sair em um carro alugado para a casa dos pais em Cotswolds. Antes disso ela fora ao berçário para falar com Rabia, abrindo o coração para a sua relutante, mas aquiescente, plateia de uma pessoa. As meninas estavam assistindo a um filme, e Thomas dormia.

— Meu casamento acabou — disse Lucy. — Preston colocou esta casa à venda, só que não é pra ninguém saber ainda. Ter que sair dela vai me deixar completamente arrasada. Não vou conseguir viver sozinha com aquelas crianças. Vamos conversar sobre isso durante o Natal, é claro, mas acho que provavelmente vou ter que levá-las para morar na casa dos meus pais. É um lugar enorme, com um apartamento... quer dizer, um anexo inteiro, na verdade. É lá que a gente vai morar.

Rabia não falou nada. Tentou dar um sorriso para encorajar a patroa, mas não conseguiu. Seus lábios estavam paralisados como se tivesse tomado uma anestesia no dentista.

— Minha antiga babá está lá. Ela tem quase 80 anos, mas adora crianças e vai ser de grande ajuda pra mim. Eu sei que não posso tirar você de Londres, então esse problema fica resolvido. Preston vai conversar contigo sobre isso. Você não tem contrato, tem?

Rabia não sabia. Ela não conseguia se lembrar de ter assinado nada, e contratos eram papéis que precisavam ser assinados. Estava contente porque, enquanto Lucy falava, dizendo todas aquelas coisas, Thomas estava fora de vista e dormindo.

O carro de Lucy chegara antes que muito mais fosse dito. Rabia desceu as escadas carregando as malas, e a patroa disse que ela era um tesouro, uma palavra que Rabia não gostava muito de que usassem para se referir a ela.

— Eu vou odiar ter que dispensar você.

Quando o Sr. Still chegou, as crianças estavam todas prontas e de malas feitas. Ele não comentou nada sobre contratos ou sobre ela ter que ir embora, mal falou com Matilda e Hero e não disse coisa alguma a Thomas. Pela primeira vez, não perguntou se a mancha na bochecha de Hero era catapora nem por que Thomas estava tão pálido. Quando se foram, Rabia ficou sozinha na casa. Ou ela pensou que estivesse até que, quando de pé parada no corredor, debruçando-se sobre o corrimão, escutou uma gargalhada irromper do apartamento de Montserrat. Ainda estava parada ali, pensando que devia voltar, arrumar o berçário e trocar os lençóis das camas quando Montserrat apareceu na parte de baixo da escada. Estava entrelaçada a um homem com uma intimidade nunca antes vista por Rabia. Eles olharam para cima, rindo, e gritaram "Feliz Natal" para ela.

Rabia pensou que de certa maneira seria errado da parte dela dizer o mesmo, então apenas falou:

— Obrigada.

Naquela noite ela foi à mesquita com o pai, mas, é claro, sentou-se com as mulheres, vestindo sua longa saia preta e um casaco preto novo, a cabeça coberta por um hijab com um detalhe dourado. Seus pensamentos vagavam, de uma maneira que não deveriam, para Thomas na casa da titia em Chelsea. Uma casa grande, sem dúvida, com tudo o que o dinheiro podia comprar. Ela seria gentil com ele e amorosa? Daria a ele a comida de que gostava e o parabenizaria quando a comesse? Rabia sabia que não devia continuar pensando nele. Devia tirá-lo de sua cabeça, preparar-se para esquecê-lo, olhar para o futuro e para novos relacionamentos, novos compromissos.

Estava muito frio. A geada anuviava para-brisas, pousava em cercas e nas paredes. Ela e Abram Siddiqui caminharam sem dizer nada por um tempo, até que Rabia rompeu o silêncio ao comentar que não havia sentido em voltar para a casa vazia em Hexam Place naquela noite. Perguntou se podia ficar com ele.

— É claro, minha filha — respondeu o pai. — Você sabe que eu gostaria que você ficasse sempre comigo.

Mas ela esperou até que chegassem à casa, caminhando ao longo da rua em Acton onde muitas das casas pertenciam a pessoas como eles, de origem paquistanesa, e poucas tinham árvores de Natal nas janelas e grinaldas de azevinho nas aldravas, para enfim abordar o assunto sobre o qual intencionava de fato conversar com ele.

— Quero falar com o senhor sobre uma coisa importante, pai.

Ele abriu a porta para que entrasse e tirou o casaco dela.

— Você faz um chá pra gente, Rabia?

A casa pequena e arrumada estava quente. Abram frequentemente dizia, com um orgulho perdoável, que desejava poder ter condições de nunca mais, enquanto dentro de casa, tremer durante o terrível inverno inglês. Como se a temperatura nos vinte e tantos já não fosse o suficiente, ele acrescentou mais dez graus ao aumentar o aquecedor a gás cujas chamas que surravam o carvão artificial pareciam uma verdadeira fogueira. Rabia trouxe o chá. Ela lhe entregou uma xícara e se sentou em uma cadeira baixa, sua saia preta se espalhando e cobrindo os pés calçados com sapatinhos pretos.

— Pai, se o senhor consentir e a ideia agradá-lo — iniciou ela —, eu gostaria de me encontrar com o Sr. e a Sra. Iqbal e dizer a eles que estarei disposta a me casar com o filho deles, o Sr. Khalid Iqbal. O senhor faria isso?

— Minha Rabia — respondeu ele.

SE UMA VÍTIMA de assassinato é uma mulher, o primeiro suspeito que a polícia procura é o marido, ou noivo, ou companheiro, ou amante, ou namorado. Os leitores de jornais e telespectadores de noticiários sabem disso. Eles aguardam avidamente por uma prisão e sentem-se desapontados se esse homem em particular é declarado inocente, transformando-se em testemunha e deixando de ser o possível assassino. Jimmy sabia disso, porém não pensava muito no assunto. Nunca se imaginara na posição de um homem assim ou refletira sobre como alguém que era inocente e já tinha o seu luto para combater poderia ser afetado pela suspeita de ter cometido o mesmo crime que o colocara em dito luto. E até os dois policiais tocarem a campainha na casa do Dr. Jefferson na noite da véspera do Natal, essa eventualidade nunca havia passado por sua cabeça. Todo mundo sabia que ele estava apaixonado por Thea, ficara noivo dela, iria se casar em breve, incluindo o detetive sargento Freud e o detetive Rickards, cujo cabelo ruivo o fazia lembrar de como o de Thea costumava ser.

Perguntaram a ele onde estivera na manhã do dia 23 de dezembro e ele contou que estava ali, naquela casa. Não, ele não tinha saído. Estava se preparando para o Natal com sua noiva. Eles queriam saber se alguém poderia confirmar isso e ele teve que dizer que tinha ficado sozinho, tinha visto vários moradores de Hexam Place da janela, mas que não achava que o tinham visto.

— E Rad Sothern? — perguntou Freud. — Você o conhecia?

— Não conheço esse tipo de gente. — Jimmy não conseguia entender por que eles o mencionaram naquele momento. — Isso foi há meses atrás.

— Apenas sete semanas, na verdade — corrigiu Rickards.

Ao que parecia, o mais intrigante para eles era como e por que afinal Jimmy estava ali na casa do Dr. Jefferson. Tudo bem, era o motorista e ficava de olho na casa enquanto seu patrão estava fora, mas *morar* e ficar ali com a namorada, preparar a ceia de Natal?

— Você se deu bem, não é mesmo? — comentou Freud analisando a garrafa de gim no aparador, a de scotch pela metade, as garrafas ainda não abertas de vinho. — Anda afogando as mágoas às custas do Dr. Jefferson.

Aquilo fez Jimmy ter vontade de chorar, mas foi capaz de reter as lágrimas como uma criança com saudade de um pai indulgente.

Ele contou a Fred e a Rickards que, enquanto estava na casa na sexta de manhã, vira June com seu casaco vermelho pela janela, passeando com o cachorro de casaco azul, Henry ao volante do BMW, Bibi Lambda de bicicleta e Rabia empurrando o pequeno Still em seu carrinho de bebê. Eles disseram que iriam querer conversar com ele novamente.

— Tudo para no Natal, não é mesmo?

Jimmy estava tentando ser agradável.

— Não no nosso ramo.

CAPÍTULO VINTE E QUATRO

No ano anterior, Dex passara o dia de Natal no salão paroquial em Chelsea Creek. As pessoas que iam para lá para cear ficavam aos cuidados de um grupo de jovens garotas voluntárias que os atendiam e serviam sua comida. O assistente social que o visitava de tempos em tempos lhe dissera que nesse ano seria a mesma coisa. Nem todas as pessoas eram sem-teto, mas algumas, como ele, moravam sozinhas em um quarto, sem esposa nem filhos. Os homens superavam a quantidade de mulheres numa proporção de três por um. Primeiro tomaram uma xícara de chá, depois assistiram à TV e, às 12h30, o almoço de Natal foi servido em uma longa mesa coberta com um papel vermelho; havia peru com acompanhamento, linguiça, batata assada e repolho, seguidos de pudim e creme de ovos. Uma das mulheres disse que o acompanhamento do peru saiu de um pacote e o creme de ovos, de uma lata. Dex não se importava. Era a melhor refeição que fizera no ano. Um copão de Guinness a teria tornado perfeita, mas não tinha, é claro. Ele na verdade não se importava.

Depois do almoço ele dormiu um pouquinho em uma poltrona com braços de madeira e uma almofada com a estampa do Mickey

Mouse, porque todos os demais dormiram. Acordaram para ver a rainha, e, em seguida, Dex foi embora. Seu quarto estava abafado, fedia a roupa suja e a bolinhas de naftalina. Ligou a televisão e se sentou em frente a ela para ver uma mulher em um noticiário falar sobre ter encontrado a faca dele em sua bolsa. Ele se sentiu muito arrependido por tê-la descartado lá. Fizera um bom serviço com a faca, tornando o mundo um lugar melhor. E se tivesse que matar outro espírito maligno? Roubar era errado, ele sabia disso muito bem, mas apenas uma vez ele poderia ter que quebrar essa regra e pegar uma faca da cozinha do Dr. Jefferson se Peach precisasse dele novamente.

APESAR DA MORTE de Thea e das visitas esporádicas da polícia a Hexam Place, as velinhas nas janelas das salas de estar continuavam a queimar. Até mesmo Damian a Roland, que apagaram as suas antes de partirem para a casa da mãe de Roland na sexta-feira — em respeito a Thea, diziam as pessoas caridosas —, reacenderam-nas quando retornaram na noite de Natal. Desculpando-se de uma maneira um tanto perfunctória, os detetives Freud e Rickards apareceram à porta deles dez minutos mais tarde, observados por Montserrat, para fazerem o que chamavam de averiguação de rotina. Montserrat e Ciaran tinham ceado com a irmã do rapaz e um grupo de amigos, comido pouco, bebido muito e, na volta, decidiram que todo o número 7 deveria ser deles. A família tinha viajado e Rabia também não estava lá. Dormiram um pouco nos sofás da sala de estar e, recuperando-se depois de um preparado de vinho, água e aspirinas efervescentes providenciado por Montserrat, situaram-se à grande janela para ver o mundo passar, ou a parte dele que se movia de um lado para o outro em Hexam Place.

Luzes dos postes da rua, mais do que as velas, reluziam no cabelo ruivo de Rickards e no sapato bem lustrado de Freud enquanto subiam a escada até a porta principal da casa de Roland e Damian.

— Isso vai deixar aqueles dois putos — comentou Montserrat. — Eles acabaram de voltar da casa da mãe deles. Ou da mãe de um deles.

— Pra mim isso é só uma formalidade antes deles prenderem aquele cara lá, o motorista.

— Não foi o Jimmy. Eu vi o Jimmy na casa do Jefferson na hora em que aconteceu.

— Viu? — indagou Ciaran. — Nossa. Você tem que contar pra eles.

— É, eu sei. Eu só pensei em esperar um pouquinho. Tenho uma coisa pra contar para você, Ciaran. Não sei o que você vai pensar.

Eles continuaram a olhar pela janela por um tempo, o braço de Ciaran ao redor dos ombros de Montserrat. A Srta. Grieves vinha subindo com dificuldade a escada da área do número 8, muito vagarosamente, arrastando um saco plástico preto atrás de si.

— O serviço de coleta pública não vai recolher aquilo hoje — disse Montserrat —, não no dia seguinte ao Natal, o dia das liquidações nas lojas, não mesmo. Vou te falar uma coisa; esses policiais deviam falar com ela. Ela vê tudo o que acontece por aqui. Ei, olha aquilo lá.

O que Ciaran devia ver era Henry, que vinha da Lower Sloane Street de mãos dadas com a Honorável Huguette.

— Não acredito. Eles vão entrar lá no número 11?

— Não dá pra eu ver daqui. Quem são eles, afinal de contas?

— Se acreditasse em contos de fadas, eu diria que eram a princesa e o porqueiro, mas na realidade são a filha de lorde Studley e o motorista dele. Que tal?

Ciaran perguntou:

— Você disse que tinha uma coisa pra me contar. Tipo o quê?

— Vamos tomar mais alguma coisa primeiro. Tem uísque naquele armário.

Enquanto estavam assaltando o armário de bebidas, a raposa emergiu do jardim da Princesa e começou a rasgar o saco de lixo da Srta. Grieves. O animal se serviu de uma coxa de peru. A mulher idosa a observou da área de serviço e, incapaz de fazer qualquer coisa em relação àquilo, ficou ao pé da escada, gritando e balançando o punho. A raposa foi embora com seus espólios, percorrendo o caminho pelo qual tinha vindo.

SE *ESTAR PRENHA*, *estar buchuda* e *estar embuchada* eram expressões com as quais Henry estava familiarizado, a terminologia usada por Huguette na mensagem que lhe mandara no dia anterior ele nunca tinha visto. *Família a caminho! Fica bem. Bjos. H.* Ele teve que ligar para ela, perguntar e receber a notícia de que estava grávida de mais de três meses e que o pai dela queria vê-lo. Henry quase desmaiou.

— Não, vai ficar tudo bem. Não vou dizer que ele está pulando de alegria. Mas o que você acha que ele falou? "Pelo menos ele é um belo espécime de masculinidade", foi o que disse. "Vai ser uma criança bonita." Não é de morrer de rir?

— E ele vai deixar a gente casar?

— Ele vai *forçar* a gente a casar. O que você acha que ele falou? "Nenhuma filha minha vai ser uma daquelas mães solteiras", foi o que disse. "Lembre-se de que eu sou do Partido Conservador."

Então Henry foi se encontrar com lorde Studley no número 11, galgando os degraus do elegante lance de escada até o escritório no segundo andar. A Câmara não estava em sessão nem requisitava a presença dos ministros em seus departamentos, de forma que o BMW continuaria limpo e brilhante na garagem. Lorde Studley se comportou praticamente como o seu bisavô teria feito frente a um inadequado, mas auspicioso pretendente à mão de sua filha, dando uma bronca e a emendando com os poucos consolos que encontrava na situação: Henry era jovem e saudável, nunca se casara antes, não era um estranho para a família e Huguette parecia afeiçoada a ele. Depois disso, já que não teria que dirigir naquele dia, lorde Studley lhe ofereceu xerez, Henry aceitou e ambos concordaram que o casamento deveria acontecer o mais rápido possível.

Nenhum sinal de Oceane.

TODA A HISTÓRIA de Rad Sothern e Lucy, a chegada de Preston Still mais cedo em casa, o ataque a Rad, sua queda na escada e a morte, foram relatada a Ciaran. Depois Montserrat lhe contou sobre o maleiro do teto do carro, a ida a Gallowmill Hall e a subsequente desova do corpo.

Ciaran estava inabalável. Na verdade, parecia admirado.

— Se você contar isso a eles, não vai poder falar que viu o Jimmy na quinta de manhã.

— Por que, não?

— Cai na real, Montsy. Pensa bem. Eles não vão acreditar em você, vão? Talvez acreditem em uma coisa, mas não nas duas. Você vai ter que escolher em qual vai querer que eles acreditem, na do Jimmy ou na do Rad Sothern.

— Você não acredita em mim?

Ciaran ficou quieto por um minuto.

— Ok, está bem. Eu acredito, mas você é a minha mulher. É claro que eu acredito em você.

— O que eu tenho que fazer, então?

— Obviamente você não pode deixar o Jimmy ser acusado de assassinato. Você o viu na casa do médico enquanto Thea estava sendo assassinada na Oxford Street. Você viu, não viu?

— Você disse que acreditava em mim, Ciaran. É claro que eu vi.

— Então você conta isso pra eles e escreve uma carta anônima pra polícia sobre Rad Sothern, o seu senhor Still, o maleiro, o pneu etc etc. Escreve praquele cara, o Freud.

— Será que ele vai dar crédito à carta?

— Ele não vai se atrever a simplesmente deixar pra lá — disse Ciaran.

VÁRIAS MULHERES NA mesquita e membros de sua família não tinham dúvida de que Rabia havia encontrado um novo marido por meio de uma agência de casamento muçulmano. Ela foi rápida em negar isso. Tais transações, apesar de sancionadas pela comunidade, pareciam a ela impróprias e até vulgares. Esses acordos deviam ser feitos por pais ou, se isso fosse impossível, por tios e tias.

O trato estava feito e Khalid Iqbal já fazia planos para o casamento, Rabia ansiava por sua vida futura como quem ansiava por férias tão remotas e exóticas a ponto de estarem além da imaginação. Um dia aquilo aconteceria e seria infinitamente estranho, todos os dias preenchidos por coisas e experiências desconhecidas. Ela mais uma vez teria a companhia permanente de alguém que não era uma criança e que era tão diferente dela. Alguém que pudesse amar? Isso ela tentaria fazer, daria o seu melhor, mas, ao pensar nisso, Thomas lhe veio à cabeça. Rabia imaginou seu reencontro com ele pós-Natal, o garotinho com a expressão confusa até vê-la do outro lado da sala e pular em seus braços.

A família Still retornaria para casa na terça depois do Natal, e Rabia, na tarde de segunda-feira. Ela sabia que a casa estivera vazia, possivelmente porque Montserrat ficava no apartamento do porão. Bateu na porta dos aposentos da *au pair*, mas ninguém atendeu. Chegando ao primeiro andar, olhou a sala de estar e ficou chocada. A princípio pensou que a bagunça devia ser obra de ladrões, garrafas vazias e pela metade, copos, xícaras e canecas em tudo quanto é canto, os móveis fora do lugar, caixas de DVDs abertas jogadas no chão em frente à televisão. Era mais provável que tivesse sido obra de Montserrat e algum amigo ou amigos celebrando o Natal. Zinnia estaria de volta no dia seguinte, mas o Sr. Still e as crianças também. Rabia buscou uma bandeja e começou a apanhar as louças e os copos. O meu pai e agora Khalid falam que eu sou boa, pensou ela, mas não quero ser boa, este não é meu trabalho, e, se algum deles vier me dizer o quanto eu sou boa, vou ficar zangada. Mas eles não vão, é claro. Não interessa mais porque em breve eu vou ter ido embora e será o fim disso tudo.

Thomas realmente pulou em seus braços da maneira que havia previsto, e ela sentiu uma onda de alegria tão grande que foi como se uma excitação a impedisse de respirar, levando lágrimas aos seus olhos. Teve que se esforçar para retê-las e tentar sorrir.

— Fala meu amor — pediu Thomas.

A POLÍCIA PODERIA ter dito a Jimmy que não o prenderiam, não o acusariam, que estava fora da mira deles. Mas não fizeram isso. Não disseram a ele que Montserrat Tresser, do número 7 em Hexam Place, o tinha visto pela janela do número 3 na hora em questão. Não disseram nada a ele. Simplesmente não voltaram. Ele esperava, nervoso, com saudade de Thea, às vezes especulando sobre quem poderia tê-la matado, às vezes se sentindo muito pra baixo. Simon Jefferson, ao voltar de Andorra na quarta depois do Natal, ficou adequada e lisonjeiramente compassivo quando Jimmy lhe contou sobre Thea.

— Tira folga até depois do ano-novo.

— Não vou fazer isso — respondeu Jimmy. — Melhor eu ter alguma coisa pra fazer, manter minha cabeça ocupada.

Nenhum dos membros da Sociedade Santa Zita sabia exatamente o que estava acontecendo entre a polícia e Preston Still, mas todos especulavam e criavam teorias. Começou na véspera do ano-novo quando de manhã cedo o pequeno Honda de Freud apareceu do lado de fora do número 7. Freud e Rickards, observados por June, que estava naquele momento passeando com Gussie, subiram até a porta principal, falaram com Zinnia e desceram de novo quase imediatamente. June perguntou a eles quem estavam procurando e como não houve resposta disse que a Sra. Still estava em Chipping Campden e o Sr. Still tinha se mudado para Medway Manor Court.

O carro desapareceu em direção a Lower Sloane Street. Mais tarde naquele dia, um boletim de notícias no rádio transmitiu uma história sobre um suspeito da morte de Rad Sothern. A polícia ainda não estava liberando nome algum, mas um homem fora preso e estava sendo interrogado. Henry, sentindo-se nas nuvens, como ele colocava, depois de sua festa de noivado, contou a Sondra, que serviu as bebidas, que Beacon lhe contara que o tal homem era o Sr. Still. Sondra, que nunca dissera nada a esse respeito antes, contou que Zinnia lhe confidenciara que isso foi porque Rad Sothern estava tendo um caso com Lucy. Não que isso a surpreendesse, já que sempre fora da opinião de que Lucy dava as suas escapulidas de vez em quando. Beacon estava muito chocado e considerava seriamente pedir demissão, mas ainda não tinha tomado nenhuma atitude nesse sentido.

O futuro casal feliz buscou Jimmy na casa do Dr. Jefferson, onde ele tinha se acomodado, e o levou ao Dugongo para animá-lo. Jimmy ouvira que a polícia conseguira um mandado de busca e fora a Gallowmill Hall à procura de um maleiro de teto de carro, mas não o tinha encontrado.

— Deve ser o maleiro que eu vendi pra Montsy — especulou Henry. — Quer dizer... mais dei do que vendi.

— O corpo de Rad Sothern estava dentro — disse Jimmy. — Acho que vou tomar outro rum com Coca-Cola já que é véspera de ano-novo e eu não tenho que dirigir. Enfim, eles não o acharam. Outra coisa, andaram falando com um sujeito de seguradora que trocou o pneu do carro do Sr. Still naquela mesma noite. Seria de se imaginar que um figurão dito inteligente como ele seria capaz de trocar um pneu de carro, não é?

— Não acredito em uma palavra disso — comentou Ciaran, que tinha acabado de entrar.

Montserrat entrelaçou seu braço ao dele.

— Nem eu.

— Vão continuar interrogando o Sr. Still a noite toda, foi o que o Dr. Jefferson falou. Ele está perturbado demais com essa história, isso eu posso te afirmar, porque sou amigo dele. O doutor disse que podem mantê-lo lá por trinta e seis horas. Não paro de pensar que, se a Thea estivesse aqui... isso ia ser um drama e tanto pra ela, não ia?

— Talvez ele a tenha matado também — disse Huguette, mas não antes de ela e Henry estarem do lado de fora e a caminho de outra comemoração, dessa vez em Soho.

CAPÍTULO VINTE E CINCO

Embora não desejassem soar insensíveis, Damian e Roland disseram um ao outro onde Zinnia podia ouvir que, por mais chocante que tivesse sido, o assassinato de Thea faria muito pouca diferença no estilo de vida deles. Poderia até ser vantajoso, já que poderiam alugar o andar de cima por um valor mais alto. Zinnia escutou o telefonema de Roland para a corretora de imóveis e, apesar de não poder adivinhar as respostas da mulher, conseguia perceber o desapontamento na voz dele. Sem dúvida ele estava completamente fora da realidade ao querer pedir mil libras por semana por aquele apartamento e isso antes mesmo de a corretora tê-lo visto. Quanto à contribuição de Thea nos afazeres domésticos, parecia que eles subestimavam o que ela fazia. Zinnia não disse, mas poderia ter falado para eles que Thea tinha sido secretária, faxineira, jardineira e ocasionalmente cozinheira e garçonete, tudo em uma só, sem receber nem um obrigado, nem dinheiro por isso. Não comentava nada; não queria que começassem a pensar que ela, Zinnia, compensaria esse déficit; se bem que poderia, caso lhe pagassem.

Nenhuma menção ainda havia sido feita em relação a algo do tipo, no entanto. Tanto Damian quanto Roland resmungavam o tempo todo sobre ficarem sem sopa, sacos de lixo e lâmpadas, sobre as plantas da casa morrerem por falta de água, terem que servir suas próprias bebidas e fazerem as próprias compras. Quem agora prepararia as refeições da festa de união civil deles?

Zinnia contou a June que quase morreu de tanto rir quando escutou Damian no telefone com a mãe, verificando de maneira hesitante se ela e a tia dele, que às vezes cozinhavam para festas em Belgravia, preparariam um almoço para 119 pessoas no número 8 em Hexam Place no dia 27 de janeiro. Aquela havia sido ainda mais engraçada do que a ligação para a corretora de imóveis. Zinnia contou a June tudo sobre isso, sem deixar de mencionar o "Puta merda, Damian!" da mãe dele, que dera pra ouvir na casa toda, se não em toda a Hexam Place.

— Eu sabia o que ia acontecer — falou com June —, e eu estava certa. Tiveram que mandar cartões para todas as pessoas que convidaram, pedindo desculpa e falando que o casamento estava cancelado. É claro que não está. Só que vai ser bem discreto, os dois almoçando no Ivy com as mães, Lucy Still e lorde e lady Studley.

— E aquele amigo deles que não é gay, o Martin Gifford — disse June —, para que não haja mulheres demais.

A POPULAÇÃO VOLTOU mais ou menos à normalidade na primeira terça-feira de janeiro. Era aniversário de Jimmy, uma ocasião triste. Se Thea não tivesse encontrado destino tão terrível, eles teriam saído para jantar e comemorar, além de conversar sobre os planos para o casamento. Ou disso Jimmy se convencia, com lágrimas nos olhos ao abrir a porta de trás do Lexus para o Dr. Jefferson. Isso atingiu diretamente o coração do pediatra; ele descobriu que era aniversário de seu motorista e, pedindo a Jimmy que esperasse "só um segundo" enquanto ia dentro de casa de novo, reapareceu com um envelope que Jimmy mais tarde descobriu conter um cheque de duzentas libras.

Era o primeiro dia de Dex de volta ao trabalho. Ele chegou às 9h30, carregando sua grande sacola de pano, que continha a espátula pontiaguda, o garfo, a podadeira e a tesoura de jardim, no exato momento em que Jimmy chegava do Great Ormond Street Hospital. Jimmy mal falou com ele, e entrou rapidamente na casa, dizendo a si mesmo que estava muito frio e o vento muito cortante para que ficasse lá fora mais tempo do que o necessário.

Dex estava acostumado com o frio. Quando era criança, sua mãe costumava trancá-lo no banheiro do lado de fora, às vezes por horas a fio, mas somente no inverno. Não havia por que fazer isso no verão. Ela fizera um de seus padrastos colocar uma tranca do lado de fora especialmente para esse propósito. Portanto, o frio não significava nada se tivesse com um casaco quente e aquelas luvas elásticas que se compram por uma libra no mercado. O chão não estava congelado, embora não devesse permanecer assim por muitas manhãs se as imagens na TV de floquinhos esvoaçando de um lado para o outro sobre o cinza e o verde fossem verdadeiras. A geada e depois a neve evitaram muito da poda que ele teria feito no início de dezembro. Começou aparando a lilás e a jasmim-de-filadélfia, lembrando-se de ser cuidadoso com esta última; nenhuma flor nasceria durante o ano nos galhos que haviam sido podados. A madeira cortada ele colocava em um grande saco plástico. Melhor se pudesse usar os recipientes cujo conteúdo podia ser reciclado, mas, devido aos cortes, a junta administrativa de Westminster havia suspendido o seu fornecimento. Todos os galhos e ramos ele cortava em pedacinhos por uma questão de asseio.

Estava começando a trabalhar no corniso no momento em que seu celular tocou. Isso não acontecia com muita frequência, e, quando ocorria, Dex sempre desejava que fosse Peach. Tinha acontecido umas duas vezes desde o Natal, mas não para falar com ele, eram apenas mensagens que Dex achava que lhe diziam coisas boas sobre o telefone, coisas que fariam com que economizasse dinheiro. A ligação não era de Peach, mas da Sra. Neville-Smith. Perguntou-lhe se poderia ir ao vizinho e pegar o pagamento por ter limpado a entrada e a calçada da casa dela e, quando lá estivesse, aparar a sebe. Dex sempre respondia sim. Ele tinha muito apreço pelo Dr. Jefferson, mas não gostava nem um pouco dela. Não por ela não ser boa com ele, mas por causa de seu nome. Seu segundo ou terceiro padrasto, o que pusera a tranca na porta do banheiro, chamava-se Smith, Brad Smith. Ele foi o primeiro espírito maligno com quem se deparou. Não sabia na época que sua missão na vida era destruir espíritos malignos. Então Brad Smith ainda estava no mundo, fazendo coisas perversas. Ele disse sim à Sra. Neville-Smith por causa do dinheiro.

Trabalhou até o relógio em seu celular marcar 11h30, então bateu na porta de trás para dizer a Jimmy que tinha terminado e para pedir seu dinheiro. Às vezes imaginava por que Jimmy, que era apenas um motorista e um trabalhador como ele, conseguia morar na casa do Dr. Jefferson, comer, ver TV e dormir em uma cama ali, mas nunca perguntava. Ocasionalmente, no passado, Jimmy lhe preparava uma xícara de chá ou, em momentos maravilhosos, uma caneca de chocolate quente, quando também tinha preparado uma para si. Não havia nada disso naquela manhã.

Jimmy entregou seu dinheiro.

— O Dr. Jefferson te dá um toque quando quiser você de novo.

— Ele falou quinta-feira.

— Tem certeza? Vou confirmar com ele. Não conta com isso até eu te avisar.

Isso provavelmente foi calculado para fazer Dex se perguntar de onde a próxima libra viria. Ele levou suas ferramentas até a vizinha, a Sra. Neville-Smith. Jimmy se sentou em frente à televisão e pôs os pés na mesinha de centro. Havia coisas a fazer: ir para o seu próprio apartamento, ver se estava tudo bem, dar uma limpadinha nele, lavar e polir o Lexus, dar uma olhada na papelada que o Dr. Jefferson deixou para ele, pagar o imposto de circulação do carro, verificar se o estacionamento para moradores não estava prestes a expirar. Mas não no seu aniversário, muito menos com o aperto que sentia no coração. Estava de luto, praticamente um viúvo, e precisava cuidar de si pelo menos até o final da semana, quem sabe até segunda-feira. Era preciso buscar o

Dr. Jefferson na Great Ormond Street, é claro, mas com exceção disso, o dia seria de descanso. Com o controle na mão, trocou de canal para o programa de perguntas e respostas transmitido no horário de almoço às terças-feiras e se recostou nas almofadas.

SEM EXATAMENTE SE arrepender da carta anônima — a primeira carta que escrevia a alguém em cinco anos —, Montserrat se sentia nervosa com aquilo. Era possível saber de praticamente tudo hoje em dia. Ela estava vagamente ciente de que nem sempre fora assim, mas agora era. De onde alguém ou alguma coisa viera, onde qualquer um morava, quem encostara em alguma coisa, quem escrevera alguma coisa, enviara alguma coisa, entrara num trem ou num ônibus — a lista era interminável. Isso significava que a polícia sabia quem enviara a carta? Eles não teriam ido ali prendê-la se soubessem?

— Para de se preocupar — disse Ciaran. — O que eles podem fazer com você? Temos noventa mil pessoas na prisão e as cadeias estão a ponto de explodir de tão abarrotadas. Cai na real, Montsy.

Ela não queria ver Preston ou ligar para ele. A polícia devia estar monitorando o telefone dele e assim que ouvissem sua voz saberiam que ela era a autora da carta anônima. Ele podia ainda estar na delegacia ou a polícia podia tê-lo deixado voltar para Medway Manor Court. Mas certamente, se tivessem dado a atenção que deveriam à sua carta, ele *nunca* mais voltaria para lá.

Lucy chegou em casa num carro alugado. Zinnia contara a Montserrat que Beacon havia se recusado a dirigir para ela por conta de sua vida imoral, mas Montserrat se indagou se não teria sido Preston quem o impedira. Não havia nada nos jornais sobre ele. Ela estava com medo de olhar, mas Ciaran lhe havia dito. Com certeza o tinham interrogado? Com certeza tinham um mandado para fazer uma busca em Gallowmill Hall e no quarto de bagagem? Ela não tinha mencionado a troca de pneu do seu carro, porque nomeá-lo os teria levado diretamente a ela. Também não escrevera uma palavra sobre o sujeito do seguro. Mas o maleiro de teto seria o suficiente, não seria? Fios de cabelo de Rad Sothern lá dentro, seu DNA, todos esses traços que hoje em dia são de grande auxílio para levar criminosos como Preston à justiça. Eles conseguiriam um mandado de busca. Já teriam feito isso a essa altura, mas qual era o resultado? Se ela ao menos não estivesse com tanto medo de perguntar.

O NÚMERO 6 em Hexam Place era propriedade da Princesa, não de June. Na maioria de suas altercações, a Princesa deixava isso claro.

— Você deve se lembrar — falava ela — que esta casa pertence a mim. Ou.

— Eu sou a dona desta casa.

Não havia perigo de June esquecer porque, de vez em quando, depois de a patroa estar dormindo, ela abria a gaveta de cima da escrivaninha na sala de estar e lia o testamento da Princesa, ou a cópia dele, pois o original ficava no escritório do Sr. Brookmeadow na Northumberland Avenue. O testamento, do qual Damian Philemon e Zinnia St Charles foram testemunhas, deixava "todos os meus bens quando de minha morte" a June Eileen Caldwell e estava assinado por Susan Geraldine Angelotti, conhecida por Hapsburg, e datava "14 de outubro de 1999".

June o tinha visto muitas vezes, mas nunca tivera *permissão* para vê-lo. Damian e Zinnia (uma parelha improvável) deviam ter sido capturados, como ela colocava para si mesma, enquanto ela, June, estava levando o predecessor de Gussie para dar uma das longas caminhadas de que necessita um labrador, que envolviam ir até o parque e dar a volta nele. Fora Zinnia que contara a ela sobre a existência do testamento ou, melhor, que ele era a última substituição testamentária. Estavam na primeira semana de janeiro, a Princesa fora para a cama cedo e ela examinava o testamento mais uma vez. Era o último de muitos testamentos feitos ao longo dos anos, todos eles assegurando a herança a ela. Em todos os anos em que ela e a Princesa estiveram juntas, salvo alguns amantes de cada uma delas, uma eventual amiga e uma conexão com uma família italiana que tentava sugar a sua parte, não houve contendores sérios a se tornarem beneficiários. As coisas pareciam estar mudando.

Algumas horas mais cedo, June, retornando do passeio com Gussie, topara com Rocksana ajudando a Princesa e sentar-se em sua cadeira de rodas para levá-la para passeio na Harrods. June não dissera nada, porém, mais tarde, depois de a Princesa ter se recolhido ao seu quarto, ao entrar com uma xícara de chocolate e um pequeno uísque irlandês em uma bandeja, encontrara Rocksana sentada na cama segurando a mão dela. Foi essa imagem que a levara a checar o testamento. Rocksana havia falado sobre ir para casa — onde quer que essa casa fosse agora — depois do Natal, em seguida sobre ir embora após o ano-novo, mas já era Noite de Reis (de acordo com Roland) e ela ainda estava ali.

A indignação de June não tinha nada a ver com gostar ou desgostar de Rocksana. Se muito, era indiferente a ela. Mas a jovem mulher, modelo, atriz, o que quer que fosse, não era nada para a Princesa. Ela era, se não um parente, uma conexão familiar de June, ou quase. Estar noiva hoje em dia significava praticamente estar casado. Se o pobre Rad estivesse vivo, eles provavelmente estariam casados a essa altura, e ela, June, teria se tornado tia-avó dela também. No dia seguinte, Zinnia disse a ela que, quando fora ao segundo andar para "dar uma limpadinha rápida com o aspirador de pó", encontrara Rocksana lá com uma fita métrica.

— Francamente — disse June —, estou surpresa por ela saber o que é uma fita métrica.

— É impressionante o que as pessoas sabem quando o assunto é pilhagem.

— É verdade.

June estava redigindo a ata da última reunião da Sociedade Santa Zita e preparando a agenda da próxima. Parte do tempo deveria ser dedicado a um memorial para Thea. Jimmy seria convidado a falar, mas era possível que não se sentisse disposto a isso. Beacon poderia ser uma escolha mais sábia contanto que não viesse com muito papo religioso. Ela foi interrompida por Rocksana, que a perguntou se ficaria incomodada caso ela levasse Gussie para passear. A Princesa sugerira isso (ou assim disse a garota, pensou June) e ela, Rocksana, ficaria feliz em aliviar a carga de trabalho.

June ficou alerta dois dias depois quando a Princesa lhe pedira para que desse uma volta um pouco mais longa que o normal com o cachorro e a lembrou de que o veterinário dissera que ele não deveria ganhar mais nenhum peso. O Sr. Brookmeadow a visitaria para tomar um chá. Não, nada importante, somente uma coisa que deveria ser feita diante de um tabelião, e a Sra. Neville-Smith também estaria lá. Ela queria alguma coisa especial para o chá? Rocksana estava vendo tudo isso, ia buscar um bolo na Pâtisserie Valerie. June estava convencida de que um novo testamento estava para ser feito, este em favor de Rocksana. Ela se animou um pouquinho na manhã seguinte quando, embora Rocksana lhe tivesse contado que se mudaria para o segundo andar, a Princesa exigiu um contrato de aluguel por um período curto, renovável depois de seis meses.

A reunião da Sociedade Santa Zita contou com muitas presenças. Beacon, que não estava trabalhando naquele dia, tinha um motivo especial para ir ao Dugongo — elogiar Jimmy pela excelência do pato —, e fez um comovente discurso sobre as excelentes qualidades de Thea. Aparentemente ela lhe confessara que tinha a intenção de se casar na igreja e lhe pedira para que a acompanhasse ao altar. Jimmy chorou um pouco e lhe trouxe um Drambui. Era muito raro Beacon beber álcool, e todos viram aquilo como um bom presságio. Dex, novamente sentado sozinho a uma mesa no canto, ficou escutando o seu telefone e olhando para mensagens que apareciam nele. Jimmy, por sua vez, a ponto de transformar a reunião em um velório, trouxe uma Guinness para ele, mas disse depois que o sorriso de Dex ao agradecer "fez meu sangue gelar".

Quando disse isso, o jardineiro já tinha ido embora. A reunião o assombrou. Ela parecia ser sobre uma mulher que tinha morrido, mas quem ela era, onde a morte acontecera e porque aquele pessoal se preocupava, ele não sabia. Todos eles eram pessoas, não espíritos malignos, isso era claro. Gostou de ter ganhado a Guinness e forçara um sorriso de agradecimento, mas sorrir era incomum para ele, pois tinha poucas ocasiões para isso. Às vezes ele sorria quando uma planta de que ele cuidara floria, a cor era boa e a forma bonita, mas isso era um evento que só podia acontecer no verão, nunca naquele período glacial do ano. Janeiro e fevereiro eram as épocas de que melhor se lembrava de estar preso naquele lugar frio com a porta trancada.

A caminho de casa ele comprou uma lata de sardinha e um pacote de batata para a sua janta. Seu quarto estava frio e, apesar de não ter condições de pagar, ligou o aquecedor elétrico. A senhora idosa que morava no andar de baixo recebia um subsídio de duzentas libras do governo para pagar os gastos com o aquecimento da casa. Dex não conseguia entender por que ele não o recebia e, quando perguntou, responderam-lhe que ele não era velho o bastante, o que também não conseguia entender. Por que era melhor ser velho do que jovem? Ele ligou a televisão. A mulher que tinha encontrado a sua faca na bolsa estava falando novamente, e depois um policial disse algo sobre testes que estavam sendo feitos na ferramenta dele. Com seu cabelo preto e seu casaco felpudo, a mulher o fazia lembrar-se do espírito maligno que tinha destruído, mas como se livrara dela não estava mais com medo ou aborrecido.

O telefone celular dele fez um barulhinho bem na hora em que ele estava se preparando para ir para a cama, duas pequenas notas musicais e depois mais uma. Ele deu uma olhada na tela e, para a sua crescente excitação, viu que uma mensagem de Peach havia chegado.

Como um pequeno agradecimento, ele lia, *por ser cliente da Peach, gostaríamos de dar a você dez ligações grátis.*

Ele ficou muito contente, não tanto pela economia, mas pelo cuidado que demonstrava com ele. Em seu mundo não eram muitas as pessoas que demostravam cuidado com ele; o Dr. Mettage talvez e o Dr. Jefferson tinham sido bons. Mas ele sentia que Peach realmente se importava. Afinal, ele não pedia essas mensagens, essa gentileza; elas simplesmente chegavam, precedidas pela melodiazinha. Peach o amava.

JOE CHOU AJUDOU Rocksana a se mudar e passou a noite com ali, mas não parecia pretender morar com ela.

— De qualquer maneira, a Princesa não deixaria — disse June.

Sua patroa nunca havia tomado posição em qualquer questão moral, mas não fazia mal algum dizer à nova inquilina quais eram as regras, formuladas por ela mesma.

— Não, a menos que o aluguel aumentasse cinquenta por cento — adicionou.

— O Joe acabou de conseguir um apartamento em cima do restaurante e não vai querer abrir mão dele.

June acordou de madrugada, às 2h, a fim de verificar o testamento. A Princesa estava na cama havia cinco horas, e Rocksana, mais ou menos uma. June subia lentamente a escada do último andar a cada quinze minutos na esperança de que a fresta de luz debaixo da porta do quarto da moça estivesse apagada, tendo que fazer três dessas jornadas, arrastando o braço empedrado atrás de si, até enfim deparar-se com a escuridão total. Eram quase 3h quando entrou na sala de estar à procura do testamento. Ou o antigo, ou o novo era o que ela esperava encontrar, mas na verdade não achou testamento algum. Impossível afirmar se um novo havia sido feito. Possivelmente sim, e o Sr. Brookmeadow o levara consigo para tirar uma cópia; era provável que devolveria uma. Mas talvez o antigo testamento não tivesse sido suplantado, June ainda fosse a legatária e o Sr. Brookmeadow havia sugerido que não havia por que mantê-lo ali no número 6 de Hexam Place, pois ficaria mais seguro no cofre em Northumberland Avenue. Não havia como saber.

Se havia um novo testamento, a Sra. Neville-Smith tinha sido uma das testemunhas, mas quem teria sido a outra? Não Zinnia. Ela já tinha ido embora muito tempo antes e devia estar no número 4, fazendo faxina para Sohrab e Lambda, no momento em que o Sr. Brookmeadow chegara. Havia, é claro, uma terceira possibilidade: a confecção de um novo testamento no qual June poderia não ser mais a herdeira única, passando Rocksana a ser beneficiária adicional e, possivelmente, até mesmo a própria Zinnia. Tomada por estresse e ansiedade, June pensou que não objetaria muito se fosse o caso; não era muito avessa a compartilhar, conseguiria suportar aquilo. Com um estado de espírito mais resignado, voltou para a cama.

Embora fosse pediatra e quase todos os seus pacientes tinham menos de 10 anos, a maioria dos moradores de Hexam Place ligava para o Dr. Jefferson quando necessitavam de cuidados médicos. Ele morava na mesma rua, era médico e todos concordavam que era uma ótima pessoa. Antes de se separar da esposa, Preston Still regularmente tocava a campainha da casa dele (ou mandava outra pessoa fazer isso) quando um de seus filhos tinha febre ou algo na pele; Damian Philemon ligava quando ele ou Roland estavam com dor de garganta e Bibi Lambda pedia receita para a sua pílula anticoncepcional. Até mesmo Simon Jefferson, o mais indulgente dos homens, chegara a comentar com Jimmy que aquilo era um pouco demais.

Ele nunca dizia não e sequer considerou fazer isso quando June se apresentou à sua porta e lhe contou que encontrara a Princesa inconsciente no chão do banheiro. O Dr. Jefferson a acompanhou de volta ao número 6, onde Rocksana lhe disse, para surpresa de todos, que tinha empreendido o teste de verificação de acidente cerebral vascular ao examinar a distorção da face e tentar fazer com que ela levantasse o braço e falasse, mas nada disso dera resultado.

— Melhor chamar uma ambulância. Parece um derrame, caso em que o tempo é fundamental.

CAPÍTULO VINTE E SEIS

A Princesa nunca recuperou a consciência. June via pouco propósito em visitá-la, já que ela não saberia se havia alguém ali ou não, mas Rocksana pensava de outra forma.

— Eles, tipo, sabem que você está lá — disse a moça a Zinnia —, mesmo que não possam ouvir você falar.

Ela ia todos os dias e sentava à cama da Princesa. June ficou muito incomodada. Vasculhou a cesta de medicamentos da patroa no banheiro, pois se lembrava vagamente de haver nela um frasco de comprimidos para dormir com pelo menos 20 anos de idade, mas ele não estava mais ali. Uma busca nos aposentos de Rocksana não revelou nem os comprimidos, nem o frasco, mas June decidiu que aquilo era obra da astúcia da moça. Três dias depois de ser internada no hospital, a Princesa teve outro derrame e morreu. Rocksana chorou copiosamente. June colocou o casaco de vison da Princesa e um chapéu feito com uma pele de menor qualidade, porque ainda estava muito frio, e caminhou até o número 3.

Fazer isso exigiu uma boa dose de coragem. Foi apenas pela certeza de que uma fortuna poderia estar em risco que June manteve a determinação. O Dr. Jefferson era médico, morava na mesma rua, era famoso por sua gentileza e uma pessoa de trato fácil. Ele a escutaria.

Mas June estava com medo. Com a garganta seca, tocou a campainha à porta principal. O Lexus cor de manteiga estava estacionado ao meio-fio, então não havia escapatória. Ele estava lá.

E Jimmy também; foi ele quem atendeu a porta. Não perguntou exatamente o que ela queria, mas foi quase isso.

— Ah, oi, June. O que a traz aqui?

— Tenho um assunto particular a discutir com o Dr. Jefferson — disse ela num tom muito duro, mas rouco.

— Parece que você está muito resfriada. Talvez não devesse sair de casa.

June não respondeu. Era a primeira vez que entrava na casa. Pela porta entreaberta da sala de estar, ela conseguia ver que o lugar era elegantemente mobiliado. Então, sem esperar que Jimmy lhe mostrasse o caminho, entrou ali e se sentou em um tipo de cadeira que imaginou ser francesa, com braços e pernas ondulados e estofamento de seda vermelha. O ato de sentar-se não foi um gesto inteiramente desafiador direcionado a Jimmy, mas aconteceu também porque ela temia que suas pernas cedessem ao nervosismo.

O Dr. Jefferson a deixou esperando somente dois minutos. Com um meio sorriso e um semblante solidário, disse:

— Sinto muito pela Princesa. Receio que esteja profundamente abalada.

— Sim, bem... sim, é claro que estou. Ficamos juntas sessenta anos.

— Ah minha pobrezinha, isso é muito tempo. Então, o que posso fazer por você?

June foi direto ao ponto. Se não fosse assim, não teria conseguido de jeito nenhum.

— Queria saber se podemos fazer uma autópsia.

— Uma autópsia? E porque você ia querer isso?

Sempre recorrendo ao drama em situações difíceis, June disse:

— Suspeito que possa ter sido um crime.

— Não estou escutando isso — falou o Dr. Jefferson, sua voz gélida.

Do lado de fora da porta entreaberta Jimmy a escutou falar sobre a questão do frasco de comprimidos, a boa saúde da Princesa até exatamente o minuto em que foi encontrada caída no chão, a chegada de Rocksana ao número 6 e sobre como ela "rastejava ardilosamente no sentido de conquistar as afeições da Princesa".

— Acho que ela persuadiu a Princesa a mudar o testamento. Por que mais o Sr. Brookmeadow teria ido lá tomar um chá? E ele deve ter sido alterado em favor da Srta. Castelli. O senhor vai ver.

June tinha mais a dizer, mas sua voz falhou e ela levou a mão esquerda até a boca, porque o rosto do Dr. Jefferson tinha mudado. Ele gradualmente começou a ficar muito diferente, a parecer, na verdade, outra pessoa. Não era mais o gentil e afável homem favorito das mães no Great Ormond Street Hospital, aquele que seus filhos pareciam preferir mais do que os próprios pais, o juiz justo, austero e inflexível. Duas linhas paralelas profundamente entalhadas surgiram entre suas sobrancelhas, e ele franziu com força os lábios. Jimmy, ao alcance da voz, mas incapaz de ver através da porta e da parede, esperou alegremente pela explosão. Que não veio.

O Dr. Jefferson falou muito tranquilamente:

— É melhor dar a você o benefício da dúvida, June. Perdeu a sua patroa e amiga íntima. É nítido que você não está bem. Como médico, sugiro que vá para casa, deite-se, descanse bem e não vamos mais ouvir nada sobre esse disparate.

Com isso, a metade da conversa inaudível, Jimmy teve que se contentar. Ele apareceu no momento apropriado para acompanhar June à porta, dizendo enquanto ela descia desequilibrada pelo caminho:

— Não falei que não era pra você ficar em casa por causa desse seu resfriado?

De volta à cozinha, Dex esperava pacientemente pelo retorno de Jimmy para que ele lhe desse seu dinheiro. Jimmy tinha distraidamente colocado o envelope o bolso. Ele o pegou e entregou, bem aliviado por Dex, ao agradecer, não ter conseguido dar um daqueles seus sorrisos de arrepiar a espinha. Cuidadoso ao trancar a porta de trás antes de sair para levar o Dr. Jefferson à Great Ormond Street, Jimmy estava de volta depois de quinze minutos. Era muito cedo para o almoço, mas estava com vontade de comer alguma coisa. O bloco de facas tinha seis fendas. A faca de pão ocupava a mais alta do lado esquerdo. A fenda à direita, que era geralmente ocupada por uma faca de fruta menor e muito afiada, estava vazia. Estranho, pensou Jimmy, ainda que não achasse o acontecimento particularmente sinistro. Deviam ser todas as aparições daquela mulher na TV, a que achou na própria bolsa a faca que matou Thea, afetando-o. Aquela não podia ser a desaparecida, podia? Não, porque ele tinha certeza de que aquela fenda estava preenchida no dia anterior.

Ele começou a cortar o pão, passar manteiga na fatia e colocar uma grossa fatia de cheddar nela. Comer retirou de sua cabeça a questão da faca e permitiu que se concentrasse em sentir saudade de Thea.

ADIANDO SEU PEDIDO de demissão dia após dia, Rabia decidiu que não deveria mais postergar a escrita dessa carta. Fora o Sr. Still quem a entrevistara e a contratara, mas ele tinha ido embora, um divórcio era iminente, e parecia que Lucy sozinha passara a ser sua patroa. Disso ela não tinha tanta certeza, mas certamente era a Lucy que sua carta de demissão deveria ser entregue. O Sr. Still morava em outro lugar agora, e ela não sabia como descobrir onde era. Lucy sabia, é claro, mas ela perguntaria por que Rabia queria saber. Montserrat devia conhecer o lugar, também, porém Rabia estava relutante em perguntar. Então adiava dia após dia.

Havia outro motivo para esse adiamento, ela sabia. Enquanto não contava a ninguém da família Still que iria embora, ainda era a babá de Thomas, e estava mais afeiçoada a ele do que nunca. Secreta e particularmente, ela poderia seguir em frente afirmando a si mesma que o que sabia era verdade, que ela era a mais querida por Thomas, de todas as pessoas no mundo dele ela era quem ele mais amava. Depois que tivesse ido embora, que tivesse anunciado sua partida, isso deixaria de ser verdade. Teria que deixar, para o bem do próprio Thomas. Ele não poderia ficar infeliz pela partida dela. Se essa possibilidade existisse, ele deveria ficar o menos perturbado possível quando ela o deixasse. Para a sua surpresa, quando colocou isso em palavras — para si mesma, silenciosamente para si mesma —, começou a chorar. Rabia acreditava que suas lágrimas quando Nasreen morreu seriam as últimas que derramaria. E assim tinha sido até aquele momento.

Ela chorava por uma criança que não estava morta, que não morreria até que fosse um homem muito, muito velho, uma criança que não era dela. Ela devia perdê-lo; não havia como escapar disso. Devia perdê-lo, casar-se com Khalid e talvez ter seus próprios filhos. Enxugando as lágrimas, pegou na gaveta da penteadeira em seu quarto o bloco de papel que tinha separado especialmente para esse propósito, o envelope com o selo de primeira classe já colado nele, e pôs-se a escrever seu pedido de demissão para Lucy. Levou muito tempo. As três crianças dormiam. Rabia escreveu um rascunho atrás do outro antes de ficar satisfeita. A carta foi colocada no envelope, mas estava destinada a permanecer ali por vários dias antes que fosse entregue a Lucy. Rabia foi até o quarto de Thomas e ficou por muito tempo sentada à cama dele, observando-o dormir.

JUNE TAMBÉM CHORAVA. Era natural, ela dizia a si mesmo entre soluços, que chorasse pela Princesa, sua patroa por um longo período, além de sua amiga mais querida. Haviam sido inseparáveis, confidentes uma da outra; conheciam-se às avessas. Gussie também latia e uivava procurando sua ama morta pela casa, embora durante a sua vida a Princesa raramente tivesse ido a qualquer outro cômodo além daquele em que dormia e daquele em que assistia à televisão. Ele procurou e perambulou e uivou e não se sentiu confortável com o abraço de June, que dizia:

— É horrível pra mim também, sabe.

Mas não era. June confessou a si mesma que estava chorando não por sua perda, mas porque o Dr. Jefferson a repreendera. Se a repreensão tivesse vindo de alguém conhecido por sua grosseria e falta de temperamento, ela teria dado pouca importância àquilo, mas, de um homem famoso por sua brandura e descontraída gentileza com tudo e todos, isso era difícil de tolerar. Então ela chorava. Seu único conforto vinha da compaixão demonstrada pelos vizinhos que, visitando-a para expressar suas condolências, reconheciam genuíno pesar em seus olhos inchados e bochechas manchadas de lágrimas.

CAPÍTULO VINTE E SETE

Haveria o funeral e, depois, todos os presentes se reuniriam na sala de estar enquanto o Sr. Brookmeadow lia o testamento. Essa crença de June estava baseada na sua leitura esporádica de romances sensacionalistas. O dia 1º de fevereiro era o dia do funeral, e ela estava planejando tudo com antecedência. Os lugares na sala de jantar deveriam ser distribuídos, com o advogado sentando-se à cabeceira da mesa enquanto aqueles considerados particularmente interessados ocupariam os assentos laterais. Rocksana Castelli, pensou June, e Zinnia St Charles. Era necessário haver testemunhas ali? Ela poderia convidar Damian, mas ele viria? Muito improvável. Sua própria união civil estava para acontecer dali a dois dias e apesar disso dificilmente impedir o comparecimento ao funeral de uma vizinha, ela imaginou que, se convocado, alegaria estar sob pressão por questões pessoais.

A explosão sem precedentes do Dr. Jefferson devido à sugestão dela de homicídio por parte de Rocksana, por parte de qualquer pessoa, na verdade, a chocara profundamente. Chocara-a tanto que ela a sentiu nos ossos, de tal maneira que, quando foi à consulta para que tirassem o gesso de seu braço, ela perguntou ao médico se a dor que sentia em todo o corpo era o início de uma artrite.

— Na sua idade — disse ele de maneira não muito agradável —, todo mundo tem um pouco de artrite.

Era bom ter o braço de volta, mas não o suficiente para esquecer o comportamento do Dr. Jefferson. A explosão dele a tinha amedrontado de maneira que poucas demonstrações de raiva poderiam ter feito. Ela passou a ver sua crença pregressa como um engano, uma consequência natural do luto. Por isso convidou Rocksana para estar presente à leitura do testamento. Se a namorada de Rad herdasse a casa e fortuna da Princesa, ela havia decidido que não contestaria.

A afirmação de Burns de que os melhores planos de ratos e homens muitas vezes dão errado é geralmente usada para dizer que os planos são bons e sua destruição ruim, mas no caso de June o inverso era verdadeiro. Na manhã do funeral ela recebeu uma carta. Ela lhe dizia que o testamento de Sua Alteza Seriníssima, a Princesa Susan Angelotti, conhecida como Hapsburg, atestava que, com exceção de pequenos legados para Zinnia St Charles e para a Srta. Matilda Still, sua afilhada, seus pertences remanescentes, a casa localizada no número 6 em Hexam Place SW1 e a quantia de quatro milhões, seiscentos e cinquenta e duas mil libras, a maior parte em ações, deveriam ser deixados a ela, June Eileen Caldwell. Seguiam algumas tímidas felicitações e expressões de satisfação por parte do advogado dadas as tristes circunstâncias, atenciosamente, John Brookmeadow.

June a leu novamente. Não estava sonhando ou tendo uma alucinação. O testamento fora tirado daquela gaveta apenas para que fossem incluídos os nomes de Zinnia e daquela rapariga atrevida da Matilda Still, e outra pessoa havia testemunhado isso. Pela primeira vez em muitos anos, certamente pela primeira vez desde a sua morte, June sentiu a afeição pela Princesa elevar-se ao patamar de transformar-se em amor, o que trouxe lágrimas a seus olhos. Estava feliz por, admitidamente para impressionar os vizinhos e para não parecer má, ter encomendado um enorme buquê de lírios brancos, frésias brancas, narcisos e mosquitinhos. O florista o trouxe quando ela estava lendo a carta do Sr. Brookmeadow pela terceira vez, e ela se juntou à montanha de flores empilhadas na sala. June, que ainda estava de roupão, subiu até seu quarto, vestiu-se com o preto mais profundo que tinha e escolheu o casaco de vison para colocar por cima. Afinal de contas, era dela agora, como todo o resto.

MATILDA RECEBIA POUCAS cartas. Rabia, que havia se tornado o carteiro pessoal do número 7 desde a partida do Sr. Still, foi quem entregou a carta do Sr. Brookmeadow para a garota no andar de cima. Ela estava comendo Coco Pops no berçário com Hero.

— Você pode ler — disse.

— "Por favor, Rabia, você pode ler essa carta?" — Rabia a corrigiu. — Se você quiser que eu a leia, é assim que tem que pedir.

— Ah, tá bem. Por favor, Rabia, você pode ler essa carta?

Um advogado escreveu para dizer a Matilda que a Princesa havia deixado cinco mil libras para ela. Se Rabia em algum momento já tivesse ouvido as palavras "Porque ao que tem, ser-lhe-á dado", ela agora as teria considerado apropriadas e verdadeiras. Mas elas vinham do livro sagrado errado e ela dava o seu melhor para evitar pensamentos ressentidos e invejosos.

— Eu não sabia que ela era minha madrinha — foi a única coisa que Matilda disse nos cinco minutos seguintes.

Depois:

— Vou colocar junto com o dinheiro para a minha fuga de casa. Provavelmente agora eu já tenho o suficiente pra poder começar a arrumar as malas.

Rabia ficou calada. Ela não acreditava no esquema de fuga, e as chances de Matilda ter permissão para colocar as mãos em uma soma monetária tão alta eram no mínimo remotas. Segurando Thomas pela mão, ela desceu com as garotas para esperarem pelo ônibus. Outro dia com um céu pálido e cinzento, mas fazia bem menos frio. O ônibus chegou na mesma hora que o carro do Sr. Still. Hero gritou "papai, papai" e Rabia, quando a garotinha correu para ele, maravilhou-se, não pela primeira vez, pelo fato de as crianças amarem pais maus tanto quanto bons, tamanha era a necessidade de se ter um. O Sr. Still subiu os degraus até a porta principal segurando sem vontade a mão de Thomas e, assim que viu as garotas no ônibus, Rabia o seguiu. Abrindo a porta da frente, ela lhe perguntou se recebera a carta que ela o havia finalmente mandado. O dar de ombros e abanar a cabeça dele responderam a ela que não. Tinha extraviado, ela supôs. Teria que escrevê-la novamente, demitir-se novamente. Ela deveria contar a ele sobre o legado da Princesa? Talvez.

— A Princesa deixou um dinheiro para a Matilda.

— Sério? Não sabia que ela conhecia a Matilda.

— Ela era a madrinha dela — informou Rabia, apesar de saber muito pouco o que isso significava.

Lá em cima no berçário, ela mostrou a carta do advogado ao Sr. Still.

— Santo Deus — disse ele, mais uma vez abanando a cabeça. — Não posso cuidar disso agora. Tenho documentos importantes pra pegar.

Ele lançou um olhar perfuntório ao filho pequeno.

— Isso na testa dele é um machucado?

Rabia não contou que foi ali que a irmã dele, Hero, tinha batido com uma caneca em forma de dente. Não havia necessidade de criar mais problemas, já que ela podia lidar com o que já existia. Afinal, em breve ela iria embora. Com Thomas em seu colo, Rabia observava da janela o Sr. Still correr até o Audi com os braços cheios de papéis. Do outro lado da rua, aquele jardineiro chamado Dex, que às vezes ia ao centro de jardinagem, também o observava.

— Nós vamos dar uma bela passeada — ela falou para Thomas. — Vamos ver o *meu* papai e falar oi pro Sr. Iqbal. Que tal isso?

Thomas gritou:

— Sim, sim, isso agora!

E Rabia, sorrindo para ele, colocou o dedo nos lábios.

A CERIMÔNIA DE união civil transcorreu sossegadamente e o almoço comemorativo foi um sucesso. Pelo menos de acordo com June. Ela viu Damian e Roland saírem em um táxi preto comum e voltarem à tarde no BMW de lorde Studley com Henry ao volante. Era uma ocasião histórica por vários motivos, pois Huguette daria a ele um Prius de presente de casamento dois dias depois. Abrindo a porta do carro para a sua futura sogra, Henry teve imenso prazer em referir-se a ela como "senhora", também pela última vez. No futuro, ele decidira, seria "mãe", já que copiar Huguette e chamá-la de "mamãe" era um pouco demais.

Outras mudanças estavam a caminho. Somando seu legado às economias que já possuía, Zinnia descobriu que tinha o suficiente para concretizar algo que ambicionara a vida toda: voltar para Antígua e abrir um bar em uma praia badalada. Tinha um voo reservado para o sábado, para desapontamento da metade dos moradores de Hexam Place, que agora ficaria sem faxineira. Jimmy disse ao Dr. Jefferson "não se preocupa" (sua nova frase), porque ele faria a faxina no número 3. Também poderia ser o substituto de Zinnia nos números 6, 7 e 8. Conseguiria fazer isso agora que tinha se mudado para o número 3 e estava, por assim dizer, na área. Quando isso foi dito, o Dr. Jefferson escutou, não demonstrou nenhuma intenção de negar e apenas sorriu de maneira resignada. Jimmy se esquecera completamente da faca desaparecida.

MONTSERRAT CONCORDOU COM Ciaran quando ele disse que estava obcecada por Preston Still. Não de um jeito sexual, ela lhe assegurou — nem gostava mais dele —, mas desesperada para saber o que havia acontecido entre ele e a polícia. Teriam contado a ele sobre a carta? Teria Preston adivinhado que ela a enviara? O que seria feito com ele, se é que fariam alguma coisa? Ela raramente o via. Ocasionalmente o Audi era estacionado em frente ao número 7 e ele era visto subindo as escadas até a porta. Preston nunca falava com ela, nunca demonstrava notá-la, embora olhasse em sua direção, o branco dos olhos ficasse à mostra e ele corasse.

Ciaran queria que morassem juntos. A pessoa que dividia o apartamento com ele tinha saído e o dinheiro do aluguel não lhe fazia falta.

— Ou então a gente pode ir pra um lugar que não seja cinza e úmido.

— Espanha — disse Montserrat, com Barcelona em mente. — Vou pensar nisso.

Pensar nisso envolvia criar coragem para falar com Preston. O que significava ir à Medway Manor Court e encarar a possibilidade de ele se recusar a deixá-la entrar. Era o tipo de coisa que precisava ser feito de supetão. Vê-lo, abordá-lo, falar. Se ele ia ao número 7 — e ela sabia por meio de Rabia que Preston aparecia por lá —, era de manhã cedo, antes de ela estar acordada. Quantas manhãs teria que acordar às 7h30 a fim de falar com ele?

Ela também nunca via Lucy. Três mulheres haviam substituído Zinnia. Eram de uma empresa chamada Merrie Maids e iam à casa todas as manhãs, de modo que cuidavam do café da manhã da patroa. Montserrat passava muito tempo com Rabia. Sua curiosidade aumentou quando a babá perguntou se, caso Montserrat fosse sair naquela manhã, poderia colocar uma carta no correio endereçada a Lucy. Montserrat achou ela podia muito bem entregá-la à patroa, mas não achou apropriado dizer isso ou perguntar sobre o que era a carta, e, apesar de ter feito uma cara de interrogação, Rabia penas sorriu. O dinheiro que ganhava como *au pair*, trabalho que não exigia mais nada dela, continuava a entrar em sua conta. Mas na tarde em que estava com a carta na mão subindo a escada da área de serviço para ir postá-la e se encontrar com Ciaran se deparou com Preston Still saindo do carro. Aconteceu como ela tinha previsto, de supetão, eles ficaram cara a cara.

— Oi — disse ela. — Quanto tempo.

Com uma voz fria, ele disse:

— Como tem passado?

— Melhor impossível. O que a polícia vai fazer com você? Se não me contar, eu vou lá perguntar pra eles.

Se não estivessem na rua e aquele jardineiro esquisito não estivesse observando todos os movimentos deles, ela pensou, ele teria lhe dado um murro.

— Nada — respondeu Preston. — *É claro*. Quantas vezes eu tenho que esclarecer para você que foi um acidente?

— Deixa eu adivinhar. Eles foram a Gallowmill Hall, procuraram e não acharam o maleiro de teto porque você o levou embora e jogou em algum lugar. Ou o queimou, ou fez picadinho dele.

— Fui capaz de explicar tudo satisfatoriamente. E agora, se me der licença, estou com uma senhora pressa.

Ele se virou e galgou a escada até a porta principal. Montserrat foi ao Dugongo e se sentou em uma das cadeiras do lado de fora. Preston Still ficou dentro do número 7 por não mais de cinco minutos antes de descer novamente a escada e entrar de volta no carro.

Estava muito frio para ficar ali por mais tempo, além de não haver nada que a prendesse ali. Montserrat entrou no pub e comprou uma taça de vinho tinto para variar. Essa deveria ser a última vez que entraria no Dugongo. Era hora de partir e sacudir de seus pés a poeira daquele lugar, para usar uma frase muito apreciada por seu pai. Lucy teria que encontrar outra *au pair*.

A PRIMAVERA DEU seus primeiros sinais no meio de fevereiro. Ainda estava cedo para que brotassem as tulipas e os jacintos que Khalid Iqbal plantara para Thea no número 7, mas as pingo-de-neve tinham aparecido e desaparecido e as crocuses violetas e amarelas desabrochavam. Aqueles jardins frontais em cujos canteiros cresciam uma árvore florida ou arbusto possuíam uma amendoeira cheia de botões, isso se já não tivessem florescido, e uma mahônia amarela salpicada de flores entre suas folhas espinhosas. Dex notava todas essas belas coisas com prazer, um alívio em relação àquela coisa feia que observava com frequência, o espírito maligno. Estava preparado para liquidá-lo quando pudesse. A dificuldade se encontrava no fato de ele nunca ficar a sós por mais de um ou dois minutos e nunca andar sozinho para lugar algum.

Dex não tinha dúvida alguma de que era um espírito maligno, apesar de ter chegado a essa conclusão sozinho. Peach estava em silêncio. Ele mandava mensagens, gentis e atenciosas, mas nunca falava. Destruir um espírito maligno podia levar muito tempo, Dex entendia isso. Ele iria vigiar e aguardar.

GUSSIE UIVOU PELA Princesa durante três dias, recusando-se a sair para passear, embora June tentasse levá-lo. Então, muito repentinamente, seu luto terminou e ele começou a comer novamente, mordendo June quando ela tentou colocar o casaco nele. Com Thea morta, Henry casado. morando em uma bonita casinha em Chelsea alugada para ele e Huguette pelo sogro, Zinnia descrevendo em e-mails enviados de Antígua o restaurante que tinha aberto e ela mesma não mais uma criada, June desfez a Sociedade Santa Zita. Fora bom durante a sua duração de aproximadamente sete meses, embora June tivesse notado que, apesar de ela sempre ter se mantido empolgada, os outros não haviam se dedicado muito. Estava pronta para concentrar-se em seu projeto, que era redecorar todo o número 6, de cima abaixo, e instalar um novo sistema de aquecimento central. Por que não, já que enfim tinha sua própria casa? Os vizinhos sugeriram que ela a vendesse e comprasse um belo apartamento pequeno de dois quartos para quando um amigo fosse visitá-la. June estremeceu. Não tinha nenhum amigo. Quem mais se aproximava dessa categoria era Rocksana Castelli e June entendia que devia se livrar dela imediatamente. Isso significaria quebrar o contrato de aluguel, mas a ela nunca havia faltado coragem.

June subia a escada, os ossos doendo novamente, ensaiando as palavras que usaria com Rocksana, mas, no topo do último lance, quando estava praticamente sem fôlego, a ex-namorada de Rad saiu de seu quarto.

— Ah, June, exatamente a pessoa que eu mais queria ver. Espero que você não me odeie, mas eu estou indo embora. Sei que tem o negócio do contrato, mas você podia ser um anjo e me deixar ir embora? É que, veja, conheci um homem maravilhoso e ele quer que eu...

June não escutou o resto. Estava maravilhada por sua sorte. Não precisava de coragem, afinal, agora e talvez pelo resto de sua vida. Aquela tarde ela dedicaria a encontrar um pedreiro. Mas primeiro a ajudar a Srta. Grieves. Aprendendo que é muito mais fácil ser caridoso e generoso quando se é rico, June descobria que cuidar da idosa inquilina do porão do número 8 não era apenas gratificante, mas bem agradável. Fora capaz até mesmo de extrair da Srta. Grieves o que nenhum outro morador de Hexam Place jamais conseguira — seu primeiro nome — e a chamá-la por ele sem despertar a fúria da velha mulher.

— Bom dia, Gertrude. — Não era de se estranhar que ela o mantivesse em segredo! — Vou dar um pulinho no Waitrose daqui a pouco e queria saber o que você está pensando em comer no jantar?

O lugar estava imundo e tinha um cheiro repugnante.

— Acho que seria uma boa ideia eu pedir a Merrie Maids para mandar umas faxineiras darem um pulinho aqui num dia desta semana e dar uma boa arrumada neste apartamento. O que você acha?

June tinha que parar de dizer que ela e as outras pessoas davam um pulinho aos lugares. Encerrou:

— Que tal quarta de manhã?

A Srta. Grieves não discutiu e disse que queria curry no jantar.

— Boa ideia. Talvez eu coma a mesma coisa. E vou trazer pra você uma daquelas latas de lixo que dá para trancar. Assim você pode manter as raposas longe daqui. Vou dar um pulinho... quer dizer, hoje à tarde eu o trago.

Um sinal dos tempos, foi o que Jimmy disse, quando descobriu que o novo motorista de lorde Studley era uma mulher. Rosamund era o nome dela. Provavelmente tinha um sobrenome também, mas ninguém sabia qual. Tais apêndices não pareciam mais ser necessários, ao menos para os empregados. Já com os patrões, a história era outra. Ai dela se fosse pega chamando lorde Studley de Cliff. Tomado por ousadia, Jimmy experimentara, ao voltar de uma longa sessão no

Dugongo, dirigir-se ao Dr. Jefferson como "Si" e não recebera bronca alguma. Mas o pediatra estava meio sonolento em frente à televisão e podia não ter ouvido. Jimmy assistira com interesse à ascensão de June a milionária e proprietária de uma casa. E que casa! Não uma pequena casa geminada numa ruazinha em Acton, convenientemente ao lado de um ponto de ônibus, o máximo que ela poderia ter aspirado comprar com a renda que seus esforços geravam, mas um palácio em um dos bairros residenciais mais refinados do Reino Unido, se não do mundo. Infelizmente, Si Jefferson (como o jovem agora pensava nele) não era mais do que dez anos mais velho que ele, se tanto. Mas Jimmy estava progredindo em sua campanha: ascendera do apertado quartinho no porão para um dos principais quartos no primeiro andar e convencera Si de suas habilidades culinárias de primeira classe. Começaram não apenas a compartilhar a refeição noturna, mas a faziam juntos. Depois disso, Jimmy passava o tempo ali, assistindo à TV na sala de estar. Ele tinha quase esquecido Thea, recordando-se vagamente dela quando via uma mulher ruiva.

NINGUÉM SE EMPENHOU em impedi-la de se mudar. Em um sábado, o dia em que as primeiras tulipas floresceram nos vasos de janela que Thea preparara para deleitar Damian e Roland, Montserrat abarrotou o porta-malas de seu carro com roupas e maquiagem — possuía pouca coisa além disso — e sacudiu a poeira, como diziam Beacon e o pai dela, de Hexam Place de seu sapato para sempre. Rabia desceu para despedir-se dela, e Lucy, apesar de ter colocado cem libras em um envelope debaixo da porta da *au pair*, não deu a menor atenção à partida. Montserrat se demitiu com uma mensagem de voz no celular de Lucy.

— Espero que seja muito feliz — disse Rabia, como se ela estivesse se casando.

— Não era eu que devia estar falando isso pra você?

— Talvez — riu Rabia. — Vamos considerar dito.

Montserrat não havia passado sequer do cruzamento com a Lower Sloane Street quando se lembrou de que tinha deixado seu perfume e creme para o corpo da Jo Malone em uma gaveta do banheiro. Ciaran o tinha dado a ela com o novo perfume Rosas Vermelhas de dia dos namorados e certamente notaria se ela não o estivesse usando. Havia acabado de estacionar o carro em frente ao número 7 mais uma vez e estava no alto da escada da área de serviço quando uma voz familiar gargalhando a fez virar a cabeça. Preston e Lucy estavam descendo a escada da porta principal, Preston agarrando a mão dela como se determinado a não deixá-la ir embora. O rosto de Lucy estava sério, e a boca, fechada com força. Estava mais magra do que nunca.

Montserrat o escutou dizer:

— Você corre todo dia para mim, querida. Se é assim que você controla o peso, devo fazer o mesmo.

— Seria incrível.

Então eles estavam juntos novamente. Montserrat não estava de todo surpresa. Nunca suportaria ficar com ele aqueles quatro anos que planejara. Que Lucy ficasse, apesar de aparentemente estar achando aquilo uma penitência.

CAPÍTULO VINTE E OITO

Dex não costumava questionar os hábitos dos espíritos malignos. Suas regras não eram como as das outras pessoas. Eles comiam e bebiam normalmente — estava se lembrando de Brad Smith —, dormiam à noite e às vezes saíam para trabalhar, porém o que mais faziam era um mistério. Por isso, ver o espírito maligno que havia se instalado no número 7 em Hexam Place aparecer regularmente, para não dizer quase todo dia, com determinação, subir a rua correndo e depois descer novamente meia hora mais tarde era um enigma, mas não daqueles que precisam ser decifrados.

O espírito maligno se comportava muito como um ser humano. Um banqueiro, ele devia ser, pensava Dex, que tinha visto banqueiros na televisão. Uma vez, enquanto corria, ele tirou um celular do bolso e falou nele, com a Orange ou a Apple, supôs Dex. Beacon o levava de carro quando descia a escada depois de correr e trocar de roupa, e o próprio Beacon disse que o nome dele era Sr. Still. Mas Dex sabia das coisas; o nome dele era Belzebu ou Moloch.

Não houve resposta à carta de pedido de demissão de Rabia. Lucy era muito conhecida por não responder cartas e até por ignorar a existência delas. Mas o marido e a mulher estavam juntos novamente.

Beacon levara as malas do Sr. Still para o quarto de Lucy, e, do andar acima, Rabia vira o Sr. Still sair dele de manhã. O adultério devia ter ficado no passado e a conduta de Lucy parecia estar perdoada. Mas e ela e seu futuro? Talvez sua carta tivesse chegado, sido lida, mostrada ao Sr. Still, mas ninguém se lembrara de falar com ela. A data de sua partida seria provavelmente no final de março, quando se mudaria para a casa do pai até o casamento.

O casamento. Dentro de um ano talvez ela tivesse um bebê. Não posso passar por isso de novo, disse ela em voz alta no berçário enquanto Thomas dormia. Pode não ser porque Nazir e eu tínhamos um gene ruim, pode ser que eu sozinha o tenha e todo filho meu fique doente e morra. Não posso passar por isso de novo. Mas que escolha eu tenho? A essa altura eles já deviam ter achado outra babá para assumir o lugar dela, e, algum dia desses, essa nova mulher entraria ali e se apresentaria. Rabia pensou: eu preciso saber, não posso deixar isso acontecer com Thomas sem avisá-lo antes. Tenho que tomar coragem, procurar Lucy e descobrir.

Ela não mais levava Thomas para o viveiro em seus passeios. Khalid estava lá, o gentil, bonito e atencioso Khalid, com quem ela passaria o resto de sua vida. E o pai dela, que agora só sabia falar sobre o casamento e a família Iqbal. Rabia se pegou evitando-o. Em vez de ir para o viveiro, levava Thomas em seu luxuoso carrinho de bebê até Hyde Park ou ao Green Park, às vezes indo até o St James Park para ver os pelicanos. Certa manhã, quando chegou ao número 7, descobriu que a mãe do Sr. Still tinha chegado para ficar. Acostumada com mães, tias e pessoas mais idosas serem tratadas com extremo respeito, ela ficou horrorizada no dia seguinte ao escutar Lucy gritando com a idosa Sra. Still. Thomas reagiu da maneira que sempre fazia quando uma briga aos berros acontecia entre os adultos na casa: arregalou os olhos, deixou o lábio inferior tremer e, depois de um momento de silêncio, começou a chorar, as lágrimas escorrendo pelas bochechas.

Foi a imagem dele em aflição quando outra briga começou, dessa vez entre marido e esposa, que desencadeou sua coragem. O Sr. Still tinha começado a chegar em casa mais cedo desde que voltara para o número 7 e os dois estavam mais nervosos do que nunca um com o outro, agora que a mãe do marido morava na casa. Rabia desceu até a sala de estar em busca de Lucy, porém a idosa Sra. Still comunicou que sua nora não estava em condições de ver ninguém. A senhora tinha muito o que dizer a Rabia, porém.

Ela sabia que a babá de Thomas estava se casando. O que era muito bom, pois ela já não era mais necessária ali.

— Meu filho está pensando em contratar uma babá da Norland para o Thomas, se é que você sabe o que isso significa. Minha filha está adorando a ideia e eles a discutiram no Natal. *Ela* — um comprido dedo nodoso apontava para a sala de estar — se objeta, é claro, o que não faz a menor diferença enquanto ele estiver morando aqui, onde espero que permaneça até que aquelas crianças estejam crescidas. Vai ser melhor para as meninas irem para um internato. Alguma coisa precisa ser feita para melhorar os modos delas.

— Quando poderei ir?

— Terá que perguntar ao meu filho. Lucy, como suponho que ela deixe que você a chame, não pode opinar sobre esse assunto. Creio que será uma questão de semanas.

Rabia precisava saber mais do que aquilo. Estava juntando com esforço sua coragem para enfrentar Lucy, no quarto dela se necessário, quando ela apareceu no berçário, uma mulher magra e acabada, parecendo que a seus 37 anos haviam sido adicionados mais dez.

— Não quero que você vá embora, querida. Preston ficou muito satisfeito quando recebeu sua carta de demissão porque isso significa que ele pode ficar com a babá que a terrível irmã dele recomendou. Ele acha que ela vai ser mais firme com o Thomas.

Lucy respirou fundo e continuou:

— Se ele não estivesse por aqui, você poderia ficar pra sempre. Não quero que você vá embora. Por que ele voltou?

Rabia não era capaz de responder àquilo. Ela entrou no quarto das meninas onde Thomas estava com elas assistindo à televisão.

— Seja bonzinho com a mamãe — disse a ele. — Sente no colo da mamãe.

E assim fez Thomas. Lucy estava tão surpresa e aparentemente contente que o abraçou e beijou sua rechonchuda bochecha rosada. Rabia fez uma xícara de chá para Lucy e para si e deu a Thomas um biscoito de chocolate. Ela conseguia ouvir a Sra. Still chamando Lucy com sua voz alta, estridente e velha e disse, o mais educadamente que pôde:

— Você vai ter que ir. Sua sogra está chamando.

Lucy foi, mas antes beijou Thomas e disse uma vez mais o quanto poderiam ser felizes se Preston e a mãe dele fossem embora e a deixassem sozinha com Rabia e as crianças.

A PRIMEIRA DESSAS desejadas partidas foi testemunhada por June enquanto apresentava Gussie ao seu passeador de cães, que tinha chegado em uma van preta com a foto de um dogue alemão. Um táxi parou em frente ao número 7 e uma mulher idosa de casaco de peles desceu a escada e começou a fazer uma cena. June adorava uma cena e escutava fascinada a mulher velha repreender severamente o motorista por estar em seu próprio táxi e por ele não ser Beacon com o Audi. Em seguida, Rabia apareceu com duas malas, por não haver, June supôs, ninguém mais para fazer aquilo. O passeador de cães foi embora com Gussie, e o táxi, com a mulher velha. June pensou no quanto era maravilhoso ter dinheiro para nunca mais ter que passear com o cachorro.

Ela foi até o jardim do quintal onde Dex fazia seu serviço no segundo dia de trabalho e olhou com aprovação enquanto ele cavava o canteiro de flores que tinha meticulosamente livrado de dentes-de-leão, brotos de freixos e tasneirinhas. Ele aparentava, June pensou, estar se divertindo, e ela sabia por experiência própria que se trabalha melhor quando se gosta do que faz. Dez libras a hora, o que Jimmy, que parecia ter se intitulado agente de Dex, dissera a ela que custaria. Parecia exorbitante, mas ela podia pagar.

Dex já havia seguido o espírito maligno naquela manhã. Ele não tinha certeza de se Moloch, como passou a chamá-lo, faria a mesma rota todo dia ou mesmo se sairia para correr todo dia. A única coisa certa era que, quando voltava, ia para o seu trabalho de banqueiro, uma profissão que, como Dex já havia visto muitas vezes na televisão, era a mais perversa e cruel ocupação que alguém podia ter. A maldade de Brad Smith não devia chegar nem aos pés da daquele banqueiro.

Moloch descera a Lower Sloane Street, seguindo pela Pimlico Road e pela Ebury Street. Então subira a Eaton Terrace e voltara para casa. Não muito longe. Dex se perguntava por que ele fazia aquilo, mas não chegava a uma conclusão. Os hábitos dos espíritos malignos eram estranhos. Do que ele mais gostaria era que Moloch entrasse no terreno do Royal Hospital. Ele o seguiria lá.

No dia seguinte ele trabalharia para a Sra. Neville-Smith. Era uma pena que ela tivesse aquele nome, mas ele decidira que o "Neville" eliminava o mal do "Smith". Enquanto isso, os bulbos que plantara no jardim do Dr. Jefferson não apenas estavam brotando da terra como também já floresciam: primeiro as abróteas, amarelo-escuras e amarelo--claras e algumas com pétalas douradas e sinos brancos. Agradava-lhe que aquelas que ele plantara mais profundamente estavam se saindo melhor do que as plantadas nos vasos pelo homem do viveiro.

EM HEXAM PLACE os empregados estavam mudando. Jimmy, embora ainda fosse motorista do Dr. Jefferson, tornara-se morador do número 3. Ouvia-se falar que ele se dizia "companheiro de casa" do médico. Montserrat tinha ido embora, e comentava-se que morava com Ciaran O'Hara em um apartamento na Alderney Street, além de que uma nova *au pair* fora contratada para o número 7 por Preston Still. Pauline, a mais sociável faxineira da Merrie Maids, contou a June que ela era uma dinamarquesa chamada Inge, tão branca que fazia parecer que a mulher era albina.

— Ela tem olho rosa? — perguntou June.

Pauline ficou chocada.

— Espero que seja coisa da sua idade, porque não é politicamente correto falar esse tipo de coisa.

June foi para dentro de casa. Ela decidiu parar de contratar a faxineira da Merrie Maids e empregar a esposa de um dos pedreiros. Quando se tinha muito dinheiro, ela estava descobrindo, era possível satisfazer-se com coisas desse tipo. De qualquer forma, não havia razão para se ter uma faxineira no número 6. A casa estava cheia de pedreiros jogando paredes no chão e o piso para cima. Eram todos poloneses, com um domínio rústico do inglês mas modos perfeitos, e a chamavam de "madame", assim como ela costumava chamar a Princesa. Fazia anos que June não se sentia tão feliz. Gostava até mesmo das marteladas e perfurações e, quando Roland foi reclamar do barulho, disse a ele que era possível ouvir o barulho de obras onde quer que se morasse em Londres.

Não demorou para que ela encontrasse Inge, que tinha um inglês muitíssimo melhor do que o dos poloneses. Os olhos dela eram de um tom azul meia-noite. June a levou ao Dugongo para beberem alguma coisa, e Inge disse que gostaria de um *schnapps*, mas eles não tinham. Beberam gim, então. Inge confidenciou que adorava o apartamento do porão no número 7, que Lucy e as crianças eram anjos, mas que ela não estava nem aí para o Sr. Still, que a repreendia rispidamente toda vez que se encontravam. Ela disse que faria qualquer coisa por Lucy, mas não moveria uma palha por ele.

— Eu não a culpo — disse June.

— Não, mas ele culpa. Ele chegou da corrida hoje de manhã e agiu como se fosse culpa minha não ter água quente para o banho dele. O que é que eu tenho a ver com água quente? Liguei pra um encanador e quando o homem disse que só podia vir amanhã o Sr. Still ficou detestável.

— Ah, ignora o Sr. Still

— Aquela babá é muito legal. A gente não tem muitos muçulmanos na Dinamarca, mas ela é muito legal.

Rabia achava Inge muito legal também. Tranquila, bem-educada e obviamente apaixonada por Thomas. Apesar de ter tanto acordado quanto ido dormir bem cedo durante várias semanas, o Sr. Still tinha passado a sair do número 7 às 8h e quase sempre não voltava antes das 22h. Pelo menos, pensou Rabia, não poderia mais haver adultério com aquele Rad Sothern. Se era errado estar contente por alguém estar morto, bom, ela sentia muito, mas não tinha como bloquear seus sentimentos.

O Sr. Still continuou a correr, mas o que acontecia toda manhã diminuiu para dia sim, dia não e em abril passou a acontecer somente nos sábados e domingos. Talvez ele tivesse desanimado porque, pelo que Rabia podia ver, não perdera peso algum.

— A pessoa tem que correr daqui até... ah, não sei os nomes... todo dia para perder peso — disse Inge, que, por ser escandinava, era considerada no Dugongo uma especialista em exercício físico.

— Daqui até John o' Groats — disse Jimmy.

Inge falou que não sabia onde era esse lugar. O Sr. Still chegaria tarde naquela noite — era sexta-feira —, e ela tinha que fazer um serviço para Lucy. A primeira vez que lhe pedira, ela achara que fazer aquele tipo de coisa devia ser errado, porém, ao considerar que gostava de Lucy e não gostava do Sr. Still, respondeu com um incondicional está bem. O homem que ela deveria deixar entrar no número 7 e levar até o quarto de Lucy estava tomando um drinque com Damian e Roland no número 8. Inge o observou atravessar a rua e descer a escada que levava à porta do porão. Muito bonito, pensou, muito melhor do que o Sr. Still.

— Martin Gifford — apresentou-se ele quando Inge o deixou entrar.

A COZINHA DO Sr. Jefferson era muito grande e as trempes a gás ficavam na ponta mais próxima do jardim, ao lado do fogão Aga. Dex esteva sentado à mesa a uns dez metros de distância, conforme instruções do pediatra, enquanto Jimmy, também instruído pelo Dr. Jefferson, ou a pedido dele, preparava-lhe uma caneca de chocolate. O leite ferveria se Jimmy tirasse os olhos dele por um segundo. Então Dex aproveitou que ele estava de costas, pegou uma afiada faca de fruta e a enfiou na sua sacola.

— Ele está fazendo isto por causa da bondade do coração dele.

Jimmy bateu a caneca de chocolate. Um respingo caiu sobre a mesa.

— E vê se toma cuidado com isso — disse, como se fosse Dex quem tivesse derramado.

— Obrigado — agradeceu o jardineiro.

— Um santo em forma humana é o Dr. Jefferson.

Já o Moloch era o demônio em forma humana, pensou Dex. Ele não tinha nenhuma jardinagem para fazer naquele dia. Passara ali apenas para pegar seu dinheiro, e o chocolate quente fora uma surpresa. Era melhor partir, já que Moloch estava para sair do número 7 a qualquer minuto e aquele era o dia marcado para a destruição. O Sr. Neville-Smith estava no jardim da frente, colocando para fora um saco de lixo para a reciclagem, que Dex sabia que não seria recolhido até terça-feira. Ele recuou um pouco, evitando ser visto, porém estava próximo o bastante para escutar Moloch soltar um cordial "Bom dia, Ivor".

Era a voz de Peach, classe alta, suave e grave, mas Dex era esperto o suficiente para não ser ludibriado por aquilo. Os espíritos malignos conseguem simular as vozes de quem quiserem assim como assumem a forma humana. O Sr. Neville-Smith disse, "Como está, Preston?" e entrou de volta em casa sem esperar pela resposta. Moloch começou a correr e Dex o seguiu, mais jovem e magro que ele e bem capaz de manter o ritmo.

RABIA OUVIRA A voz do novo amante de Lucy, o que a consternara. As crianças, ela pensou, o efeito que aquilo poderia ter sobre as crianças. Se o Sr. Still tivesse se mantido afastado, se tivesse acontecido o divórcio, se por alguma razão ele não tivesse voltado, pelo menos não teria havido nenhuma questão de adultério. Lucy poderia até mesmo ter se casado novamente com alguém que amasse e a quem pudesse ser fiel. Porém, ela estava indo embora e o pouco que podia fazer para proteger as crianças estava no fim.

E Rabia sabia que, na ausência do Sr. Still, Lucy ficaria com ela, e ela conseguiria falar para Khalid que não poderia casar-se com ele. Que tinha que ficar com Thomas e as garotas. Quem dera pudesse ser assim. Mas já era ruim o bastante sentir-se contente por Rad Sothern estar morto sem desejar o mesmo para o Sr. Still. Rabia rezava silenciosamente para não ter pensamentos pecaminosos e, quando se sentou com a cabeça inclinada e os olhos fechados, Thomas subiu em seu colo, passou os braços ao redor de seu pescoço e pediu:

— Fala meu amor.

As pessoas que saem para correr nunca olham ao redor. Dex havia observado essa verdade e também que Moloch corria olhando constantemente para a frente. Ele não tinha e nunca tivera ideia de que vinha com frequência sendo seguido por alguém que sabia que seria correto livrar o mundo dele. E Moloch faria aquilo que Dex tinha desejado durante todas essas semanas de perseguição. Ele estava virando para entrar nos jardins do Royal Hospital, satisfazendo Dex ainda mais ao pegar um caminho entre arbustos e sob árvores cujas folhas já começavam a brotar. Havia um doce e fresco perfume de primavera no ar e um pálido sol emergia.

Dex apalpou a faca em seu bolso e nesse momento Moloch parou. Ele se agachou para dar um novo laço no cadarço. Em silêncio, implacavelmente, Dex se aproximou dele, agarrando com firmeza a faca que roubara da cozinha do Dr. Jefferson

Impresso no Brasil pelo
Sistema Cameron da Divisão Gráfica da
DISTRIBUIDORA RECORD DE SERVIÇOS DE IMPRENSA S.A.
Rua Argentina, 171 – Rio de Janeiro, RJ – 20921-380 – Tel.: (21)2585-2000